Giorgio Fontana

Im Namen der Gerechtigkeit

Roman

Aus dem Italienischen
von Karin Krieger

Nagel & Kimche

FÜR MEINEN VATER

Titel der Originalausgabe: *Per legge superiore*
Sellerio editore, Palermo

1 2 3 4 5 17 16 15 14 13

Herstellung: Andrea Mogwitz und Rainald Schwarz
Satz: Satz für Satz. Barbara Reischmann
Druck und Bindung: Friedrich Pustet
ISBN 978-3-312-00573-4
Printed in Germany

MIX
Papier aus verantwortungsvollen Quellen
FSC® C014889

Darum bin ich dem Unrecht
schon richtig ein wenig dankbar
Was finge ich bloß ohne es an
mit dem Rest meines Lebens?

Erich Fried, *Lebensaufgabe*

I

DIE NÄGEL. Damit begann alles. Jeden Tag, wenn Doni zur Arbeit oder zur Mittagspause ging oder wenn er auf dem Heimweg war, blieb er kurz stehen und betrachtete sie.

Von weitem wirkten sie wie Unregelmäßigkeiten oder natürliche Flecken im Stein, doch es waren Nägel, dicke Spreiznieten aus Metall, dazu da, den Marmor zu stützen, denn der Originalmörtel begann zu bröckeln, und das ganze Gebäude war einsturzgefährdet. Diese kleinen Teile hatten, natürlich, so etwas wie eine Moral. Die Stätte der Gerechtigkeit den höheren Gesetzen der Materie unterworfen. Doch Doni sah darin nur die Blödheit der Menschen und bestenfalls noch eine Lehre: Baue nie auf Sand.

Am Tag, als sie ihm schrieb, ging Doni durch den Kopf, dass den Justizpalast dieses Schicksal wohl ereilt hatte, weil er sich seiner Umgebung verweigerte. Er kämpfte gegen sie an, unfähig, zu diesem oder auch zu jedem anderen Teil der Stadt zu gehören. Das konnte nicht nur an Nägeln, Rissen und Hässlichkeit liegen, und auch die faschistische Architektur und der Triumph der Breite über die Höhe genügten nicht, um ihn zu verdammen: Nein, dieser Palazzo hatte etwas Besonderes an sich.

Es hatte mit Exil zu tun. Mit einem schwer fassbaren Gefühl.

In diesem Bauwerk fühlte Doni sich fernab vom Rest der Stadt, der Nation, der Welt. Es wurde von der Kraft Hunderter Nägel gehalten, Sand auf Sand gebaut.

Anstatt wie gewohnt mit einem Energieriegel vorliebzunehmen, aß Doni am Tag, als sie ihm schrieb, mit Staatsanwalt Salvatori zu Mittag. Das war sonst nicht üblich. Die Richter und Staatsanwälte hatten es immer eilig, man ging höchstens in einen der schrecklichen Schnellimbisse in der Umgebung.

Die wenigen noch verbliebenen Freunde und besonders sein Schwager beneideten ihn um die Lage des Palazzos: Mochte er auch ein Klotz sein, der sich seiner Umgebung verweigerte, so war er doch nur einen Katzensprung vom Dom entfernt. Daher könnte man meinen, Doni würde in kleinen, entzückenden Brasserien *à la française* oder in nüchternen Bars im Stil der zwanziger Jahre essen – Safranrisotto, Steaks, dazu Kaffee an der Theke mit dem Schal über dem Mantel.

Dabei aßen Doni und seine Kollegen fast nur Brötchen. Viele hatten einen regelrechten Hass auf das Ritual des Mittagessens entwickelt, und manche zogen durch bis zum abendlichen Aperitif oder bis zum Essen, bei dem sie sich dann für alles andere schadlos hielten.

Doch mit Salvatori war das etwas anderes. Sich mit ihm ein wenig die Zeit zu vertreiben war angenehm, denn er war ein gewöhnlicher und verzweifelter Mann. Zwei Eigenschaften, die Doni nicht ausstehen konnte, die jedoch vereint in einem durchaus selbstironischen Dickerchen um die fünfundvierzig aus der Basilicata eine amüsante Mischung bildeten.

Sie gingen in ein Restaurant in der Via Corridoni. Doni bestellte eine Seezunge nach Müllerin-Art und probierte ein Ökobier. Während des gesamten Essens behielten sie die übliche Rollenverteilung bei, in der Salvatori den Schwätzer abgab und Doni den Part mit den Antworten im Telegrammstil übernahm.

«Du bist jetzt fein raus, was?»

«Abgesehen davon bin ich vor allem alt.»

«Tja, sicher. Aber da hinzukommen, in die Oberstaatsanwaltschaft.»

«Ach, da kommst du auch noch hin. Mit etwas Geduld.»

«Aber du hast Stehvermögen. Du bist ein Arbeitstier, das weiß jeder.»

«Ich war schon immer ein Arbeitstier.»

«Ja, aber du bist es auch jetzt noch. Du setzt dich nicht aufs Altenteil. Verstehst du, was ich meine?»

Doni schüttelte kaum merklich den Kopf.

«Jetzt geben sie dir noch einen schönen Posten als Staatsanwalt in der Provinz, und dann machst du es dir gemütlich», beharrte Salvatori. «Oder etwa nicht?»

«Das will ich hoffen. Ich sollte nach Varese, doch dann haben sie lieber Riccardi genommen.» Doni schnitt das letzte Stückchen Seezunge in zwei gleich große Teile. «Jünger und brillanter als ich, wie es aussieht.»

«Und stärker seiner Fraktion im Verband verhaftet.»

«Und stärker seiner Fraktion im Verband verhaftet.»

«Aber jetzt erholst du dich doch, oder? Pavia, Piacenza ... Oder vielleicht weiter nördlich, Como ... Verdammt, wie heißen die Nester da noch mal?»

«Keine Ahnung. Como, Lecco?»

«Ja, genau. So was in der Art.»

«Wir werden sehen.»

«Du hast keine Lust mehr hierzubleiben, was?»

Doni zuckte mit den Schultern und trank einen Schluck Wasser. Die Kellnerin brachte die Rechnung.

«Ich habe jedenfalls die Nase voll», sagte Salvatori. «Mailand kotzt mich an. Ich arbeite erst seit vier Jahren hier und kann jetzt schon nicht mehr. Wie hält man das bloß aus? Jaja, ich weiß, man schlägt sich so durch. Aber das ist es ja gerade. Mailand ist eine Stadt, die man nur durchquert. Ich habe sie noch nicht verstanden, und vor allem kenne ich sie nicht. Ich fahre immer bloß unter ihr durch, unter dieser verfluchten Stadt. Ich wohne in Piola, nehme die grüne Linie, dann die rote, steige morgens in San Babila aus und fahre abends denselben Weg zurück. Kannst du mir vielleicht sagen, wo zum Teufel ich wohne?»

«In Piola.»

«Ja, schönen Dank auch.»

«Du kannst ja abends einen Spaziergang machen, wenn dir so viel daran liegt.»

«Bloß nicht. Wohin denn auch? Außerdem ist es im Winter zu kalt und im Sommer zu heiß.»

«Na ja, im Moment ist es doch ganz angenehm.»

«Ach, wie soll ich dir das bloß erklären. Es ist eine Frage des Tempos, der Gangart.» Doni lächelte breit. «Der Belohnung.»

«Mailand ist eine geizige Stadt. Du musst sie bitten, um etwas zu bekommen.»

«Aber so kenne ich das nicht. Ich bin es gewohnt, dass eine Stadt mir entgegenkommt, und nicht, dass ich auf den Knien rutschen und mir jedes Stückchen Frieden erkämpfen muss. Vielleicht liegt es daran, dass ich aus dem Süden bin, ganz dem Klischee entsprechend, was weiß ich. Doch wie dem auch sei, um hier zu leben, ist man dringend auf die Hilfe Gottes angewiesen.»

«Amen», sagte Doni und nahm noch einen Schluck Ökobier. Es war kühl und stark. Er spürte die Entspannung in seinem Mund und einen angenehmen Schmerz an den Kinnbacken.

Salvatori sah ihn an und lachte auf.

«Amen», wiederholte er. «Und Ehre sei Gott in der Höh'.»

Doch als Doni aus dem Restaurant trat, sah er, wie an der Kreuzung mit der Via Conservatorio ein Lichtstrahl die Palazzi teilte. In diesem Augenblick herrschte eine unnatürliche Stille, eine im Kontrast festgeschriebene Schönheit: Salvatoris entkräftete Theorie und das unversehens aufstrahlende Mailand.

Doni erinnerte sich an den Heimweg zu seinen Eltern, den er als junger Mann nach den Juravorlesungen genommen hatte. Durch diese Straßen war er gegangen, die Via Sottocorno hinauf und dann weiter auf dem Corso Indipendenza bis zum Piazzale Susa, wo sein Vater von den Ersparnissen des Großvaters eine Dreizimmerwohnung gekauft hatte. Manchmal hatte er in einer Bar auf dem Corso haltgemacht, um ein Tramezzino zu essen, oder er war nach Norden abgebogen, um sich auf dem Corso Buenos Aires einen Film anzusehen. Nichts Schwindelerregendes – nur die Sanftheit einer Pause.

Salvatori ging ein paar Schritte vor ihm. Doni blieb kurz stehen, um nochmals das Licht zu betrachten. Der Strahl war in einen diffusen Glanz zerfallen, der alles umfing: die Zweige voller Knospen, die Hauswände, die Fensterbretter. Der April schien eher ein Körper als ein Monat zu sein.

Ein Kind schnellte auf den kleinen Brunnen vor der Kirche San Pietro in Gessate zu. Ein eleganter, alter Mann klemmte sich seine Zeitung unter den Arm und sandte pfeifend einige Töne in die Luft.

Doni spürte einen leichten Rausch und ordnete ihn als ein Vergnügen ein, das er schon eine Weile nicht mehr gehabt hatte – eine kurze, spontane Anwandlung, die wahrscheinlich auf das Bier zurückzuführen war: Er war quicklebendig.

Den Nachmittag verbrachte er im Serverraum, um mit den Technikern ein Problem zu klären. (Zu seinem Leidwesen hatte man ihn zum Computerverantwortlichen der Oberstaatsanwaltschaft gemacht.) Eine Sekretärin hatte versehentlich einen Teil der Datenbank gelöscht, was sie jedoch unausgesetzt bestritt. In Tränen aufgelöst, saß sie auf ihrem Stuhl und schüttelte Kopf und Zeigefinger: «Das ist nicht meine Schuld, das ist nicht meine Schuld!», sagte sie. «Auf dem Bildschirm hat sich plötzlich ein Fenster geschlossen, ich wusste nicht, was los war, aber es ist nicht meine Schuld!»

Doni hatte wenig Ahnung von diesen Dingen und trug die Verantwortung für die Entscheidung, was gespeichert werden sollte. Die Techniker wussten bedeutend mehr, waren jedoch reichlich verwirrt. Während er erörterte, was zu tun sei, rief Ferrero ihn an. Ein Kollege aus Piemont, spindeldürr und wahrscheinlich verrückt. Doni verließ den Raum und ging ans Handy.

«Roberto», sagte Ferrero. «Ich habe schon versucht, dich zu erreichen.»

«Marco.»

«Hast du einen Moment Zeit für mich? Ich habe ein Problem mit dem Rechner.»

«Ich auch», sagte Doni. «Und zwar mit diversen Rechnern.»

«Inwiefern?»

«Ich bin im Serverraum, es gab da eine mittlere Katastrophe.»

«Ah.» Kurzes Schweigen. «Es handelt sich um einen Virus.»

«Dann lass das Antivirenprogramm durchlaufen.»

«Ich weiß nicht, wie man das macht.»

«Was soll das heißen, du weißt nicht, wie man das macht?»

«Ich weiß es nicht. Roberto, ich bin einundsechzig.»

«Na und? Ich bin fünfundsechzig.»

«Kannst du nicht vorbeikommen und einen Blick darauf werfen?»

Doni spürte, wie in seinem linken Oberschenkel das Blut pulsierte.

«Marco», sagte er ruhig. «Dafür gibt es Techniker. Ruf einen von ihnen an. Ich bin Jurist. Ich frage mich, warum ich überhaupt hier bin.»

«Ja, ich weiß, aber du weißt ja, wie das ist …» Er senkte die Stimme. «Dir kann ich vertrauen, wir sind Kollegen. Wer weiß, was diese Typen so rumerzählen.»

«Was könnten sie denn erzählen?»

«Nicht so laut … Nein, du weißt doch, man geht auf gewisse Seiten, und dann fängt man sich vielleicht einen Virus, nicht?»

«Gewisse Seiten?»

«Nicht so laut.»

Doni flüsterte: «Marco, willst du mir etwa sagen, dass du während der Arbeit auf Pornoseiten gehst?»

«Ach was, Porno. Das heißt, nicht direkt. Ab und an surfe ich mal ein bisschen im Internet … Na gut, komm schon, wir verstehen uns doch, unter Männern. Also, hilfst du mir?»

Als er in sein Büro zurückkam, hatte das Licht nachgelassen und der Justizpalast wieder die Oberhand gewonnen. Die kleine mittägliche Freude – weg war sie.

Doni zog die Jalousie hoch und sah hinaus. Es war Viertel nach sechs, und ein Großteil der Arbeit, die er hatte erledigen wollen, lag noch immer ungeschoren auf dem Schreibtisch. Er überlegte einen Moment, ob er Überstunden machen sollte, wie damals, als er noch jünger war (und ihm das Spaß gemacht hatte: Es hatte ihm Spaß gemacht, mal eben schnell für eine Piadina und eine Coca-Cola hinunterzulaufen, es hatte ihm Spaß gemacht, den vergehenden Tag zu spüren, den plötzlichen Schauder des Abends, und es hatte ihm Spaß gemacht, in menschenleerer Einsamkeit zu arbeiten), oder ob er lieber nach Hause gehen sollte.

Schließlich entschied er sich dafür, die Arbeit aufzuschieben. Er war zu müde, und das Ende des Nachmittags mit der Virenbekämpfung bei diesem Perversling von Ferrero hatte ihm den Rest gegeben. Er setzte sich an den Schreibtisch, beschrieb einen Kreis mit der Maus und öffnete Outlook, um einen letzten Blick auf seine Mails zu werfen.

Unter den ungelesenen Nachrichten war eine mit unbekanntem Absender. Er öffnete sie.

2

Sehr geehrter Dottor Doni,

mein Name ist Elena Vicenzi, ich arbeite als freiberufliche Journalistin. Ich bin für verschiedene Lokalzeitungen und vorwiegend für die Zeitschrift *A-Zone* tätig.

Der Anlass meines Schreibens ist der Fall Ghezal.

Vermutlich ist es eher unüblich, einem Staatsanwalt Beweise zur Verteidigung eines Angeklagten zukommen zu lassen, doch ich habe Vertrauen zu Ihnen und denke, dass ich so verfahren kann.

Zur Sache: In den vergangenen Monaten habe ich viel für eine Reportage recherchiert, und ich habe guten Grund zu der Annahme, dass Khaled Ghezal unschuldig ist.

Dies mag Ihnen wie der übliche Brief einer Verrückten erscheinen, doch bitte glauben Sie mir: Ich bin nicht verrückt.

Ich muss Sie dringend sprechen, denn der Prozess findet bereits in drei Wochen statt. Kann ich mich mit Ihnen treffen? Im Justizpalast oder anderswo, ganz wie Sie es wünschen. Es geht um das Leben eines Unschuldigen.

In der Hoffnung, bald von Ihnen zu hören, und mit freundlichen Grüßen,

Elena Vicenzi

Doni saß einen Augenblick reglos vor dem Bildschirm. Dann schloss er die Nachricht und las noch zwei andere. Eine kam von der Mailänder Sektion des Verbands der Magistratsrichter. Im CC-Feld standen etliche Empfänger, und es ging um das Geschenk für den Generalstaatsanwalt anlässlich des Festessens, das er wie jedes Jahr in der Nähe von Pavia gab. Die andere war eine Mailingliste der Magistratura Indipendente, der rechten Strömung innerhalb des Verbands, der er angehörte. Eine Strömung, die nie eine Rolle gespielt hatte, der Doni jedoch trotzdem beigetreten war: mit einem Drittel Skepsis, einem Drittel Überzeugung und einem Drittel Spaß daran, zu einer Minderheit zu gehören.

Erneut öffnete er die Mail der Journalistin, dann rief er Google auf und gab ihren Namen ein. Elena Vicenzi. Er fand kaum eine Handvoll Treffer. Ein paar vereinzelte Artikel, hauptsächlich zu sozialen Themen. Die Zeitschrift *A-Zone* (die er nicht kannte) vermerkte sie als Mitarbeiterin.

Doni scrollte weiter. Er erfuhr, dass die Journalistin es mit einer kleinen Untersuchung über die Schwarzbauten in der Gegend vom Viale Fulvio Testi auf die Webseite des *Espresso* geschafft hatte. Flüchtig las Doni die erste Zeile, dann klickte er auf die Rubrik *Bilder*. Nur ein Foto schien zu ihr zu passen. Die Auflösung war gering, viel war nicht zu erkennen, Elena hatte blondes, lockiges Haar, das ihr auf die Schultern fiel, und sie lächelte nicht.

Doni löschte die Mail und warf noch einen Blick auf die ANSA-Seite. Ein Mord in der Emilia. Streitereien im Parlament. Angriffe auf Richter und Staatsanwälte im Allgemeinen und auf die in Mailand im Besonderen.

Er schaltete den Rechner aus, nahm seine Jacke und ging nach Hause.

3

DONI WOHNTE IN der Via Orti, hinter dem Corso Porta Romana. Von seiner Wohnung bis zum Justizpalast war es nicht weit, zu Fuß in dem Rhythmus, den er in den Lauf der Jahre graviert hatte, genau zwölf Minuten.

Auf dem Hinweg ging er durch die Via della Commenda, am Hauptkrankenhaus mit seiner roten Backsteinmauer entlang, die ihm eine Londoner Prägung gab, und mit den Rettungswagen auf dem Parkplatz. Dann kam die Piazza Umanitaria und gegenüber ein reizender Palazzo in Beige. Manchmal, wenn er zu früh aus dem Haus gegangen war, hielt Doni einen Moment inne, um ein besonderes Vergnügen zu genießen: mitten in Mailand unter Bäumen auf einer Bank zu sitzen. Dann war er nicht mehr dort, sondern in einer Stadt in Mitteleuropa, in einer kühlen, würdevollen Metropole – Wien, München, Paris –, wo Form und Gedächtnis im Schatten einer Abkürzung vereint waren.

Schließlich bog er in die Via Daverio, wo bereits die Rückseite des Justizpalastes zu sehen war, das erhöhte, schwarze Dach mit den in den achtziger Jahren hinzugefügten Stockwerken, die zur Ermüdung der Steinplatten geführt hatten. Von hier aus wirkte der Palazzo wie eine gestrandete Galeone.

Auf dem Rückweg, so wie jetzt, änderte er seine Route

und ging durch die Via Pace. Dieselben Straßen, derselbe Schritt, hin und zurück: zwölf Minuten.

So war es nicht immer gewesen.

Einige Jahre zuvor hatte er weiter südlich gewohnt, am Außenring. In einer Querstraße zum Viale Liguria. Im Sommer war er samstags mit Claudia und Elisa an den Navigli, den Kanälen Mailands, frühstücken gegangen. Bei Tee und Gebäck schauten sie auf das langsam dahinfließende Wasser. Dann machte Elisa einen Bummel durch die Buchhandlungen und Boutiquen am Kanal, kaufte einen Armreif aus Holz oder eine Kette, und zu dritt kehrten sie wieder nach Hause zurück – eine Familie.

Und davor? Die Wohnung seiner Eltern, zwei Jahre in Apulien, fünf Jahre in den Marken, wo er sich von unten hochgearbeitet hatte, und dann weitere zehn in Gallarate – die schlimmsten –, in dieser Kleinstadt, die in die Mailänder Gegend geschleudert war wie ein Satellit; hin und zurück im Auto, anderthalb Stunden im Stau, Auseinandersetzungen mit Claudia, weil es so nicht weitergehen konnte in jener Zeit, die ihnen wie ein einziger, langer November erschien.

Doch das war vorbei. Staatsanwalt in Mailand und schließlich Oberstaatsanwalt.

Doni nahm die Treppe, statt mit dem Aufzug hinaufzufahren, und betrat die Wohnung. Claudia war noch nicht zu Hause oder war noch einmal weggegangen.

Da er seine Diät zum Mittag ohnehin schon nicht eingehalten hatte, nahm Doni eine Flasche Müller-Thurgau und einige Gourmetpäckchen aus dem Kühlschrank. Er stellte einen Teller mit drei Scheiben spanischem Knochenschinken, zwei Röllchen Butter, einigen marinierten Sardellen, etwas geraspeltem Parmesan und einigen gefüllten Kirschpaprika zusammen. Bewundernd betrachtete er das Ergebnis.

Dann nahm er ein Weinglas aus der Anrichte und goss sich ein. Er trug alles ins Wohnzimmer und schaltete die Stereoanlage ein. Im CD-Player lag noch die Fünfte von Mahler, und Doni beließ es dabei.

Er stellte den Teller auf den niedrigen Glastisch, trank einen Schluck und ließ den Kopf gegen die Rückenlehne fallen.

Er erwachte vom Klappen der Tür. Nacheinander setzten sich die Stückchen des Abends wieder zusammen. Mahler war nun beim Rondo, der Teller vor ihm war noch unangetastet, und Claudia war nach Hause gekommen.

«Hallo», sagte sie hinter ihm.

«Ciao», sagte Doni vorsichtig.

«Entschuldige, ich war mit der Tür etwas zu laut. Hast du gerade Mahler gehört?»

«Was? Ja. Das heißt …»

«Eine kühne Wahl», sagte sie lächelnd. Während sie sich den Mantel auszog, beugte sie sich vor und warf einen Blick auf den Teller. «Du hast schon gegessen?»

«Nein, nein.» Doni hustete, damit seine Stimme kräftiger wurde. «Ich wollte nur einen Aperitif trinken, doch wie es aussieht, bin ich vorher eingeschlafen.»

Claudia ging um die Couch herum und kam zu ihm. Sie schien gute Laune zu haben und war schöner als am Morgen. Sie nahm eine Scheibe Schinken und biss hinein.

«Wie war dein Tag?», fragte sie.

«Wie immer.»

«Hast du immer noch so viel zu tun?»

«Nicht besonders. Nach dem Santarelli-Prozess scheint alles leichter zu sein.»

«Das kann ich mir vorstellen.» Sie zog sich die Schuhe aus. «Aber bei mir ist es anstrengend, weißt du. Sie haben mir da diese neue Sekretärin gegeben, die hat von Tuten und Blasen keine Ahnung, das kannst du mir glauben. Sie mag vielleicht dreißig, zweiunddreißig sein. Was weiß ich. Doch es ist schon ein Wunder, wenn sie es schafft, ein Fax abzuschicken.»

Doni schwieg. Er wusste nicht, was er darauf antworten sollte.

Seine Frau schnaufte. «Gut», sagte sie. «Was möchtest du essen?»

«Ich weiß nicht. Pasta?»

Claudia verzog das Gesicht. «Die hatte ich schon zu Mittag. Wir waren in einer hübschen, neuen Bar, nicht weit vom Büro. Da ist die Pasta noch hausgemacht, stell dir vor.»

«Salat?»

«Nein, doch keinen Salat, ich habe Hunger.»

«Tja ... Dann eben was anderes.»

«Gut, mal sehen, ich lass mir was einfallen.»

Sie stand auf und ging ins Schlafzimmer. Die letzten Takte der Sinfonie klangen unbehaglich, und Doni fragte sich, wie er mit dieser Geräuschkulisse hatte einschlafen können. Er schaltete die Musik aus und rieb sich das Gesicht mit den Fäusten.

Claudia kam in Jeans und T-Shirt zurück. Sie ging in die Küche.

«Ach, übrigens, ich habe mit Elisa telefoniert», sagte sie im Vorübergehen.

«Aha», sagte Doni.

«Sie kämpft immer noch um die Verlängerung ihres Stipendiums. Wie nervig.»

Doni schwieg. Das Klappern von Töpfen und Tellern.

«Ist auch in Amerika immer das Gleiche», rief Claudia. «Man könnte meinen, das ist nur in Italien so, aber eigentlich ist da gar kein Unterschied.»

«Na ja, wenigstens haben sie sie bis jetzt bezahlt, und gar nicht mal so schlecht.»

«Wie?»

«Ich sage», wiederholte Doni, «bis jetzt haben sie sie ja bezahlt. Und gar nicht mal so schlecht. Oder?»

Claudia antwortete nicht. Doni dachte daran, dass er schon seit Monaten keinen Anruf mehr von seiner Tochter erhalten hatte und dass seine beiden letzten Mails unbeantwortet geblieben waren. Claudia wusste das. Unbekümmert rieb sie ihm ihren besonderen Draht zu Elisa unter die Nase – jaja, die Damen des Hauses, immer dasselbe, und er der arme Roberto, der arme Papa, unflexibel im Gegensatz zu ihrer weiblichen Energie, vernunftbetont und ein bisschen verbohrt im Gegensatz zu ihrer geistigen Offenheit, langsam und systematisch im Gegensatz zu ihrer farbenkräftigen Klugheit – vor allem zur Klugheit Elisas, die nun an der Indiana University Bloomington im Nordosten der Vereinigten Staaten Physik studierte, während sie in Italien versauerten.

Rutscht mir doch beide den Buckel runter, dachte Doni. Er wusch sich die Hände und ging in sein Arbeitszimmer, zur *Magdalena*.

Über seinem Schreibtisch hing eine große Reproduktion von Georges de La Tours *Magdalena*. Diesen Künstler liebte er.

Von Malerei verstand er nichts, doch seitdem er im Palazzo Reale eine Ausstellung mit dessen Werken gesehen hatte, war er begeistert von ihnen. Sie gefielen ihm aus einem einfachen, fast schon idiotischen Grund: Sie waren voller Kerzen. Auf den Bildern von La Tour hatte das Licht stets etwas Zartes, etwas, das beschützt werden musste.

Doni stützte sich mit den Händen auf die Rückenlehne des Bürostuhls und betrachtete seine *Magdalena*. Zwei Jahre zuvor hatte sie noch im Schlafzimmer gehangen, doch eines Tages hatte Claudia, während sie ihren Pyjama anzog, beschlossen, dass sie ihr nicht mehr gefiel. Sie führte ihre letzten Träume (aufwühlende Albträume) auf die Düsternis des Gemäldes zurück und bat Doni, es abzunehmen.

Er sah sich das Bild aus der Nähe an. Die Frau war der Kerze zugewandt, deren Licht den Raum ringsumher spärlich erleuchtete. Ihre linke Hand stützte das Kinn, die Rechte in ihrem Schoß lag auf einem Totenschädel, der auf ihrem roten Rock fast von der Dunkelheit verschluckt wurde.

Magdalenas Gesicht war ausdruckslos. Sie betrachtete die Flamme, weiter nichts, und wie jedes Mal spürte Doni einen Schauder: Würde er die Glasscheibe anhauchen, so dachte er, würde die Kerze verlöschen.

Das Abendessen verlief wortlos. Claudia hatte sich schließlich für gesalzene Makrelen entschieden. Sie aß schnell, trank eine halbe Flasche Müller-Thurgau und stand noch vor dem Nachtisch auf.

«Ich habe wahnsinnige Kopfschmerzen», sagte sie. «Macht es dir was aus, den Tisch abzuräumen?»

«Nein, natürlich nicht.»

«Halte dich nicht damit auf, das Geschirr zu spülen, das kann warten. Aber du würdest mir einen Gefallen tun, wenn du abräumen könntest.»

«Keine Sorge. Nimm eine Tablette, vielleicht eine *Moment.*»

«Haben wir denn noch welche?»

«Sieh mal im Bad nach.»

«Neulich habe ich welche gesehen, doch ich glaube, sie sind abgelaufen.»

«Du kannst ja mal nachschauen. Falls es so ist, suchen wir eine Apotheke heraus, die Notdienst hat.»

«Okay.»

«Es müsste eine ganz in der Nähe geben.»

«Okay, okay.»

Claudia ging mit der Hand an der Stirn aus dem Zimmer. Doni stellte die Teller zusammen, räumte sie mit dem Besteck ins Spülbecken, gab einen Spritzer Spülmittel dazu, ließ Wasser einlaufen und schaute dann aus dem Fenster.

Die Straße war menschenleer und die Nacht mild, mit einem Hauch von Erde in der Luft, als hätte jemand die Stadt aufs Land versetzt. Das Licht der Laternen betupfte die Straße in gleichmäßigen Abständen. Niemand auf dem Gehweg. Ein Vogel schmetterte ein kurzes Lied.

Als er ins Schlafzimmer kam, lag Claudia schon im Bett und schlief. Sie schnarchte sacht, mit leicht geöffnetem Mund auf der Seite liegend. Durch den Rollladen fielen Lichtstückchen.

Doni suchte einen Pyjama heraus und knipste die Nachttischlampe an. Claudia murmelte etwas und drehte sich auf die andere Seite. Auf dem Nachttisch stand ein Foto von

Elisa. Doni nahm es in die Hand und klopfte zweimal kurz gegen das Glas des Bilderrahmens. Dann schüttelte er den Kopf und fuhr mit dem Zeigefinger rings um das Gesicht seiner Tochter. Er löschte das Licht und ging zu Bett.

4

ZWEI TAGE SPÄTER klopfte es an Donis Bürotür. Es war früher Nachmittag und sehr heiß. Die Temperaturen waren in die Höhe geklettert.

Die Flure des Justizpalasts waren von körnigem Licht durchflutet, und der abgestandene Geruch nach Zigarettenrauch im Treppenhaus war nun fast unerträglich. Alles schien noch statischer zu sein als sonst, ein Schwebezustand, der schon an Schönheit grenzte, der reinste De Chirico: eine Metaphysik, die ihren Höhepunkt im Sommer erreichen sollte, wenn Doni durch die ungemein hohen, menschenleeren Flure ging wie durch die Straßen einer Stadt in der Stadt.

«Herein», sagte er.

Eine blonde, junge Frau um die zwanzig trat ein. Sie drehte sich kurz um und überlegte, ob sie die Tür schließen sollte, dann tat sie es, schnellte wieder nach vorn und blieb stehen.

Wieder so etwas, was die Leute nicht wussten oder nie für möglich halten würden. Die Verrückten. Die Stammgäste, wie ein Kollege sie nannte.

Eigentlich konnte jeder x-Beliebige in den Justizpalast gelangen. Natürlich gab es eine Eingangskontrolle, doch an der vorbeizukommen, war nicht schwer. Doni hatte schon öfter Besuch gehabt, von Größenwahnsinnigen, von verkalkten Greisen, von Obdachlosen, die von Weltverschwörungen faselten, und sogar von einem kleinen Jungen, der während einer Besichtigung seine Schulklasse verloren hatte.

Immer wieder beherbergte der Palazzo einen Unbefugten. Jemanden, dessen Anwesenheit nicht erlaubt war, dem es aber trotzdem gelungen war, in den Bauch der Justiz einzudringen – weniger ein Bakterium als vielmehr eine Zelle, die aus einer anderen Welt hereingeschneit war, ein harmloses, doch illegales Element.

Immer wieder klopfte zuweilen jemand an die Tür der Richter und Staatsanwälte und gab seinen Senf zum Besten. Er fragte, redete, quasselte, egal was. Wie war das nur möglich? Doni verstand es nicht. Doch vielleicht gehörte auch das zur Logik des Palazzos, dieser Zone, in der die Regeln unsicher waren, das ganze Gegenteil von dem, was er sein sollte: Nägel und Risse, wie immer.

Die junge Frau sah ihn an, ohne zu lächeln.

«Dottor Doni?», fragte sie.

«Ja. Und wer sind Sie?»

«Elena Vicenzi, Journalistin. Ich habe Ihnen vor zwei Tagen eine Mail zum Fall Ghezal geschrieben.»

Doni kniff kurz die Augen zusammen, dann erinnerte er sich. Sie hatte nicht viel mit dem Foto gemein, das er online gefunden hatte. Diese Frau wirkte jünger, und sie hatte vor allem kurzes Haar. Er beschloss, auf der Hut zu bleiben, und nickte nur.

«Sie haben mir nicht geantwortet», sagte sie.

«Nein», sagte Doni. Und dann mit härterer Stimme: «Nein, ich habe Ihnen nicht geantwortet. Könnte ich Ihren Ausweis sehen?»

«Wie bitte?»

«Ihren Presseausweis, bitte. Wie sind Sie denn hereingekommen?»

Sie war sprachlos. Dann wühlte sie in ihrer weißen Einkaufstasche und nahm die Papiere heraus. Sie reichte sie ihm.

«Ich bin Publizistin», sagte sie. «Wie ich Ihnen geschrieben habe, arbeite ich freiberuflich.»

Doni warf einen kurzen Blick auf den Ausweis.

«Und wie sind Sie hereingekommen?», fragte er noch einmal.

«Na ja … Ich habe an der Rezeption nach Ihnen gefragt, und man hat mir den Weg beschrieben. Das war's.»

«Das war's.»

«Eigentlich ganz einfach. Hätte ich gar nicht gedacht.»

«Wem sagen Sie das.»

Einen Moment lang schwiegen sie. Doni schaute auf und bemerkte ihr geblümtes Kleid, ein bisschen im Stil der Sechziger und für diese Gelegenheit unpassend. Sie war sehr dünn.

«Jedenfalls bin ich vorbeigekommen, eben weil Sie mir nicht geantwortet haben, die Zeit drängt. Ich muss kurz über Khaled Ghezal mit Ihnen sprechen.»

Doni schüttelte den Kopf. «Auf gar keinen Fall.»

Sie trat einen Schritt vor.

«Dottore, ich weiß ja. Sie denken wahrscheinlich, ich bin verrückt oder will nur ein Interview. Aber so ist es ganz und gar nicht.»

«Das ist eine Frage jenseits aller …»

«Das weiß ich doch.» Sie ließ nicht locker. «Ich weiß, ich weiß, bitte hören Sie mir nur einen Augenblick zu. Ich bin in diesen Dingen nicht geübt, und glauben Sie mir, es ist das erste Mal, dass ich an einen Staatsanwalt schreibe und dann auch noch einfach so aufkreuze ... Also, das ist absolut unüblich und keineswegs die Norm, nicht wahr?» Sie lächelte, scheinbar entwaffnet, sprach jedoch sofort weiter: «Tja, also. Wie ich Ihnen in meiner Mail bereits erklärt habe, ist Khaled wirklich unschuldig. Er hat nicht geschossen. Er war nicht mal am Tatort, als es passierte. Er ist ein anständiger Kerl und hat nie was Unrechtes getan, noch nie in seinem Leben hat er eine Pistole in der Hand gehabt. Ich kenne Leute, die das bestätigen können. Sie wissen das genau, und sie wissen auch, wo er an jenem Abend war, wo er sich aufhielt und was er tat. Ich kann mir denken, dass das alles verrückt klingt, mit dem Kuddelmuddel, der nun zum Vorschein kommt, doch es ist die Wahrheit. Sie müssen mir glauben.»

Doni wartete einen Augenblick, dann entschied er sich für einen sarkastischen Ton.

«Aber ich glaube Ihnen ja. Wenn Sie so viele Beweise haben, brauchen Sie sie nur Ghezals Anwalt zu übergeben, er wird sie in der Berufung alle vorlegen.» Er grinste. «Falls Sie es noch nicht begriffen haben, ich bin hier der Böse.»

«Ja.»

«Auch ich habe Berufung eingelegt. Ich bin es, der die strafmildernden Umstände, auf die in erster Instanz erkannt wurde, für schwächer hält als die belastenden. Wussten Sie das?»

Sie starrten sich an, ohne den Blick abzuwenden.

«Ja. Ja, ich weiß.»

«Und weiter?», fragte Doni.

Sie schüttelte den Kopf und griff sich an den Hals. Dann senkte sie den Blick.

«Ich habe kein Vertrauen zu Dottor Caterini.»

«Was meinen Sie damit?»

«Rechtsanwalt Caterini, Khaleds Verteidiger. Ich traue ihm nicht.»

«Und warum nicht?»

«Weil … Na ja, weil ich schon bei ihm war. Er ist ein Idiot. Verzeihen Sie, doch auf mich hat er den Eindruck gemacht, als könnte er eine Frage nicht von einer Behauptung unterscheiden. Er hat mich nach zehn Minuten mit der Begründung weggeschickt, er habe bereits genügend Material für eine niedrigere Strafe beisammen, und überhaupt seien alle Möglichkeiten ausgelotet, es gebe keinen Grund, noch weitere Personen hinzuzuziehen, der Fall sei schon schlimm genug, man müsse den Schaden begrenzen, es sei zwar eine Tragödie und so weiter, gewiss, aber mehr sei nicht drin.»

Doni entschlüpfte ein Lächeln. Genau das dachte auch er über diesen Anwalt – womöglich dachten sogar alle so. Über Enrico Caterini, den Sohn eines alten IKP-Kämpfers, Rhetorik im Überfluss und fast nichts dahinter.

«Er kam mir, wie soll ich sagen, ideologisch verbohrt vor. Als wäre Khaled ein armer Teufel, der aus Versehen oder schuldhaft in eine größere Sache hineingeraten ist, er und alle unglückseligen Immigranten seinesgleichen.»

Donis Lächeln wurde breiter. Das war ja noch besser. Diese junge Frau ging den Anwälten der Linken nicht auf den Leim.

«Aber Khaled braucht keine Bestätigung der Strafe. Khaled ist unschuldig, verstehen Sie? Deshalb kann ich mich nur auf Sie stützen, so absurd das auch klingen mag.» Sie hielt kurz inne, doch Doni antwortete nicht. Nervös kratzte sie sich die Wange, dann fügte sie hinzu: «Außerdem … Nun ja, keiner der Zeugen will vor Gericht erscheinen. Sie alle haben Angst, ihre Aufenthaltserlaubnis zu verlieren, oder fürchten Repressalien.»

«Typisch.»

Doni stand von seinem Stuhl auf und ging um den Schreibtisch herum.

«Hören Sie», sagte er. Wieder hatte er seinen Tonfall geändert. «Ihren, sagen wir, Gemeinsinn in allen Ehren und auch Ihr Engagement für diesen komplizierten Fall, doch es gibt Verfahrensregeln. Und dieses Gespräch verstößt gegen alle Vorschriften. Ich habe nicht die Absicht, es fortzusetzen.»

«Und warum nicht?»

«Das habe ich Ihnen doch gerade erklärt.»

«Aber ich sage die Wahrheit.»

«Das spielt keine Rolle.»

«Das spielt keine Rolle? Was spielt dann überhaupt eine Rolle?»

Doni seufzte. Er konnte nicht glauben, dass er bis an diesen Punkt gekommen war.

«Die Justiz ist eine komplexe Maschinerie», sagte er. «Sie arbeitet nach präzisen Mechanismen, und diese Mechanismen dürfen nicht ignoriert werden. Natürlich ist die Wahrheit das einzig Wichtige, allerdings nur, wenn sie alle vom Gesetz vorgeschriebenen Stationen durchlaufen kann. Es ist traurig, es ist schlimm, aber so ist es nun mal. Die Alternative dazu wäre das Chaos. Und jetzt bitte ich Sie …»

«Demnach gilt ein Mensch, der unschuldig ist, nur deshalb als schuldig, weil irgendwer nicht die Kraft hatte, Kopf und Kragen für ihn zu riskieren? Denn darum geht es hier doch, Dottore. Wenn meine Zeugen vor Gericht erscheinen, sind sie geliefert, so oder so. Es kommt heraus, dass sie keine Aufenthaltserlaubnis haben, und sie müssen zurück, oder aber der wahre Schuldige findet sie und bringt sie um. Doch wen juckt das schon, nicht wahr? Es sind ja bloß Kanaken!»

Doni stand der Mund offen.

«Was erlauben Sie sich? Darum geht es hier doch gar nicht.»

«Im Grunde schon. Und wie. Wenn jemand nicht als Zeuge auftreten kann, weil sein Leben in Gefahr ist, muss das Gesetz ihn schützen.»

«Und das tut es auch.»

«Aber nur in der Theorie, Dottore, machen wir uns doch nichts vor. In der Praxis reißt sich niemand ein Bein aus, um illegale Einwanderer zu beschützen oder ihnen Sicherheiten zu geben. Sehe ich das falsch?»

«Hören Sie, ich weiß nicht, worauf Sie hinauswollen.»

«Auf meinen Ausgangspunkt. Sie müssen mit diesen Leuten reden. Und ich schwöre Ihnen, dass ich mich hier erst wegrühre, wenn Sie die Polizei gerufen haben, denn in dieser Sache geht es nicht nur um mich oder Sie. Das ist mein voller Ernst.»

Doni war klar, dass er sie nicht so ohne weiteres loswerden würde. Er hätte natürlich die Polizei rufen müssen, doch dazu hatte er keine Lust. Er hatte es satt, und er hatte es besonders satt, sich mit einem Eindringling herumplagen zu müssen, der überhaupt nicht hätte da sein dürfen, der schon vorher hätte abgefangen werden müssen.

Zudem versprach der Tag, monoton und anstrengend zu werden, und eigentlich gefiel Doni die Art der jungen Frau.

Er beschloss, eine letzte Taktik anzuwenden, die einzige, für die er bekannt war: Zuhören. Geduldig, teilnahmsvoll, feinfühlig. Sich alles anzuhören, von Anfang bis Ende.

Bei Straftätern funktionierte das. Es gibt im Grunde keinen Verbrecher, der nicht verstanden werden will, und in jungen Jahren hatte Doni gedacht, dies sei wohl die Ursache dafür, dass die Bösen in den Comics stets lange Monologe hielten, in denen sie ihr Motiv und alles Übrige gestanden. Wir alle wollen verstanden werden, dachte Doni, denn wir alle sind mutterseelenallein, und wenn ich mich schon so fühle, warum dann nicht auch ein Dealer oder einer von der Camorra?

Diese Theorie krankte an einer gewissen Menschenliebe, und Doni sollte dies in den folgenden Jahren schnell klarwerden. Doch eigentlich hatte sie stets funktioniert.

Also breitete er die Arme aus und sagte: «Hören Sie. Normalerweise würde ich das Wachpersonal anweisen, Sie mit Fußtritten hinauszubefördern, denn wenn es etwas gibt, woran ich glaube, dann an die Notwendigkeit, ungestört für die Menschen zu arbeiten. Doch sei's drum, es ist fast noch Mittagszeit. Was halten Sie davon, wenn wir in der Nähe ein Brötchen essen gehen? Meine Zeit ist äußerst knapp bemessen, doch da mir Ihr Anliegen sehr dringlich zu sein scheint, will ich mal eine Ausnahme machen.»

«Wirklich?», fragte die Journalistin.

«Ja.»

«Danke! Danke, Sie wissen ja nicht, wie wichtig das ist.»

«Eine halbe Stunde, nicht länger. Und ich werde nichts weiter tun als zuhören.»

«Natürlich.»

Doni nickte. Er drehte sich um, weil er nach seinem

Mantel greifen wollte, beschloss dann aber, ihn im Büro zu lassen.

Der Oberstaatsanwalt und die Journalistin gingen zusammen durch die Flure des Justizpalasts.

5

DER FALL GHEZAL, wie die Journalistin ihn genannt hatte, war ein Berufungsprozess, der in zwanzig Tagen stattfinden sollte. Nicht seltsamer und auch sonst nicht anders als das, was Doni in fast vierzig Jahren Arbeitsleben bereits gesehen hatte. Das Böse war weder banal noch originell, hatte er irgendwann gedacht, es war einfach immer dieselbe Geschichte – Menschen, die etwas haben wollen, was sie nicht bekommen können.

Im Kleinen waren es Schläger in irgendeinem abgelegenen Dorf in Venetien oder im Latium, die ihre der Untreue bezichtigten Frauen blutig prügelten. Im Großen waren es riesige Verbrecherorganisationen, die kein Detail und nicht das kleinste bisschen Macht ausließen, um sich zu reproduzieren und überall zuzuschlagen. Doch nach Donis Ansicht waren das nur Unterschiede in den Dimensionen und nicht dem Wesen nach. Das Böse war böse, so oder so.

Aus diesem Blickwinkel konnte der Fall Ghezal nur jemandem schrecklich erscheinen, der nicht wie Doni und seine Kollegen an so etwas gewöhnt war. Das machte ihn an sich natürlich nicht weniger schrecklich oder moralisch leichter zu handhaben. Doch es stellte ihn in einen Zusammenhang, in eine nicht enden wollende Kette von Übergriffen, auf die sich das gemeinschaftliche Leben gründete, das war der Preis, der für jeden Augenblick der Ruhe gezahlt werden musste. Diese Sichtweise war bitter, doch Doni hatte längst gelernt, dass Egoismus den Lauf der Welt lenkte.

Und jedes Mal, wenn er die Akten prüfte, war es, als dächte auch sein Kopf in knapper Chronistenmanier. Die Fakten waren unverblümt, weil auch das Böse unverblümt war, es sprach die lebendigste aller Sprachen, die simpelste und universellste. Auch deshalb, dachte er, waren sie immer im Präsens geschrieben. Sie hörten nicht auf zu sein.

Auch diesmal kehrte er gedanklich ins Präsens zurück.

Am 9. Oktober gegen halb neun Uhr abends überfallen in der Via Esterle, einer Querstraße der Via Padova, drei Immigranten einen Italiener und seine Freundin.

Der Italiener heißt Antonio dell'Acqua: achtundzwanzig Jahre alt, nicht vorbestraft, Verkäufer in einem Telefonshop in Cinisello Balsamo. Das junge Mädchen stammt aus bürgerlichen Verhältnissen: dreiundzwanzig Jahre alt, Studentin an der Mailänder Universität IULM, wohnhaft an der Piazza Cavour. Name: Elisabetta Medda, Tochter des Unternehmers Giancarlo Medda.

Antonio raucht regelmäßig Haschisch und kauft bei einigen Tunesiern vom Viale Monza gelegentlich ein paar Gramm zusätzlich für Freunde. Seiner Aussage zufolge hat er Mitte September wesentlich mehr als sonst gekauft.

Gerechtfertigt wird dies mit einer großen Party in Cinisello. Auf jeden Fall hat er sich reichlich eingedeckt, überzeugt davon, alles, was zu viel ist, sofort weiterverkaufen zu können. (Vielleicht spielte er auch mit dem Gedanken, selbst einen kleinen Handel aufzubauen.)

Doch die vermeintliche Party fällt aus, die Kunden lassen

sich nicht blicken, Antonio bleibt auf zweihundert Gramm Rauchware sitzen. Von seinen Ersparnissen hat er nur einhundert Gramm bezahlt, für den Rest hat er Schulden, die er innerhalb von zehn Tagen begleichen soll. Eintausend Euro, wo soll er die hernehmen? Seine Mutter ist auf Kurzarbeit, und seine Freunde haben ihm schon zu oft Geld geborgt.

Er beschließt, die Gegend zu meiden und sich am Zahltag nicht blicken zu lassen. Niemand ruft ihn an – er hat dem Dealer seine Handynummer gegeben –, und damit scheint die Sache erledigt zu sein. Er will sich im nächsten Monat in Ruhe darum kümmern.

Am 9. Oktober verlassen Antonio und Elisabetta ihre Wohnung, um in eine Pizzeria in der Via Palmanova zu fahren, die von einem Freund des jungen Mannes geführt wird. Sie parken in der Via Esterle, einer schlechtbeleuchteten Seitenstraße. Nach wenigen Schritten kommen drei Nordafrikaner auf sie zu. Sie packen Antonio von hinten und schlagen auf ihn ein. Elisabetta stößt einen Schrei aus, einer der drei ohrfeigt und bedroht sie. Sie verstummt. Anscheinend beobachtet niemand die Szene, niemand ist auf der Straße, und auch vom Fenster aus hat niemand etwas gesehen.

Als Antonio am Boden liegt, zieht einer der drei eine Pistole. Er hält sie ihm an die Schläfe und sagt: «Das nächste Mal bist du tot, okay? Also rück das Geld raus. Bis dahin nehmen wir das hier.» Er nimmt ihm Brieftasche und Handy ab. Die anderen tun dasselbe mit Elisabetta, die keinen Widerstand leistet.

Da rappelt sich Antonio auf und will den Helden spielen – ein Plot, den Doni schon zu oft gesehen und gehört hat. Er stürzt sich auf den bewaffneten Nordafrikaner und boxt ihn in die Rippen. Es gibt einen kurzen Kampf, die beiden rollen auf Elisabetta zu, der Nordafrikaner schreit etwas auf Arabisch, zwei Schüsse fallen.

Der erste geht ins Leere.

Der zweite trifft Elisabetta.

Antonio hastet in eine Bar und ruft die Polizei, die drei Nordafrikaner flüchten. Elisabetta wird ins Krankenhaus gebracht und notoperiert. Die Kugel ist in die Wirbelsäule gedrungen. Das Mädchen kommt durch, ist jedoch künftig querschnittsgelähmt.

Anfangs versucht Antonio, das Ganze wie einen zufälligen Raubüberfall hinzustellen, doch die Dinge sind zu kompliziert. Am Ende gesteht er, und Elisabetta bestätigt seine Version. Die Kugel, die man aus dem Körper des Mädchens entfernt hat, ist eine 7,65er, und in der Via Esterle hat die Polizei eine identische gefunden.

Während des Gesprächs bringt Antonio den Namen Khaled Ghezal ins Spiel und gibt an, er sei sich sicher, ihn als einen der Angreifer jenes Abends erkannt zu haben. Weiter behauptet er, gegen Mittag einen Anruf von ihm erhalten zu haben. Khaled habe ohne Drohungen, doch in einem verdächtigen Ton zu ihm gesagt: «Man sieht sich, und zwar schon bald.»

Khaled ist Tunesier mit einer Aufenthaltsgenehmigung, fünfundzwanzig Jahre alt und Maurer. Er wohnt zusammen mit seiner Schwester im Viertel an der Via Padova und ist nicht vorbestraft. Er verkehrt in denselben Kreisen wie Antonio, den er kennt, weil er mit dessen Cousin auf derselben Baustelle gearbeitet hat. Manchmal hat er mit ihm was geraucht oder ihm geholfen, an Haschisch heranzukommen, doch er ist kein Dealer.

Antonio zufolge ist Khaled ein ruhiger Typ. Er vermutet, dass er angeheuert wurde, weil er jemandem einen Gefallen schuldete, und überhaupt – traue einer diesen Nordafrikanern. Fest stehe jedenfalls, dass er zu den Angreifern gehörte.

Die Polizei stellt eine Liste mit den Telefonaten von Antonios ehemaligem Handy zusammen und ermittelt so Khaleds Nummer. Anhand der Daten wird bestätigt, dass das Gespräch stattgefunden hat.

Der Tunesier wird schnell ausfindig gemacht. Man steckt sein Foto in ein Standardalbum und zeigt es Elisabetta, als sie noch im Krankenhaus liegt. Auch sie erkennt ihn wieder. Nicht er habe die Pistole gezogen und die zwei Schüsse abgegeben, doch er sei zweifellos einer der drei. Derjenige, der das Handy und das Geld aus ihrer Handtasche genommen und ihr einen Stoß versetzt habe.

Derjenige, von dem sie sich losgerissen hat, um zu Antonio zu laufen und eine Kugel in den Rücken zu bekommen.

Nun wird Khaled an seinem Arbeitsplatz auf einer Baustelle in Cormano von der Polizei festgenommen. Der Haftrichter bestätigt die Rechtmäßigkeit der Festnahme und ordnet Untersuchungshaft an. Der junge Mann wirkt verstört und hat kein Geld für seine Verteidigung.

Man teilt ihm einen Pflichtverteidiger zu. In der Verhandlung gibt er zu, Antonio dell'Acqua zu kennen und manchmal mit ihm Haschisch geraucht zu haben, mehr jedoch nicht. Er bestreitet, am Tatort gewesen zu sein, er bestreitet, die vermeintlichen Komplizen zu kennen, und er bestreitet absolut, das Paar überfallen zu haben. Er hat kein eindeutiges

Alibi für jenen Abend, er sei mit Freunden unterwegs gewesen, erklärt er, doch keiner dieser Freunde ist bereit, das zu bestätigen. Mehr noch, keiner von ihnen ist auffindbar.

Khaled wird im Schnellverfahren des Raubes, des versuchten Mordes und der Mittäterschaft im Falle schwerer Körperverletzung angeklagt.

Khaleds Anwalt, Enrico Caterini, ein linker Aktivist, zieht die Sache politisch auf. Er konzentriert sich auf die Härte, mit der gegen einen anständigen Arbeiter vorgegangen werde, nur weil er Ausländer sei.

Michele Franzulla, der Richter, ist dick, kahl und ein verlässlicher Mann. Einer von denen, die dazu geboren scheinen, zwischen Schriftstücken zu sterben. Das Urteil folgt Caterinis Argumentation nicht, es ist sehr nüchtern, doch relativ milde.

Khaled Ghezal wird des Raubes, des unerlaubten Waffentragens und versuchter Nötigung für schuldig befunden. Vom Delikt des versuchten Mordes und des unerlaubten Waffenbesitzes wird er freigesprochen, niedere Motive, die strafverschärfend wirken könnten, werden ausgeschlossen. Caterini macht geltend (begründet es aber miserabel), dass die beiden Schüsse eine nicht absehbare Folge des Raubes waren.

Der Richter fügt schließlich hinzu, das jugendliche Alter, das Fehlen von Vorstrafen und der legale Aufenthalt in Italien können als generell strafmildernd gewertet werden.

Sechs Jahre Haft, wegen des beschleunigten Verfahrens auf vier herabgesetzt.

Der Anwalt des jungen Paares, das als Nebenkläger auftritt, legt Berufung ein. Er erklärt das Urteil für lächerlich, es sei ein Beweis für die Regel «wenig Beweise, geringe Strafe», die jeder vergessen sollte, sobald er einen Gerichtssaal betritt.

Elisabettas Eltern, sie sind ebenfalls Nebenkläger, drängen darauf, dass auch die Staatsanwaltschaft in Berufung geht. Sie schreiben einen langen Brief an den *Corriere della Sera*, der den Fall aufgreift.

Khaleds Anwalt beantragt seinerseits Berufung und fordert einen Freispruch oder zumindest Strafminderung.

Mailand ist in Aufruhr. Die rechtsorientierten Zeitungen werten die Ereignisse als typisch für eine linksgerichtete, duldsame und unfähige Justiz. Es folgen Versuche der Selbstkritik in gutem Glauben oder wider besseres Wissen, Erklärungen politischer Kommentatoren und Meinungsumfragen auf mehreren Lokalsendern.

Die Staatsanwaltschaft legt Berufung ein und auch der Oberstaatsanwalt, vor allem aus verfahrenstechnischen Gründen, und sie verlangen eine Verurteilung für alle Straftaten.

So weit, so gut.

Doni hatte bei alldem nur zwei Gewissheiten: dass er der Oberstaatsanwalt war und dass er die besten Chancen auf Erfolg hatte.

Mehr gab es nicht zu sagen.

6

ZUNÄCHST WOLLTE ER zu den Kreuzgängen der alten Fondazione Umanitaria gleich hinter dem Justizpalast. Es war ein kühler, angenehmer Ort, und Doni war seit Monaten nicht mehr dort gewesen. Doch dann entschied er sich für eine Studentenbar hinter der Sormani-Bibliothek. Weit genug entfernt, um irgendwelchen Begegnungen und Gerüchten über diese Signorina aus dem Weg zu gehen. Nicht dass ihm das viel ausgemacht hätte, doch Gerüchte erfordern Zeit, um sie wieder aus der Welt zu schaffen, und Zeit vergeudete er ohnehin schon zu viel.

Sie setzten sich an einen Tisch in der Nähe der Tür. Elena bestellte einen Hamburger und eine Coca-Cola, Doni ein Käsebrötchen und eine kleine Flasche stilles Wasser.

«Was ich Sie noch fragen wollte», sagte er zu der jungen Frau. «Von wem haben Sie eigentlich meine E-Mail-Adresse?»

«Die? Ach, Adressen hacken ist inzwischen meine Spezialität. Man braucht nur ein paar Kombinationen auszuprobieren: Vorname Nachname, Vorname Punkt Nachname, Anfangsbuchstabe des Vornamens Punkt Nachname und so weiter. Wenn sie falsch ist, kommt die Mail zurück. Außerdem habe ich bei einem Freund nachgefragt, der bei der Zeitung für die Gerichtsberichte zuständig ist.»

Doni zog die Brauen hoch.

«Das ist ein Klassiker», sagte Elena. «Das machen wir alle so. Irgendwie muss man ja an seine Kontakte kommen, oder? Wenn ich was an eine Zeitschrift schicken will, was mache ich da wohl, schicke ich es an *info@irgendwas*? Nein, ich hacke den Namen des stellvertretenden Chefredakteurs.»

«Ich dachte, ihr habt Datenbanken.»

«Datenbanken.» Sie lächelte. «Warum auch nicht. Ich bin einunddreißig Jahre alt und freie Journalistin, Dottore. Um über die Runden zu kommen, habe ich einen Teilzeitjob in einer Mondadori-Buchhandlung in Lambrate. Es ist schon viel, wenn ich überhaupt ein paar Artikel veröffentlichen kann, von wegen Datenbanken.»

Doni dachte über ihre Worte nach. Mit einunddreißig war er bereits Amtsrichter gewesen.

Die Kellnerin brachte die Brötchen. Doni schraubte die Flasche auf und goss etwas Wasser in sein angeschlagenes Glas. «Zurück zu uns. Sie wollen also, dass ich einige Leute anhöre, die Ghezals Unschuld bezeugen könnten, richtig?»

«Ja, genau.»

«Dann erzählen Sie mal.»

«Nun, kurz nach dem Vorfall habe ich einen Artikel für eine Gratiszeitung geschrieben, für die ich manchmal arbeite. Eine halbe Seite, die übliche Berichterstattung. Doch als ich in der Via Padova ein paar Fragen stellte, zeigte sich, dass kein Mensch an die offizielle Version glaubte. Wissen Sie, in diesem Viertel kennt man sich nach einer Weile, und es wird viel geredet. Ich habe mich bei dem Fleischer erkundigt, bei dem Khaled einkaufte. Ich habe in der Bar nachgefragt, in der er sich mit seinen Freunden traf. Und ich habe mit dem Tabakhändler gesprochen, bei dem er seine Zigaretten kaufte. Niemand glaubte diese Version. Khaled sei niemals fähig, jemanden anzugreifen.» Sie hielt einen Moment inne und biss in den Hamburger. «So weit erst mal nichts Besonderes, nicht wahr? Es kann schon mal vorkommen, dass jemand, der über jeden Verdacht erhaben ist …»

«Ja», sagte Doni, «das kann vorkommen.»

«Aber es kommt nicht so oft vor wie im Film.»

«Nein. So oft nicht.»

«Haben Sie *Der Mann, der den Zügen nachsah* gelesen?»

«Nein.»

«Das ist ein Roman von Simenon. Es geht darin um einen holländischen Angestellten, einen normalen Familienvater mit einem sicheren Job, der eines Nachts durchdreht und zum Mörder wird. Er verschwindet nach Paris, ermordet versehentlich eine Prostituierte, taucht unter, gerät ins Verbrechermilieu und so weiter. Also, ich glaube so was eigentlich nicht. Zumal Khaled kein Blutbad angerichtet hat.»

Doni sagte nichts. Er aß.

«Demnach», fuhr sie fort, «ist es wohl am naheliegendsten, dass man ihn bedroht und gezwungen hat, das zu tun, was er getan hat. So sehr Khaled allgemein auch als anständiger Mann gilt, es spielt hier keine Rolle. Richtig?»

«Richtig.»

Elena zog ein Notizbuch aus ihrer Tasche und begann darin zu blättern.

«Darum bin ich der Sache tiefer auf den Grund gegangen. So weit mir das möglich war, habe ich anhand verschiedener Hinweise sein Leben und seine Gewohnheiten rekonstruiert.» Sie biss erneut in den Hamburger, und während sie kaute, las sie vor: «Khaled lebt seit sechs Jahren in Mailand. Er hat eine Aufenthaltsgenehmigung und arbeitete auf einer Baustelle. Sein Chef hat mir versichert, dass es nie Probleme mit ihm gab und er ein guter Arbeiter ist. Er wohnte mit seiner damals arbeitslosen Schwester zusammen, mit der ich seit einer Weile in Verbindung stehe.» Sie schaute kurz auf. «Ich will nicht behaupten, dass wir Freundinnen sind, doch ich greife ihr ein wenig unter die Arme, und manchmal essen wir abends zusammen. Wir wohnen nicht weit voneinander entfernt. Jedenfalls war Khaled abends mit den verschiedensten Leuten zusammen, und natürlich kam er in seiner ersten Zeit in Italien auch mit Dealern in Kontakt oder hat selbst Haschisch verkauft, doch er gehörte nie einer kriminellen Organisation an. Er ist praktizierender Muslim, aber ohne jeden extremistischen Hintergrund. Er ging oft in eine Spielhalle in seiner Wohngegend und aß dreimal in der Woche mit seiner Schwester in einem Dönerladen, der von seinen Freunden geführt wird. Na und so weiter.»

Sie klappte das Notizbuch zu. Doni bemerkte, dass er gar nicht zugehört hatte.

«Einverstanden. Wer sind die Leute, die Sie mir vorstellen wollen?», fragte er.

«Vor allem seine Schwester und zwei seiner Kollegen von der Baustelle.»

«Und was haben sie so Außergewöhnliches zu sagen?»

«Für den Anfang könnten sie Ihnen Khaled und seine Welt näherbringen.»

Doni schob seinen Teller ein paar Zentimeter von sich und seufzte.

«Das ist nicht sonderlich von Belang. Das Urteil richtet

sich nach den Fakten. Personen und Lebensumstände werden nur bei der Höhe des Strafmaßes berücksichtigt.»

«Ich weiß. Aber Sie können auch nicht ausschließen, dass für das Urteil wichtige Sachverhalte zum Vorschein kommen könnten.»

«Die zu suchen ist nicht meine Aufgabe, Signorina. Wie ich Ihnen schon sagte, ich bin hier der Böse.»

Sie seufzte.

«Es gibt da noch jemanden, der, wie ich hoffe, mit Ihnen sprechen wird. Es ist ein Freund von Khaled, der an besagtem Abend mit ihm zusammen war.»

Doni setzte zu einer Antwort an, schloss dann aber den Mund und begnügte sich mit einem Nicken.

«Ich kann mir vorstellen, dass die Aussage, Khaled sei mit bestimmten Personen zusammen an einem bestimmten Ort gewesen und eben nicht in der Via Esterle, von einiger Bedeutung ist.»

«Das ja, zweifellos. Aber …»

«Ja, natürlich», kam sie ihm zuvor. «Nicht ohne offiziell für die Beweisführung eingereicht zu werden. Doch das ist ja gerade der springende Punkt. Sagen wir, ich bitte Sie im Namen der wahren Gerechtigkeit darum, inoffiziell zu sein.»

Doni verzog das Gesicht.

«Es gibt keine wahre und keine falsche Gerechtigkeit», sagte er.

«Wahre Gerechtigkeit ist die, in deren Namen ein Unschuldiger nicht einfach deshalb bestraft werden kann, weil bestimmte Mechanismen nicht greifen.»

«Mir scheint, Sie sind bereits davon überzeugt, dass Khaled unschuldig ist.»

«Allerdings.»

«Glauben Sie nicht, dass Sie ein wenig übertreiben?»

«Nein, das glaube ich nicht.» Sie legte ihre Hände auf den Tisch. «Und wenn Sie über alles im Bilde wären, würden Sie genauso denken.»

Sie waren fertig mit dem Essen, und die Kellnerin räumte das Geschirr ab. Doni bestellte einen Kaffee, Elena schüttelte den Kopf und wehrte mit der Hand ab, sie hatte schon welchen getrunken, und mehr als einen pro Tag vertrug sie nicht.

Dann schwiegen sie. Rings um sie her war Leben in die Bar gekommen, das Lokal war wie ausgewechselt. Drei Mädchen fotografierten sich gegenseitig mit ihrem iPhone. Eine Gruppe Angestellter debattierte über das letzte Spiel von Milan.

Die Kellnerin stellte eine Tasse auf den Tisch.

«Eines möchte ich doch noch wissen», sagte Doni. «Wie kommt es, dass Sie sich so sehr für diesen Fall interessieren?»

Sie zuckte mit den Schultern.

«Was soll ich sagen. Manche Geschichten haben es einem eben angetan.»

«Das ist alles?»

«Das ist alles», sagte sie kurz angebunden. «Und jetzt möchte ich etwas von Ihnen wissen. Wie kann man denn einen Menschen verurteilen, ohne sich absolut sicher zu sein, dass er schuldig ist?»

Normalerweise wäre Doni nach so einer Frage aufgestanden und gegangen. Doch stattdessen versuchte er – zu seiner eigenen Überraschung – eine konkrete, endgültige Antwort zu geben.

«Absolute Sicherheit ist die Sache Gottes, falls Sie an ihn

glauben. Doch wir sind Menschen, und wir arbeiten wie Menschen. Ich glaube, Sie haben eine etwas verschobene Vorstellung davon, wie die Justiz funktioniert.» Doni wedelte mit dem Zuckertütchen und riss es auf. «Ein Prozess ist nicht dazu da, die Täter zu bestrafen, er ist in erster Linie dazu da festzustellen, wer diese Täter sind. Und es gibt gerade deshalb drei Instanzen, weil das Verfahren komplex und heikel ist und wir alle fehlbar sind. Glauben Sie mir, niemand im Justizpalast möchte, dass Khaled Ghezal verurteilt wird, falls er unschuldig sein sollte. Das garantiere ich Ihnen. Ich habe aus rein formellen Gründen Berufung eingelegt, und der Gedanke, einen Sündenbock für das arme Mädchen zu finden, das jetzt im Rollstuhl sitzt … Tja, der beschäftigt zwar die Öffentlichkeit, doch bestimmt keinen Staatsanwalt.»

Sie schien einen Augenblick nachzudenken. Dann sagte sie: «Ich verstehe. Doch wo trennen sich bei Ihnen Arbeit und Gewissen?»

«Gewissen? Was hat denn mein Gewissen damit zu tun? Ich habe Ihnen doch erklärt, dass wir uns einzig und allein auf Fakten stützen.»

«Ich weiß, aber trotzdem. Sie üben einen Beruf aus, Sie sind Staatsanwalt. Sie haben mit Recht und Gesetz zu tun, setzen wir beides der Einfachheit halber einmal gleich. Bis hierhin ist alles klar: Sie arbeiten, und wenn Sie mit der Arbeit fertig sind, gehen Sie nach Hause wie jeder andere auch. Allerdings … In Ihrem Beruf ist es damit nicht getan. Es ist ein bisschen wie in meinem, Dottore. Ich glaube, dass es dabei auch den Faktor des Gewissens gibt, weshalb man sich nicht darauf beschränken kann zu sagen, dass die Dinge nun mal so sind, wie sie sind. Wir hören nicht auf, Richter oder

Journalist zu sein, wenn wir in unseren Pyjama schlüpfen – das ist zumindest meine Meinung. Und zwar, weil sowohl ich als auch Sie nach der Wahrheit suchen. Oder?»

Doni kratzte sich die Wange, dann schüttelte er zweimal den Kopf und lächelte.

«Sie sind sehr klug», sagte er. «Ihre Argumentation ist elegant und geistreich, das ehrt Sie in diesen Zeiten. Doch alles in allem ist sie auch idealistisch. Müssten wir sämtliche möglichen Verästelungen eines jeden Falles berücksichtigen und bei jedem Fall anfangen, den Privatdetektiv zu spielen, würden wir nur alle hundert Jahre ein Verfahren abschließen. Dabei beschweren sich die Leute jetzt schon, dass die Prozesse zu lange dauern.» Er lachte, Elena lachte nicht.

Wie im Film standen sie kurz darauf gleichzeitig auf, ohne das Thema noch einmal anzuschneiden. Doni zahlte, die Journalistin machte Anstalten, seine Rechnung zu übernehmen, doch er widersetzte sich galant.

Es hatte sich abgekühlt, die Straße war voller Angestellter und Studenten, die sich in ihrer Mittagspause an einem Sonnenstrahl erfreuten.

Doni blieb stehen, als wartete er darauf, dass sie sich verabschiedete, und sah so aus, als müsse er garantiert in die andere Richtung aufbrechen. Die Journalistin verstand, drückte ihm die Hand und bedankte sich für das Gespräch.

«Ich gebe Ihnen meine Telefonnummer», sagte sie schließlich. Sie zog ihre Brieftasche hervor und entnahm ihr eine rote, quadratische Visitenkarte. So eine hatte Doni noch nie gesehen. «Hier. Wenn Sie nur noch einmal darüber nachdenken.»

Doni drehte das Quadrat zwischen den Fingern. Dort

stand lediglich: *Elena Vicenzi – freie Journalistin*. Kurz darunter E-Mail-Adresse und Telefonnummer.

«Einverstanden», seufzte er.

«Gut», sagte sie. «Ich gehe jetzt. Sie waren wirklich sehr freundlich.»

«Keine Ursache.»

«Kann ich darauf hoffen, dass Sie mich anrufen?»

Doni zuckte mit den Schultern und lächelte. Sie lächelte zurück, dann machte sie sich zu Fuß auf den Weg in Richtung Universität.

Nach wenigen Minuten war sie im Strom auf der Via Larga nur noch eine Gestalt unter vielen.

Den restlichen Nachmittag verbrachte Doni mit gewissenhafter Arbeit und versuchte, die Worte der jungen Frau zu vergessen. Erst gegen sechs Uhr stand er auf, um sich am Automaten einen Kaffee zu holen. Auf dem Flur herrschte ein unangenehmer Geruch. Ein verzweifelter Kollege bat ihn, ihm seinen Toilettenschlüssel zu leihen, doch Doni hatte ihn nicht bei sich. Im Justizpalast gab es nur sehr wenige Toiletten (man hatte sie abgeschafft, um Büros daraus zu machen), und alle waren abgeschlossen. Über einen anständigen Waschraum zu verfügen – so wie Doni – wurde als ein Riesenglück und als ein klares Zeichen von Macht angesehen.

Als er das Gebäude verließ, war der Abend schon weit fortgeschritten, der Himmel hatte sich urplötzlich zugezogen. Nach einem Drittel seines Weges durch die Via Pace zerrte der Wind heftiger an den Ästen der Bäume. Noch ein paar Schritte, und die ersten Tropfen fielen. Zwei Passanten auf der anderen Straßenseite liefen in der Gegenrichtung an ihm vorbei.

Doni sog die frische Luft ein, und seine Nackenhaare stellten sich auf – eine animalische Reaktion, die er nicht gewohnt war.

Ein von niemandem vorhergesehenes Gewitter zog auf. Mailands Herz brach auf wie eine faulige Frucht.

Doni blieb stehen und wartete auf das Wasser auf seinem Kopf.

7

AM DARAUFFOLGENDEN SAMSTAG, nach einer weiteren Regennacht, erreichte der Frühling in der Stadt seinen Höhepunkt. Doni hatte beim Aufwachen an die Journalistin gedacht, doch ein Frühstück mit einem Quartett von Schubert genügte, um jeden Gedanken auszulöschen.

Claudia war früh aufgestanden und schon aus dem Haus, und die Putzfrau würde nicht vor Mittag kommen. Doni hatte zwei Stunden allein zu Hause und war fest entschlossen, jeden einzelnen Augenblick davon zu genießen.

Er machte sich einen zweiten Kaffee und bemerkte, dass er den Frühling erst jetzt wahrnahm. Der Lichtstrahl nach dem Mittagessen mit Salvatori vor einigen Tagen hatte die wunderbare Erscheinung bereits angekündigt, die nun ihre Vollendung fand. Das war keine Frage des Datums, sondern ein ganzes Spektrum von Empfindungen: Er im Hemd und in Pantoffeln auf dem Balkon, der Wind und die Sonne auf der Haut, die Musik in den Zimmern und im Flur, dazu das Menschengewimmel auf der Straße – auf in Richtung Dom und ab in Richtung Corso.

Nach Schubert war Mozart an der Reihe, drei Sonaten für Klavier und Violine. Doni zappte vor bis zum KV 379. Er nahm seine Tasse und setzte sich in den Sessel.

Klassische Musik war die einzige Kunst, in der er zumindest ein wenig bewandert war, und die einzige, der er sich mit Ausdauer widmete. Doch anders als bei einigen sporadischen Erlebnissen mit Literatur und Malerei ergriff ihn das, was er hörte, nicht.

Der Unterschied war der: Wenn er zum fünfzehnten Mal Jack Londons *Wolfsblut* las, war er so gerührt wie beim ersten Mal. Das Gleiche galt für die Bilder von La Tour. Er verstand nichts davon, und vielleicht liebte er sie aus einem absurden Grund – wegen der Kerzen –, doch er liebte sie.

Bei Schumann oder Mahler dagegen hätte er viele Melodien mühelos mitträllern können, hätte die Einflüsse aufzeigen und darauf hinweisen können, wie sich hier, bei einem bestimmten Takt, die Modulation auf den Fortgang der Sinfonie auswirkte. Doch das war eigentlich auch schon alles.

Nicht dass es ein rein intellektuelles Vergnügen war. Doni genoss die Musik durchaus, doch er war sich auch bewusst, dass sie seinem Wesen nicht entsprach und dass sie mit seiner Biographie zusammenhing: mit der Notwendigkeit in jungen Jahren, bei Claudia Eindruck zu schinden.

Ende der siebziger Jahre war sie eine durchschnittliche Violinistin am Konservatorium gewesen – das fehlende Talent hatte sie mit einer enormen Willenskraft kompensiert –, und Doni hatte gar nicht anders gekonnt, als sich ihrer Leidenschaft anzuschließen.

Während die Mozartsonate verklang, dachte Doni an dieses schüchterne, nachgiebige Etwas zurück, das er gewesen war, und empfand einigen Widerwillen dabei. Er hatte damals keine Träume gehabt, keine Wünsche, und sich darauf beschränkt, Claudia zu begehren, als läge darin alles Glück verborgen. Und um sie zu bekommen, lernte er. Er hatte sich Schönbergs *Harmonielehre* gekauft, und abends, wenn sein Bruder sich mit seinen Eltern stritt oder den Rucksack für eine seiner Reisen packte, las er darin, ohne ein Wort zu verstehen.

Aber was hatte er denn sonst schon? Eine normale Familie, ein normales Studium, ein gutes Gespür und viel Methodik. Er war ein Kind seiner Zeit, so wie Elisa ein Kind ihrer Zeit war, so intelligent, dass sie weglaufen musste, um sie zu erobern.

Jahrelang war Doni genügsam und anspruchslos gewesen. Der Mann, der fettfrei isst, hatte Claudia ihn lachend genannt. Alles sollte einem Ziel geopfert werden – dem, das ihm als seine Überzeugung gegeben war: das Leid verringern und die Möglichkeiten maximieren. Das war seine Aufgabe in der Welt, die Aufgabe aller Männer, die kurz nach dem Krieg geboren waren. Eine Familie gründen. Bescheiden lieben. Den Anstrengungen der Väter zum Recht verhelfen.

Doch heute war das anders. Ganz als hätten sich seine Wünsche im Laufe der Jahre verschärft. Wann hatte das begonnen? Zeitlich konnte er das nicht festmachen, doch eines war klar: Inzwischen befriedigte es ihn zutiefst, wenn man ihm gehorchte und wenn er die Carabinieri oder weniger erfahrene Kollegen seine Macht spüren ließ.

Mit seinem Körper, der noch behende und schlank wie der eines jungen Mannes war, fing er seit Jahren nichts mehr an. Der Kopf war es, der noch eine Weile den Ton angeben sollte, und dies, um genau das Gegenteil dessen zu tun, was Doni in seiner Jugend unter Glück verstanden hatte: um jeden Appetit zu befriedigen und satt ans Ende zu kommen.

Er wickelte eine Praline aus, legte sie sich auf die Zunge und ließ sie langsam zergehen.

In der sonderbaren Leere, die auf jede Aufführung folgt – Musik entsteht aus der Stille und kehrt in die Stille zurück, das ist ein Mysterium, hatte einer von Claudias Lehrern gesagt –, wechselten der junge und der alte Doni einen Blick und liefen in die entgegengesetzten Richtungen davon – in die Vergangenheit und in die Zukunft.

Wenig später verließ er das Haus, um spazieren zu gehen. Der Himmel war noch frisch und blau, vom Wasser blank gewaschen, doch auf den Straßen herrschte schon wieder das typische, zusammenhanglose Treiben. Leute, die an den Ampeln standen und unbemerkt ihren Vordermann streiften. Leute, die ihr Auto aufheulen ließen und hinter ihrer Sonnenbrille lächelten. Leute, die Eis kauften, Kinderwagen schoben und am Telefon zeterten. Leute eben.

Doni aß gegen Mittag in der Crocetta-Bar, das x-te Brötchen seines Lebens, nur dass es fettiger und teurer war als sonst. Samstags war alles erlaubt, und so bestellte er auch ein Guinness. Das hatte er schon lange nicht mehr getrunken.

Nach der Irlandreise mit Claudia zwei Jahre zuvor konnte er die Brühe, die in den italienischen Pubs als Guinness verkauft wurde, eine ganze Weile nicht mehr trinken. Der Aufenthalt in Irland (die dort vom Klima vorgegebene Langsamkeit, die Harmonie der Landschaft) hatte ihm so sehr gefallen, dass er Claudia auf dem Rückflug vorgeschlagen hatte, nach der Pensionierung in ein kleines Dorf an der Küste zu ziehen. Sie hatte ihn ausgelacht.

Nach dem Essen ging er zielgerichtet ins Zentrum und bog nach Westen in die Nebenstraßen der Via del Carroccio ab. Als er nach einigen Hundert Metern müde wurde, nahm er die Straßenbahn, die ihn in einem Bogen an sein gewünschtes Ziel brachte, zum Corso Magenta.

Dort gab es eine alte Mailänder Schneiderei, zu der schon sein Vater gegangen war und vielleicht auch sein Großvater. Seit einiger Zeit hatte sie auch an zwei Samstagen im Monat geöffnet, und Doni nutzte die Gelegenheit, um einen grauen Anzug aus gefilzter Schurwolle anzuprobieren. Das Geschäft hatte trotz seiner Lage nichts Elegantes, im Gegenteil, es hatte seine ursprüngliche Nüchternheit behalten. Nur wenige Kleidungsstücke, ein Familienbetrieb und zwei etwa fünfzigjährige Verkäuferinnen im Rock – keine jungen Mädchen in ausgewaschenen Jeans, kein alberner Schnickschnack.

Während Doni darauf wartete, dass das Geschäft zum Nachmittag wieder öffnete, trank er in einer Bar in einer Seitenstraße den dritten Kaffee. Um diese Zeit war sie fast menschenleer. Doni setzte sich ins Freie an einen schmiedeeisernen Marmortisch und überlegte, wie er sich wohl als Pensionär fühlen würde: stolz darauf, seine Aufgabe in der Welt erfüllt zu haben, und mit einem Bein schon im Grab.

«Ist das Ihre Zeitung?», fragte ihn ein junger Mann.

Doni sah, dass auf dem zweiten Stuhl an seinem Tisch eine Ausgabe des *Corriere della Sera* lag.

«Nein», sagte er.

«Kann ich sie haben?»

«Bitte.»

Doni schaute ihm einen Moment nach, dann schloss er gedankenverloren die Augen und lauschte den Geräuschen des Tages: dem Rascheln der Zeitung in den Händen des jungen Mannes, dem Klappern von Gläsern und Besteck, einem Alten, der in die geschlossene Faust hustete. Die ganze Stadt eine einfache Klangepisode, die immer wieder neue, unfehlbare Ballade, die Mailand ihm schenkte.

Dann öffnete die Schneiderei. Kaum war er eingetreten, schenkte der Besitzer ihm ein Lächeln, das wohl eher selten war: «Dottore, guten Tag! Wie schön, Sie wiederzusehen. Womit können wir Ihnen dienen?»

Auch Doni lächelte. Das war es, was ihm zustand. Ein serviler Kaufmann und alle Zeit der Welt, um zu entscheiden, ob er einen Anzug für eintausenddreihundert Euro kaufen sollte oder nicht.

Das stand ihm zu, dieses Privileg, einfach so, in wenigen Minuten, so viel Geld zu verjubeln wie seine Tochter in einem Monat verdiente. Es war absurd, doch das spielte keine Rolle. Zehn Minuten später, als er sich im Spiegel betrachtete, geriet der Tag in Gefahr. Er hörte sein Telefon klingeln, das er zusammen mit seiner Hose in der Ankleidekabine gelassen hatte. Er kramte herum und fand es, kurz bevor das Klingeln aufzuhören drohte. Es war Claudia.

«Heute Abend sind wir zum Essen bei meinem Vater», sagte sie. «Sei doch so gegen sechs wieder zu Hause.»

Doni steckte das Telefon zurück in die Hosentasche und fuhr sich mit der Hand übers Gesicht.

8

CLAUDIAS MUTTER WAR einige Jahre zuvor bei einem Unfall ums Leben gekommen, und ihr Vater hatte die Wohnung in Porta Genova verkauft, um in ein lausiges Reihenhaus kurz vor Mailand, in der Nähe von Chiaravalle, zu ziehen. Früher mochte das eine schöne Gegend gewesen sein, doch jetzt kreuzten sich dort die Osttangente und der Zubringer der Autostrada del Sole. Eine Ansammlung von Feldern ohne Poesie, verlassenen Gehöften voller illegaler Einwanderer und Prostituierten aus Afrika, wilden Mülldeponien und Friedhöfen.

Trotzdem war Claudias Vater begeistert davon. Er behauptete, den Kontakt zur Natur wiedergefunden zu haben. Seit kurzem entwickelte er zudem ein fanatisches Interesse für Namen und Bezeichnungen. Er hatte sich ein Dutzend Wörterbücher gekauft und verbrachte Stunden damit, die Etymologie der banalsten Wörter zu rekonstruieren, als könnte ihn das endgültig zum Kern dessen bringen, was er erlebt hatte, womöglich als eine Art Schlüssel zum Schrein der Vergangenheit oder als Zugang zu dem Begriff, der ihn retten konnte, zu einem Zauberwort, verborgen in den Falten dessen, was einmal gewesen war.

Sein Leben lang hatte er eine große Schuhfabrik unweit der Stadt, in Cesano Boscone, gehabt. Und nun lernte er jeden Eintrag des Wörterbuchs auswendig und studierte jedes Detail mit andächtiger Sorgfalt. Er prägte sich ganze Sätze und Definitionen ein, eine tote, verkrüppelte Sprache im Mund eines Toten, der nicht weichen wollte. Ein Wort und dann noch eines, und jedes Mal, wenn Doni ihn sah, saß er mit seiner Schachtel Zigaretten da – er rauchte seit siebzig Jahren, früher Muratti und jetzt, um es nicht zu übertreiben, Marlboro Lights – und mit ein paar neuen Etymologien. Aus irgendeinem Grund und gegen jede biologische Logik hielt sein Gehirn durch. Er klammerte sich in der Hoffnung an die Wörter, dass mit ihnen auch die benannten Dinge unversehrt blieben, und auch sein Körper.

Für Claudia war das eine sympathische, geradezu geheimnisvolle Art zu altern. So entdeckte sie an ihrem Vater eine sanfte Seite, die ihr bis dahin unbekannt gewesen war. Dieser alte, von Buchstaben besessene Herr war derselbe, der ihr hatte verbieten wollen zu musizieren, der sie in ein Mädcheninternat gesteckt hatte und der Geld in einer Auseinandersetzung für den einzig gültigen Wertmaßstab hielt, «weil man es in der Hand halten kann», wie er sagte, wobei er seine Fingerspitzen aneinanderrieb.

Claudia zufolge fand er nun zu einer Unschuld, die er nie besessen hatte.

Doni zufolge verkalkte er nun bloß endgültig.

Das Abendessen war reichlich trostlos. Der alte Mann hatte im einzigen Restaurant in der Nachbarschaft Unmengen von Kalbfleisch in Thunfischsauce gekauft und es sich einige Stunden zuvor liefern lassen. Die mit Aluminiumfolie abgedeckten Plastikschalen standen bereits auf dem Tisch. Er servierte das Essen zusammen mit rotem Perlwein.

Doni war angewidert und tat nichts, um das zu verhehlen. Claudia bemühte sich, zwischen den beiden Männern zu vermitteln, die sich im Übrigen ganz einfach ignorierten. Beide sprachen über unterschiedliche Dinge mit ihr, und sie antwortete ihnen abwechselnd.

Nach drei Gläsern Wein begann der Alte zu schwafeln.

«Vor kurzem habe ich die einfachsten Wörter nachgeschlagen. Das Geheimnis liegt in der Einfachheit, das habe ich schon immer gesagt, auch zu meinen Mitarbeitern in der Firma. Wenn du etwas mit einfachen Mitteln machen kannst, dann mach es auch so und belass es dabei. Man fängt mit dem Einfachen an und hört mit dem Einfachen auf. Also, ich meine nur mal so. *Erba*, Gras, nur so, zum Beispiel. Also. Wisst ihr, wo das Wort herkommt? Im Lateinischen heißt es *ferba* und im Griechischen *phorbè*, Weide, Viehfutter. Doch der Ursprung liegt noch weiter zurück: *pharb*, vom sanskritischen *bharv*, was so viel wie ‹kauen› heißt. Es gibt noch einen Ausdruck, er fällt mir nicht mehr ein, aber der hat auch diesen Stamm und bedeutet ‹wohlgenährt› oder so was.» Er kratzte sich an der Nasenspitze und starrte ins Leere. «Und davor noch *bhar*, ‹tragen›. Aber natürlich gibt es auch abweichende Theorien. Für jedes Wort eine Theorie. Ah, das ist alles hochinteressant, hochinteressant.» Er schaute nach unten und berührte feierlich den Tisch, mit der Miene eines Menschen, der nach einer Amnesie dem Leben zurückgegeben wurde, oder eines Wilden, der einen nie gesehenen Gegenstand entdeckt, ein Stückchen Technik, das im Urwald gelandet ist: «*Tovaglia*, Tischtuch», sagte er. «Das ist auch so ein einfaches Wort. Bei denen muss man anfangen, versteht ihr? Das Wort kommt aus dem Deutschen, aus dem Mittelalter, *dwahilla* oder *twahilla*, Tuch zum Abtrocknen, und von daher das ursprüngliche Verb, *dwahan*, waschen. Versteht ihr?»

«Ich weiß nicht, was das soll», sagte Doni.

Darauf der Alte: «Wie, du weißt nicht, was das soll?»

«Ich meine, ja, ich weiß jetzt, dass das Wort *erba* von einem Wort aus dem Sanskrit abgeleitet wird. Na und? Was lerne ich daraus?»

«Gütiger Himmel! Du lernst seinen Ursprung kennen!»

«Sicher, aber was gibt mir das Neues im Verhältnis zu dem, was ich schon wusste? Welche Geheimnisse werden da aufgedeckt? Es verschiebt das Problem bloß einen Schritt zurück.»

«Aber hör mal, mit dem Ursprung fängt doch alles an.»

«Ja, aber was nützt mir das im konkreten Leben?»

Der Alte schüttelte lächelnd den Kopf, als wäre Doni der größte Idiot auf Erden. Dieser verzichtete auf eine Diskussion, so wie er es immer tat: zwei, drei Antworten, um Interesse zu bekunden, und dann sollte er doch zum Teufel gehen, mitsamt seinen Etymologien.

Claudia nahm noch ein Stück Kalbfleisch aus der Plastikschale, und der Alte sprach mit monotoner Stimme weiter. Doni hörte nicht mehr zu. Er schnappte nur an der Oberfläche der ständig gleichen Rede einige Begriffe auf, die noch seltsamer als die anderen waren, ein paar Brocken, die der Alte unbedingt wiederaufleben lassen wollte und die er mit seiner Mailänder Aussprache verunstaltete.

Doni starrte seinen durch Krankheiten im Laufe der Zeit entstandenen Kropf an. Der Alte war zweiundneunzig. Sein Körper hatte etwas Unwürdiges, etwas, was Gott nicht hätte zulassen dürfen. Er war klein, doch Bauch und Gesicht waren riesig und die Arme dünn. Bei jeder Silbe spuckte er, und seine Hände zitterten in einem fort. Er kleidete sich wie ein betrunkener Holzfäller und stand dermaßen mit der Körperhygiene auf Kriegsfuß, dass sich sogar seine Pflegerin ständig bei Claudia beschwerte.

Doni war seinem Schicksal dankbar, dass seine Eltern sich unauffällig und auf eine sauberere Art verabschiedet hatten: zunächst der Vater mit einem Herzinfarkt, dann die Mutter mit einem frühen Tod.

Beim Kaffee hörte der Alte mit den Etymologien auf und wandte sich erneut an Doni.

«Claudia hat mir erzählt, dass du mit dem Prozess von diesem Typen da betraut bist», sagte er.

«Welchem Typen?»

«Von diesem Neger. Der da eine in den Rollstuhl befördert hat.»

Doni atmete tief durch.

«Papa, du sollst doch nicht *Neger* sagen», warf Claudia lächelnd ein.

«Na, er ist doch aber einer, oder? Ich sag doch auch nichts, wenn man Weißer zu mir sagt. Stell dir vor.»

Claudia verdrehte die Augen.

«Na, jedenfalls, dann mal los, was», sagte der Alte und sah Doni an.

«Dann mal los womit?»

«Roberto, bitte», ging Claudia dazwischen.

«Was habe ich denn gesagt?»

«Du bist laut geworden.»

«Tja, entschuldige vielmals, aber ich verstehe nicht, worauf dein Vater hinauswill.»

«Ich will darauf hinaus», sagte der Alte, «dass man den Mistkerlen geben muss, was sie verdienen.»

«Nach einer gründlichen Analyse der Fakten, Signor Barbieri.»

«Das will ich hoffen. Nach dem, was man alles aus dem Fernsehen mitbekommt, du weißt ja, wie das ist, man macht sich so seine Gedanken.»

«Wieso, was sagen sie denn im Fernsehen?»

Der Alte schien in Verlegenheit zu sein und schaute mit offenem Mund in die Runde. Sein Blick schweifte durch den schmutzigen, trostlosen Raum, dem Abbild seines Verfalls. Er fand nichts, was ihm hätte helfen können.

«Das Übliche», sagte er liebenswürdig.

«Na, solange es das Übliche ist», sagte Doni nun seinerseits lächelnd.

«Möchtet ihr noch einen Schluck Kaffee?», fragte Claudia.

Gegen neun Uhr brachen sie wieder auf. Es roch nach frischgemähtem Gras. Doni atmete tief ein, bevor er sich ans Steuer setzte. Claudia schwieg.

Auf dem Rückweg begann sie immer wieder zu husten.

«Geht es dir nicht gut?», fragte Doni.

«Doch, doch, es geht mir gut.»

«Du hast Husten.»

«Nein, es ist nichts.» Sie schluckte. «Ach, das hätte ich beinahe vergessen. Elisa hat wieder angerufen.»

«Aha.»

«Heute Nachmittag.»

«Und was sagt sie?»

«Gute Nachrichten. Sie hat wieder ein Stipendium bekommen. Wie es aussieht, bleibt sie in Bloomington.»

Doni schwieg eine Weile.

«Warum erfahre ich das erst jetzt?», fragte er dann.

«Was meinst du?»

«Sie hat mir immer noch nicht auf meine Mail geantwortet.»

«Ach, du wirst sehen, früher oder später macht sie das schon noch. Sie stand sehr unter Druck, die Arme.»

«Trotzdem hätte sie es wissen müssen.»

«Dass Geld kein Problem ist? Natürlich, das sage ich ihr auch immer. Aber du weißt ja, wie sie ist, sie will keine Hilfe annehmen, sie macht lieber alles allein.»

«Nein», sagte Doni, «dass mir viel an einer Antwort von ihr liegt.»

Claudia öffnete den Mund, doch es kam nur ein Husten, dann schwieg sie. Das Randgebiet um sie her nahm allmählich die vertrauten Züge der Stadt an. Es war ein langsamer, stolpernder Vorgang. Manchmal tauchten inmitten einer Ansammlung von Häusern plötzlich Fabriken auf, und manchmal betupften Felder hier und da die Umgebung der Metropole.

«Es ist erschreckend, wie dein Vater abbaut», sagte Doni, während er darauf wartete, dass die Ampel grün wurde.

Sie zog am Sicherheitsgurt.

«Wir doch auch.»

Doni verzog das Gesicht, nickte und fuhr weiter. Fünfundsechzig und einundsechzig Jahre. Auch sie waren alt, natürlich. Und sie gingen zum Abendessen zu einem neunzigjährigen Rassisten und Schwätzer, während ihre Tochter sich auf der anderen Seite des Ozeans durchschlug, an einer Zukunft hängend, die Tag für Tag neu aufgebaut wurde und stets vom Scheitern bedroht war. An alldem war irgendetwas von Grund auf falsch. Doch vielleicht war es auch nur eine weitere Bestätigung seiner Annahme, dass Ernüchterung die einzige Lehre ist, mit der sich das Wesen des Menschen erklären lässt, eben weil sie keinen Trost spendet.

Doni fuhr schweigend weiter. Das Auto vor ihnen gab das Tempo vor, langsam und mit zu vielen Bremsungen, während die Lichter auf der Gegenfahrbahn in kleinen Rauten vorübersprühten.

«Bieg doch an der nächsten Kreuzung links ab, das geht schneller», sagte Claudia hustend.

«Nein, das ist zu chaotisch, wir verfahren uns nur.»

«Doch, bieg ab.»

«Aber geradeaus sind wir schneller.»

«Verdammt noch mal», brauste sie auf. «Kann es sein, dass du mir nie, wirklich nie, recht geben willst? Schlimmer als mein Vater, Herrgott noch mal. Ich versuche dir was zu erklären.» Sie hustete. «Ich versuche dir meine Meinung über etwas mitzuteilen, über das ich hundertprozentig Bescheid weiß, über einen Weg, den ich tausendmal öfter gefahren bin als du.» Sie hustete und hustete. «Und du», erneutes Husten, «nichts! Immer musst du recht behalten!»

Doni blieb der Mund offen stehen.

«Aber Claudia», sagte er.

«Lass mich in Ruhe.»

«Claudia, was habe ich denn gesagt?»

Sie hustete eine halbe Minute ununterbrochen, so dass Doni besorgt am Straßenrand hielt. Sie krümmte sich, noch immer angeschnallt, als wäre der Sicherheitsgurt das Einzige, was sie mit der Welt verband. Endlich ließ der Anfall nach, und sie atmete tief durch.

«Entschuldige», sagte sie. «Wirklich, entschuldige.»

Doni wusste nicht, was er sagen sollte. Er schwieg. Sie

schaltete das Licht über dem Rückspiegel ein, besah ihre Hände, als könnte Blut daran sein, fand nichts, knipste das Licht wieder aus und starrte nun ausdruckslos vor sich hin.

«Lass uns bitte nach Hause fahren.»

Doni bog links ab, wie Claudia es ihm geraten hatte, und drückte, so heftig er konnte, aufs Gaspedal, während über der Stadt endgültig die Nacht hereinbrach.

9

DIE DATEI, die er im Büro auf dem Bildschirm hatte, war ein Word-Dokument mit dem Namen *Testament*. Er hatte sie vor einigen Jahren angelegt, und wenn er niedergeschlagen war, brachte er sie mit kleinen Änderungen auf den neuesten Stand.

Mit der Zeit war das Dokument angewachsen, es hatte sich verzweigt und wie eine Wurzel in die Vergangenheit gegraben, so dass es nun einer kleinen, moralischen Autobiographie glich, durchnummeriert von eins bis fünfzehn. Je mehr Doni sich für diese Worte erwärmte und je mehr die Verfügungen in den Hintergrund traten, um Erinnerungen und Gedanken allgemeiner Art über das Leben zu weichen, umso stärker verdrängte die Angst, nicht verstanden zu werden, die praktischen Erwägungen.

Seiner Ansicht nach gab es nur zwei Gründe, weshalb ein Mensch wie er sich daran machte, einen solchen Text zu verfassen. Der eine lag lange zurück, der andere war neueren Datums.

Der erste ging auf das Jahr 1981 zurück. Es waren die letzten Monate in Ancona, und er steckte in den Vorbereitungen für den Umzug nach Gallarate. Elisa war zwei Jahre alt, und Doni war so glücklich, daß er diesen Zustand nicht einmal genau benennen konnte: Freude war er nicht gewohnt. Er war nach Mailand gekommen, um seine Eltern zu besuchen und sich ein paar Wohnungen in der Stadt anzusehen, und hatte die Gelegenheit genutzt, um mit Giacomo Colnaghi zu Abend zu essen, einem alten Studienfreund, der nun Staatsanwalt war.

Sie waren immer eher vertraute Gefährten als dicke Freunde gewesen – unterschiedliche Leben und unterschiedliche Ansichten in fast allen Dingen: der atheistische Doni und der gläubige Colnaghi, der Sportmuffel Doni und der begeisterte Radfahrer Colnaghi – doch nun waren sie hier, verdammt noch mal: zwei Staatsanwälte um die fünfunddreißig, mit Risotto vollgestopft und beschwipst, wie sie Arm in Arm aus einer Trattoria am Naviglio Pavese kamen. Das Glück, für das Doni keinen Namen gefunden hatte, ließ sich mit diesem Spektrum von Details zusammenfassen: die Aquarellfarben des Abends, das verrufene, romantische Randgebiet des Viertels, zwei Katzen, die in einer Hofeinfahrt schliefen, und der erregende Duft des Sommers. Das war das Leben. Das und nichts weiter: ein Freund, eine Tochter, ein Plan.

Sechs Tage später wurde Giacomo Colnaghi von einer Gruppe, die den Roten Brigaden nahestand, mit drei Pistolenschüssen ermordet.

Doni erfuhr es in einer Bar, wo er einen frischgepressten Orangensaft trank, bevor er sich auf den Heimweg machen wollte. Er schaute auf, und in den abendlichen Fernsehnachrichten erschien Giacomos Bild, darunter verlas jemand ein Bekennerschreiben, und Doni schnappte die Worte *katholische, christdemokratische Justiz* und *junge Richter, doch bereits Sklaven der Macht* auf, er legte die Hände auf die Aluminiumtheke, und noch bevor er begriff, noch bevor ihm alles klar wurde, spürte er, wie ihm die Tränen über die Wangen in den Mund liefen.

Der zweite Grund lag zweieinhalb Jahre zurück. Doni und Claudia hatten nachts einen Anruf erhalten. In einem ungestümen Englisch, das Doni nur mühsam entschlüsseln konnte, teilte Elisas Mitbewohnerin ihnen mit, dass ihre Tochter einen Unfall gehabt hatte. Elisa sei von einem Auto angefahren worden, erklärte sie, und nun im Krankenhaus, und tja, also, mehr könne sie nicht sagen, doch sie werde so bald wie möglich wieder anrufen.

Doni und Claudia blieben die ganze Nacht auf und hatten nicht einmal die Kraft, sich zu umarmen. Vier Stunden später klingelte das Telefon erneut. Wieder war die Mitbewohnerin am Apparat, und sie versicherte ihnen mit deutlich kräftigerer Stimme, dass alles in Ordnung sei, Elisa habe sich nur ein Bein gebrochen.

In jener Nacht begriff Doni, dass der Tod weder das ruhige Einschlafen war, das seine Eltern dahingerafft hatte, noch dass er den vielen Formen von Gewalt und Grausamkeit entsprach, mit denen er im Laufe der Jahre zu tun gehabt hatte und die er im Rahmen seiner bescheidenen Möglichkeiten angeprangert und eingedämmt hatte. Nie hatte er ihretwegen so gelitten, wie er es nun wegen Elisa tat, als er sich das Schlimmste ausmalte – den Tod unter dem Skalpell und Claudia, die gestützt werden musste, die Überführung des Leichnams nach Italien und dazu die ganze Bürokratie, die er nur zu gut kannte.

In diesen vier Stunden begriff Doni, dass der Tod ein Anruf war, so wie er vor vielen Jahren begriffen hatte, dass der

Tod ein Bild im Fernsehen war. In seinem Kopf brach sich die Vorstellung Bahn, dass es etwas geben müsse, was gegen diesen Anruf und gegen dieses Bild ankämpfen konnte. Irgendetwas. Ein Stück seiner selbst, das notfalls überleben und ein richtiges Wort weitergeben konnte.

Er ging zum Anfang des Dokuments und las zum x-ten Mal:

1. Ich, Roberto Doni, schreibe dies im Alter von fünfundsechzig Jahren nieder. Ich bin Staatsanwalt in Mailand, derzeit am Berufungsgericht, und lebe mit meiner Frau Claudia in einer Wohnung in der Via Orti.
2. Ich schreibe dies nicht nur, um für den Fall meines Ablebens Verfügungen über mein Hab und Gut zu treffen (abgesehen von einigen Präzisierungen habe ich dem, was das Gesetz vorschreibt, im Grunde nicht viel hinzuzufügen), sondern auch, weil ich meine Gedanken und Überzeugungen festhalten möchte.
3. Zuallererst möchte ich erklären, dass ich ein rechtschaffener Mann gewesen bin und stets ehrlich gearbeitet habe, gestehe an dieser Stelle jedoch auch meine Grenzen ein: Ungeduld gegenüber jemandem, der etwas nicht versteht; der im Laufe der Jahre gewachsene Wunsch, Karriere zu machen; die Sucht und die Freude, Geld auszugeben, die ich früher überhaupt nicht hatte, und noch einiges, dessen Aufzählung einer größeren Sorgfalt bedürfte.
   Doch alles in allem bin ich ein rechtschaffener Mann. Ich versuche stets, meine Sache gut zu machen. Das hängt mit einem Credo zusammen.

Nun kam seine Lieblingsstelle:

4. Mein Credo ist sehr schlicht. Ich glaube daran, dass es ein Licht gibt, eine Flamme. Diese Flamme ist die Gerechtigkeit, und wir müssen sie mit unseren Händen vor dem Wind schützen. Dieses Bild ist banal, doch ich bin kein Literat, und abgesehen davon bin ich der Ansicht, dass Banalität in diesem Fall eine Tugend ist, ein Weg, um weiterzukommen. Es gibt ein Licht außerhalb von uns, an einem oftmals fernen, doch stets erreichbaren Ort, und dieses Licht heißt Gerechtigkeit.

   Sie abstrakt zu definieren ist unmöglich. Wir müssen uns auf ihre konkrete Definition beschränken, also auf die Befolgung der Gesetze, die uns an die Hand gegeben sind.

   Gewiss, Recht und Gesetz können beträchtlich auseinanderklaffen, doch in diesen dunklen Zeiten kann die Befragung des ersten im Verhältnis zum zweiten nur zurückstehen: Das hat mich der Terrorismus gelehrt, der mir, unter anderem, auch einen Freund genommen hat.
5. Weitere Überzeugungen habe ich zu diesem Thema nicht, ausgenommen den Glauben an Helden. Vor Jahren habe ich einen Artikel über Paolo Borsellino geschrieben. Damals war ich Staatsanwalt in den Marken, und die Mafiamorde erschütterten mich tief. Der Artikel wurde in einer Zeitung veröffentlicht. Ich schrieb nichts Weltbewegendes, ich wollte einfach darauf aufmerksam machen, wie wichtig Helden für die Welt sind. Sie sind notwendig. Das ist schon alles: Die Welt muss gerettet werden, und dies im gegebenen Augenblick.

Das Telefon klingelte, und unwillkürlich schloss Doni die Datei.

«Hallo?»

«Ciao, Roberto, hier ist Salvatori.»

«Michele, wie geht es dir?»

«Mir? Gut», sagte Salvatori. «Und dir?»

«Ich kann nicht klagen. Was treibst du so?»

Salvatori ließ einen Moment verstreichen, so als wüsste er nicht, was er antworten sollte. «Das Übliche, Robbe', was soll ich schon treiben? Ich arbeite. Wie jeder, der eine mehr, der andere weniger. Jedenfalls bin ich garantiert nicht mit meinem Sohn unterwegs, um Goldbrassen zu angeln, was mir sehr gefallen würde. Es würde mir übrigens auch sehr gefallen, überhaupt einen Sohn zu haben.»

Doni lachte auf und versuchte, Öl ins Feuer der Unterhaltung zu gießen. Das brauchte er jetzt: den alten Salvatori, ironisch, zynisch, jammernd. Gebt mir mehr Salvatoris.

«Weißt du, Michele, hat man Kinder, hat man Sorgen.»

«Ja, ja, schon gut, Kinder und Sorgen, mir als Junggeselle geht es natürlich blendend, und ich kann das Leben genießen. Hör mal», fuhr er fort, «ich rufe dich an, weil ich zu einer Sache deine Meinung wissen möchte.»

«Was ist denn los?»

«Falls du in einer freien Minute mal zu mir raufkommen könntest, erkläre ich es dir.»

«Ist es was Ernstes?»

«Robbe', wenn es ernst wäre, hätte ich es dir gesagt. Es geht nur um einen Rat.»

Doni versuchte, die Enttäuschung in seiner Stimme zu verbergen.

«Gut. In einer halben Stunde schaue ich mal bei dir rein.»

10

SALVATORIS ZIMMER WAR das genaue Gegenteil seiner Person: winzig, hell, aufgeräumt. Er bot Doni ein Bonbon an. Der lehnte ab und setzte sich nicht.

«Also?», fragte er.

«Also», sagte Salvatori lang ausgestreckt auf seinem Lehnstuhl. «Heute Morgen war ein junger Kerl von der Guardia di Finanza bei mir. Hier die Fakten: Vor einer Woche war dieser Typ – einundzwanzig, höchstens zweiundzwanzig Jahre alt – bei einer Steuerprüfung bei einem Geschäftsmann aus Bollate dabei. Er, noch zwei andere und ein Brigadiere. Dabei kam heraus, dass der Geschäftsmann ein kleines Loch in seiner Buchführung hatte: etwa die Hälfte seines Gewinns.»

«Wie ungewöhnlich.»

«Nicht wahr? Und was hat der Brigadiere natürlich getan? Zunächst hat er dem Kerl ein bisschen Angst eingejagt, dann hat er ihm zu verstehen gegeben, dass man sich ja eigentlich auch einigen könnte.»

Doni nickte.

«Sie beginnen also zu feilschen, und am Ende kassiert der Brigadiere zehntausend Euro von ihm. Er nimmt die jungen Kerle beiseite und sagt: ‹Tausend für jeden von euch, der Rest ist für mich.› Die anderen beiden reiben sich die Hände, und mein Bursche gerät in Panik. Doch er sagt keinen Mucks. Aus Angst, als Blödmann dazustehen. Schließlich nimmt er das Geld, bringt es nach Hause und versteckt es im Schrank.» Salvatori wickelte ein Bonbon aus und steckte es sich in den Mund. «Nach einer Woche hält er es nicht mehr aus und gesteht alles seinem Vater, der ein Bekannter von mir ist und ihm rät, mich aufzusuchen. Ich höre mir seine Geschichte an, schüttle den Kopf und sage ihm, er soll heute Nachmittag wiederkommen, weil ich erst über eine Lösung nachdenken muss.» Er lutschte sein Bonbon und hob das Kinn in Donis Richtung. «Was würdest du ihm sagen?»

«Was gibt es da schon zu sagen? Er hat sich selbst reingeritten. Das Einzige, was er hätte tun können, wäre gewesen, das Geld abzulehnen und den Mund zu halten. Du weißt doch, wie das bei denen läuft, oder?»

«Ich weiß, ich weiß. Das ist es ja gerade.»

«Also bleibt wenig zu tun. Du musst Klage gegen den Brigadiere erheben.»

«Aber das wird dem Jungen schlecht bekommen.»

Doni seufzte.

«Tja, darauf kannst du Gift nehmen.»

«Sie werden ihm das Leben zur Hölle machen.»

«Mehr noch. Er hat seine Kameradschaft aufgekündigt, und solche Nachrichten verbreiten sich im Nu. Falls er Aussicht auf eine Beförderung hatte, ist es damit nun vorbei, und wahrscheinlich zwingen sie ihn sogar, den Dienst zu quittieren.»

Salvatori kratzte sich die Wange.

«Das tut mir wirklich leid, der arme Kerl. Naiv und gutmütig. Seit einer Woche kann er nicht mehr schlafen, und seine Freundin hatte bereits einen Nervenzusammenbruch.»

«Leider gibt es keine andere Lösung.»

«Na ja, theoretisch gibt es eine.»

Doni schob kaum merklich die Lippen vor.

«Theoretisch», fuhr Salvatori fort, «könnte ich die Sache unter den Tisch fallenlassen. Ich könnte dem Jungen raten, den Mund zu halten und das Geld für wohltätige Zwecke oder sonst was zu spenden.»

«Bist du verrückt geworden?»

«Komm schon, er hat das nicht verdient. Jeder macht mal einen Fehler.»

«Ich hoffe, das ist ein Witz.»

«Hör mal, Roberto, ich weiß, wie du darüber denkst. Ich weiß es. Und du hast ja recht. Aber mal kann man doch auch ein Auge zudrücken, meinst du nicht?»

«Nein, natürlich nicht! Sobald etwas zur Anzeige gebracht ist, kann nichts im Himmel oder auf Erden es wieder aus der Welt schaffen. Du musst diesen Brigadiere sofort anrufen. Ruf ihn an.»

Salvatori seufzte.

«Du würdest also nicht nach einem Kompromiss suchen.»

«Was für einen Kompromiss?» Doni war laut geworden. «Wollten wir nicht mit diesen italienischen Verhältnissen aufräumen? Wollten wir nicht mit den Kompromissen in allen Bereichen aufräumen, mit diesem Eine-Hand-wäscht-die-andere? Seit wann sind wir denn so, Michele? Dass wir uns von korrupten Beamten verarschen lassen?»

«Das meine ich nicht. Ich versuche nur, diesen Jungen zu retten und das kleinere Übel zu finden.»

«Es gibt kein kleineres Übel, Michele. Das kleinere Übel ist eine Ausrede. Ein Trick. Man kann sich keine Privatmathematik des Bösen zurechtlegen, verdammt noch mal.»

Er bemerkte, dass sich das anhörte wie ein Satz aus seinem Testament. «Hör mal, es tut mir leid für diesen Jungen, doch er ist an einer schweren Straftat beteiligt. Was wollen wir tun? Zulassen, dass das immer so weitergeht? Dass er weiter Geld nimmt? Mir scheint, korrupte Finanzbeamte haben wir schon genug.»

«Ist ja gut», sagte Salvatori. «Ich wollte ja nur deine Meinung hören. Mach doch nicht so ein Drama daraus.»

An diesem Punkt wäre Doni Salvatori am liebsten an die Gurgel gegangen, so lang und breit, wie der da in seinem Stuhl lümmelte. Du blöder Scheißkerl, ist dir eigentlich klar, was du da sagst? Ist dir klar, dass dieses Land wegen solcher Überlegungen vor die Hunde geht? Nicht die Taten sind das Problem. Die Gedanken sind es, die Gedanken. Sie ziehen alles andere nach sich. Wenn jemand nachdenkt und sich dann doch arrangiert, ist das tausendmal schlimmer; es ist ein Verbrechen, das nicht einmal bestraft werden kann, eine Abscheulichkeit, die alle Mittel der Justiz übersteigt, etwas, was zum Himmel schreit.

Er atmete tief durch und versuchte, sich zu beherrschen.

«Es gibt allen Grund, ein Drama daraus zu machen», sagte er.

Salvatori breitete die Arme aus.

«Es ist nur so bedauerlich, solche Dinge sind an der Tagesordnung, und ein armer Teufel muss dann dafür büßen.»

«Gerade deshalb kann es sich ein Staatsanwalt nicht erlauben, eine Straftat mit einer anderen zu vertuschen. Ist das klar? Ausnahmen immer, Fehler nie. Anständigkeit ist gefragt, verflucht noch mal. Anständigkeit.»

«Aber ja doch, ich habe verstanden. Du hast ja recht.»

«Hast du das wirklich verstanden?», wiederholte er.

«Ja doch!»

«Michele», sagte Doni und schaute ihn fest an. «Ich sag's dir nur einmal. Wenn du ihn nicht anrufst, sorge ich dafür, dass du Schwierigkeiten bekommst. Ist das klar?»

Salvatori hielt seinem Blick nur einen kurzen Moment stand.

«In Ordnung», sagte er. «Ich rufe ihn gleich an.»

Doni machte im Waschraum auf seiner Etage halt und trank einen Schluck Wasser aus der Leitung. Er war verschwitzt und müde. Die lädierte Keramik des Waschbeckens bildete eine sonderbare Landkarte aus Rissen. Doni erblickte darin das Profil eines Mannes.

In seinem Büro schloss er die Tür hinter sich, blieb einen Moment dagegengelehnt stehen und warf einen Blick in die Runde, als wollte er sich wieder mit dem Raum vertraut machen. Über seinem Schreibtisch hingen zwei Bilder. Das eine war eine weitere Reproduktion von La Tour: *Der Engel erscheint dem heiligen Joseph im Traum*.

Der Heilige war ein kahlköpfiger Greis mit weißem Bart, der auf der rechten Bildhälfte schlief. Daneben streckte ihm ein kindlicher Engel mit dem Rücken zum Betrachter die Arme entgegen. Seine rechte Hand berührte den Bart, die linke war mit der aufwärtszeigenden Handfläche zu einer eleganten Bewegung erhoben. Zwischen den beiden veränderte die übliche Kerze die Lichtverhältnisse von Grund auf. Die Gestalt des Engels verschwand im Hintergrund, und nur das Gesicht war zu erkennen. Die gesamte Darstellung wirkte wie mit Kupfer übergossen.

Das andere Bild war ein Schwarzweißfoto von Colnaghi. Jackett und Krawatte, ein etwas schiefes Lächeln und eine Brille mit schwarzem Rand. Er sah älter aus, als er war. Das typische Gesicht eines Christdemokraten. Darunter stand nur: GIACOMO COLNAGHI 1943–1981.

Doni setzte sich an den Schreibtisch und googelte erneut «Elena Vicenzi». Er fand die Reportage wieder, die online im *Espresso* erschienen war, und begann zu lesen. Elena hatte einen schlichten, beinahe unpersönlichen Stil, und doch verrieten ihre Sätze ein dringendes Mitteilungsbedürfnis.

Doni las den Artikel zu Ende, markierte ihn vollständig und speicherte ihn als Word-Dokument. Dann öffnete er die *Testament*-Datei.

Da wären wir wieder, dachte er, als er den ersten Satz auf dem Bildschirm las: *Ich, Roberto Doni, schreibe dies …*

Er ließ eine Minute verstreichen, dann zog er seine Brieftasche hervor, entnahm ihr das rote Quadrat mit der Telefonnummer der Journalistin, hob den Hörer ab und wählte die Nummer.

11

WAS TUE ICH hier eigentlich?

Das fragte sich Doni mindestens ein Dutzend Mal, und auch wenn die Frage im Laufe der Tage an Kraft und Dringlichkeit verloren hatte, weil sie zu etwas wie einer undeutlichen Mahnung zusammengeschrumpft war, sollte sie doch nie ganz aus seinem Hinterkopf verschwinden. Was also tat er hier, auf dem Piazzale Loreto um acht Uhr abends, am Anfang der Via Padova, wo er auf eine Journalistin im Alter seiner Tochter wartete? Er, der Oberstaatsanwalt. Der Staatsdiener. Die Antwort ließ auf sich warten, so wie sie auch im Folgenden auf sich warten ließ, so dass Doni sich damit begnügte, sich einfach als Teil des Straßenbildes zu akzeptieren.

Während er wartete, wurde ihm noch etwas anderes bewusst. Er war noch nie in der Via Padova gewesen.

Das erstaunte ihn einigermaßen. Als typischer Mailänder aus dem Zentrum und dessen Umgebung war diese Gegend für ihn eine uninteressante Randzone. Jenseits des Außenrings war für Doni nichts mehr von Interesse. Alles sah gleich aus, kaum merkliche Abstufungen einer grauen, wenig einladenden Peripherie. Er versuchte sich zu erinnern, ob es ihn in seiner Zeit als einfacher Staatsanwalt nicht irgendwann dienstlich hierher verschlagen hatte, doch er konnte keine einzige Episode aus dem Gedächtnis kramen.

Zudem war das Viertel damals recht ruhig gewesen. Erst seit einigen Jahren geriet es immer wieder in die Schlagzeilen. Doch zur selben Zeit hatte Doni aufgehört, öfter durch die Straßen zu spazieren.

Was tue ich hier eigentlich. Er nahm seine Tasche von der einen Hand in die andere, dann schaute er der Straße ins Gesicht. Sie verlief schnurgerade, ohne Unterbrechung, und verschwand fast am Horizont. Das Licht reichte noch aus, um Gesichter und Einzelheiten zu erkennen. An der Bushaltestelle etwa vierzig Personen, darunter nicht ein Italiener.

Er überquerte die Straße und kam am Viale Monza vorbei. Auch dort ungefähr das gleiche Bild, nur etwas chaotischer durch die Doppelspurigkeit und den dichten Verkehr. Die beiden Straßen formten einen großen Konus, der sich bis zu den Gemeinden des Umlands erstreckte. Hier irgendwo hatte jemand neben Khaled Ghezal einen Schuss abgefeuert. Doni tauschte in Gedanken die Gestalten aus: die Gestalt des mutmaßlichen, nun inhaftierten Täters mit der Gestalt des wahren Schuldigen – falls es ihn denn gab, falls er überhaupt existierte –, der auf freiem Fuß war, der lachte oder aß oder Sex hatte, oder der vielleicht gerade an ihm vorüberging oder aber wie Doni unruhig und unsicher durch die Gegend lief, der Gejagte und der Jäger.

Hier war es. Irgendwo hier, an diesem Ort, lag die Wahrheit.

Er erschrak, als es neben ihm hupte. Er drehte sich um und entdeckte einen alten roten Uno, der mit Warnblinkern rechts heranfuhr. Darin saß Elena, die Journalistin. Lächelnd winkte sie ihm einzusteigen.

Doni beugte sich zum Fenster, das halb heruntergekurbelt war.

«Ich dachte, Sie kommen zu Fuß», sagte er.

«Ich hatte ein Interview außerhalb der Stadt und bin gerade erst fertig geworden. Ich dachte mir, wir fahren erst mal mit dem Auto. Dann bekommen Sie schnell einen Gesamteindruck von der Straße. Los, kommen Sie.»

Doni stieg ein, und Elena legte den ersten Gang ein.

«Ist das Ihr Auto?», erkundigte er sich.

«Es gehört meiner Mutter.»

«Ist Ihre Mutter auch Journalistin?»

Sie schaute ihn an und lachte auf.

«Nein, sie arbeitet bei der Post. Warum fragen Sie?»

Doni schüttelte den Kopf.

«Keine Ahnung, wirklich nicht.»

«Sie arbeitet bei der Post in Cinisello Balsamo», redete sie weiter. «Mein Vater ist gestorben, als ich fünf Jahre alt war. Mein Bruder ist Maschinenbauingenieur. Der bunte Hund in der Familie bin ich.»

«Das mit Ihrem Vater tut mir leid», sagte Doni.

Sie zuckte mit den Schultern. Einen Moment lang schwiegen sie.

«Also, danke nochmals, dass Sie gekommen sind», sagte Elena dann. «Wirklich. Ich weiß, dass es Sie viel Überwindung gekostet hat, doch ich versichere Ihnen, dass Sie die richtige Entscheidung getroffen haben.»

«Na, herzlichen Dank für diese Bestätigung», sagte Doni lächelnd. «Ich fühle mich tatsächlich etwas fehl am Platz.»

Sie kicherte.

«Anfangs fühlen sich hier alle fehl am Platz. Sie werden sich dran gewöhnen.»

«Nein, ich meinte, in dieser Situation.»

«Das läuft auf dasselbe hinaus», sagte Elena.

Sie wurden links von einem Auto auf der Busspur überholt. Plötzlich schnellte Elenas Arm in die Höhe, und sie schüttelte den Kopf.

«Sieh dir diesen Scheißkerl an.» Sie wandte sich zu Doni. «Entschuldigen Sie.»

«Keine Ursache. Sagen Sie, wohin fahren wir eigentlich?»

«Ans Ende der Straße, in die Gegend am Naviglio della Martesana. Wir haben eine Verabredung mit zwei von Khaleds Kollegen, die in Kürze von der Baustelle kommen müssten.»

«Sind sie auch Maurer?»

«Ja, aber sie arbeiten schwarz. Wie es gerade kommt. Sie bekommen ihre Aufträge von einem Tag auf den anderen, und meistens stehen sie früh auf, weil fast alle Jobs außerhalb der Stadt anfallen. Im Umland, in Brianza, manchmal auch in der Gegend von Brescia.»

Doni nickte, dann fragte er: «Sie sind ja wohl keine Mörderin, oder?»

Wieder brach Elena in Lachen aus. Es war ein schönes Lachen: frisch und explosiv. Doni war es nicht mehr gewohnt, jemanden lachen zu hören.

«Nein, wohl eher nicht.»

«Und Sie sind auch nicht die Komplizin der Täter.»

«Garantiert nicht.»

«Dann bin ich ja beruhigt.»

«Das freut mich.»

«Ich dürfte noch nicht einmal hier sein, das wissen Sie doch, oder?»

«Allerdings, das weiß ich. Und die Tatsache, dass Sie hier

sind, bestätigt nur einmal mehr, dass Sie ein durch und durch außergewöhnlicher Mensch sind.»

Donis Gesicht verfinsterte sich.

«Leere Komplimente geben mir nichts», sagte er.

«Das sollte kein Kompliment sein.» Sie sah ihn an. «Außergewöhnlich im Sinne von: eine Ausnahme von der Regel. Mehr nicht.»

«Ausnahmen ja, Fehler nie», sagte Doni. «Das ist ein altes Motto von mir.»

«Na wunderbar. Dieser Besuch passt da genau hinein.»

Sie schwiegen, Doni schaute aus dem Fenster. Soeben hatten sie einen Kreisverkehr umrundet – flüchtig las er den Namen Via Predabissi – und fuhren in einem gemächlichen Tempo weiter geradeaus. Auf der rechten Seite bot sich ein eintöniges Bild: ein Dönerladen, eine China-Bar, eine Fleischerei, ein Café, eine Eisdiele, ein Haushaltswarengeschäft, eine China-Bar, ein Dönerladen, eine Konditorei, ein Café, eine Fleischerei, ein Spielsalon, ein nicht näher beschildertes Geschäft.

Doni registrierte Einzelheiten. Zwei Pensionäre tranken Wein vor einer Trattoria, das Mailänder Wappen, *seit 1910*. Junge Nordafrikaner saßen auf dem Gehweg, eine Zigarette zwischen den Fingern. Alte Frauen mit roter Mütze und Nylonstrümpfen. Ein langhaariger Radfahrer mit einem Gitarrenkasten über der Schulter bremste abrupt.

«Gefällt Ihnen die Gegend?», fragte Elena.

«Ich muss mich erst ein bisschen umschauen», antwortete Doni.

Sie fuhren noch ein ganzes Stück, fast bis ans Ende der Straße. An einer Ampel weiter vorn sah er, dass die Straße einen Knick nach rechts machte. Elena schaltete den Blinker ein und bog in eine Querstraße, wo sie sofort einen Parkplatz fand.

«Gehen wir», sagte sie. «Es ist ganz in der Nähe.»

Doni nahm seine Aktentasche, beschloss dann aber, sie im Kofferraum zu lassen. Während die junge Frau das Auto abschloss, betrachtete er sein Spiegelbild im Autofenster: grauer Nadelstreifenanzug, dunkle Krawatte.

Sie überquerten die Via Padova und gingen etwa fünfzig Meter. Elena blieb vor einem Wohnhaus stehen, das sich nicht wesentlich von den anderen unterschied: blassgelb, mit verwitterter Fassade. An der mittleren Fensterreihe waren Marmorbalkons. Auf einem davon sah Doni ein Dreirad, zwei Bretter und einen Lattenrost aufgehäuft.

Neben dem Eingang war eine winzige Bar, vor der zwei Tische standen. An einem davon saß ein Mann in Donis Alter, mit weißem Schnurrbart und einer Basecap auf dem Kopf, er fing seinen Blick auf und schaute dann wieder auf sein Glas.

Elena sagte etwas in die Sprechanlage, wobei sie in einem fort lächelte. Die Haustür stand offen, sie winkte Doni herein.

Der Innenhof erinnerte ihn an seine Kindheit in dem Haus am Piazzale Susa. Backsteinpflaster und rechts in einer Ecke ein großes, grünes Metalltor. Auf der anderen Seite war ein Stück des Bodens ungepflastert, wie ein Überbleibsel aus vergangener Zeit. Fünf Kinder, alle dunkelhäutig, liefen einem Ball nach und wirbelten Staubwolken auf. Eine ganz in Weiß gekleidete Frau wedelte mit einer Zeitungsseite vor ihrem Gesicht. Auf den Stufen neben der Portierloge, die leer stand und ein kaputtes Fenster hatte, teilten sich zwei Jungen in kurzen Hosen eine Zigarette.

Elena und Doni stiegen in den dritten Stock des ersten Aufgangs hinauf, dann wandten sie sich nach links. Sie waren in einem typischen Mailänder Mehrfamilienhaus, dessen Wohnungszugänge an einem gemeinsamen Balkon lagen, der sich in jedem Stockwerk rings um den Hof zog. Früher hatten hier Arbeiter gewohnt, Straßenbahner, Leute aus dem Süden des Landes, die kleinen Leute, die Italien aufgebaut hatten, und ihre Familien. Nun lebten Ausländer hier.

Doni schleppte sich keuchend nach oben. Er blieb stehen und fuhr sich mit der Hand an die Milz.

«Da wären wir», sagte Elena.

Eine Wohnungstür öffnete sich, das Gesicht einer Frau erschien.

12

DIE VERSCHLEIERTE FRAU bot ihnen einen Platz auf dem Sofa an. Sie war noch jung, um die dreißig, und hatte ein schönes, rundes Gesicht. Doni wusste nicht, ob er ihr die Hand geben sollte. Er beschränkte sich auf ein Lächeln, Elena ebenso.

Die Frau ging weg, füllte Wasser und Zucker in einen kleinen Topf und stellte ihn auf den Herd. Dann drehte sie sich um und sagte, die Männer müssten gleich kommen, einer sei im Bad, und der andere habe sich etwas hingelegt, um sich von der Arbeit auszuruhen. Schließlich verschwand sie hinter den Gästen im Flur.

Elena sagte nichts. Doni sah sich um: Die Einrichtung war weitgehend aus Plastik, ein weißer Tisch wie aus einem Freiluftlokal und viele bunte, kleine Stühle ringsumher, ein Schränkchen, eine gebrauchte Küche, ein brummender Kühlschrank. Das Sofa, auf dem sie saßen, war mit einem schmucklosen, roten Laken bedeckt.

Was Doni Unbehagen bereitete, war die Armut des Ortes. Nicht die Fremdheit, nicht die Andersartigkeit, nicht die möglichen Kommunikationsschwierigkeiten. Und im Grunde nicht einmal die Absurdität der Situation, die er mehr fürchtete als alles andere.

Wie lange war er schon nicht mehr auf Tuchfühlung

mit der Armut gewesen? Oh, natürlich, er begegnete ihr bei seiner Arbeit, doch es war Jahre her, dass er diesen Geruch in der Nase gehabt hatte. Nach Zwiebeln und Staub. Nach aufgehängter Wäsche und Altpapier. Dazu seine Scham und die seiner Gastgeberin in diesem Moment. Seine Seidenkrawatte und die kaputte Tür des Vorratsschranks. Er presste die Hände zusammen, sie waren verschwitzt.

Als die Frau nach wenigen Minuten zurückkam, kochte das Wasser bereits. Aus einer Dose nahm sie etwas, von dem Doni vermutete, es sei grüner Tee, und gab vier Löffel davon ins Wasser. Sie stellte die Flamme kleiner, wandte sich um und lächelte den Gästen zu.

Die zwei Männer kamen in den Raum. Der eine war untersetzt und vollkommen kahl. Donis Aufmerksamkeit richtete sich sofort auf seine Augen: grau, tiefliegend, erschöpft. Der andere war sehr groß, etwa ein Meter fünfundachtzig, und von einer nervösen Magerkeit. Unentwegt fuhr er sich über seinen Schnauzbart.

Die Männer nahmen zwei der bunten Stühle und setzten sich zu Doni und Elena. Inzwischen hatte die Frau den Herd ausgeschaltet. Aus einer Schüssel im Spülbecken fischte sie einige Blätter Minze und zerkleinerte sie über vier Gläsern. Sie goss den Tee ein, stellte die Gläser auf ein Tablett und servierte sie. Elena bedankte sich auf Arabisch, und sie antwortete mit einem weiteren Lächeln. Dann kehrte sie in den Flur zurück.

Der hochgewachsene Mann sagte: «Ich heiße Tarek. Das ist mein Cousin Riadh. Riadh spricht nicht gut Italienisch, entschuldigt bitte. Ich werde übersetzen.»

«Kein Problem», sagte Doni eilig.

Tarek sah ihn ausdruckslos an.

«Du bist gekommen, um über Khaled zu sprechen», sagte er zu Doni.

«Ja», schaltete Elena sich ein. «Der Signore, Roberto, arbeitet fürs Gericht. Er will Khaled verteidigen.»

Doni öffnete den Mund, sagte aber nichts. Tarek nickte zweimal und schwieg. Riadh nahm sein Glas und schlürfte geräuschvoll. Ihn schien das Ganze nicht sonderlich zu interessieren.

«Ich werde euch sagen, was ich weiß», begann Tarek erneut. «Aber ich will hier keine Polizei oder so was. Ist das klar?»

«Klar», sagte Elena. Doni nickte.

«Ich sage euch, was ich weiß, weil es die Wahrheit ist, aber keine Polizei. Und du versprichst mir, dass du nichts von mir erzählst.»

«Versprochen», sagte Doni.

«Wie es abgemacht ist», mahnte Elena. «Ganz genau wie es abgemacht ist.»

Tarek schwieg wieder. Aus dem Nebenzimmer klang das Schreien eines Kindes (oder vielleicht von zweien) herüber, dann die Stimme der Frau, klar, tief, sanft: eine Klarinette, dachte Doni. Zu ihr gesellte sich eine zweite, die eines Mädchens: eine Violine.

«Khaled ist anständig», sagte Tarek. «Mit diesen Typen hat er nichts zu tun. Er hat mit mir und meinem Cousin zusammengearbeitet, und er hat nie mit irgendwem Probleme gehabt. Wir sind immer zusammen zur Baustelle gefahren. Der Chef dreht eine Runde, um uns abzuholen. Wir warten frühmorgens auf der Straße, gleich hier in der Nähe, und Khaled wartete mit uns, obwohl er fest angestellt war und wir nur manchmal arbeiten. Wir haben zusammen geraucht und geredet. Manchmal hat er was zum Frühstück mitgebracht. Und bei der Arbeit tat er alles, was anfiel. Ziegel, Kalk, Eisen, alles. Er redete mit mir und mit Riadh, redete mit allen, war immer freundlich. Hat nie eine Waffe benutzt. Nie. Khaled hat auf niemanden geschossen. Das ist unmöglich. Er war es nicht, garantiert nicht.»

Erneutes Schweigen. Elena sah Doni mit einem leichten Lächeln an. Er unterdrückte den Wunsch davonzulaufen und versuchte, sich professionell zu geben.

«Gut», sagte er. «Darf ich Ihnen ein paar Fragen stellen?»

«Ja», sagte Tarek.

«Seit wann leben Sie in Italien?»

«Ich seit fünf Jahren. Mein Cousin seit acht Monaten.»

«Haben Sie eine Aufenthaltserlaubnis?»

Tarek sah Elena an.

«Macht euch keine Sorgen», sagte sie. «Nein.»

«Nein», sagte Tarek.

«Wie lange kennen Sie Khaled schon?»

«Ungefähr ein Jahr. Vorher habe ich da nicht gearbeitet.»

«Wo – da?»

«Bei Marco. Dem Mann, der uns die Arbeit gibt.»

«Der Polier, von dem ich Ihnen erzählt habe», warf Elena ein.

«Wie ist Ihr Verhältnis zu diesem Mann?», fragte Doni weiter.

«Zum Chef? Der ist in Ordnung.»

«Hat er Sie immer bezahlt?»

«Immer.»

«Hat auch Khaled sein Geld bekommen?»

«Immer. Er hat ja eine Aufenthaltserlaubnis und ist fest angestellt, das habe ich schon gesagt.»

«Wirkte er besorgt, in den Tagen vor der Tat? Hatte er Probleme, war irgendetwas merkwürdig?»

«Nein, nein … Probleme, nein, keine Probleme. Nichts.»

«Hat Signor Riadh vielleicht etwas hinzuzufügen? Könnten Sie ihn fragen?»

Tarek wechselte mit seinem Cousin ein paar Worte auf Arabisch. Der fuhr auf, nickte zweimal, antwortete und zerschnitt die Luft mit der Hand.

«Er ist meiner Meinung», sagte Tarek. «Keine Probleme.»

Doni nickte.

«Gut. Trafen Sie sich gelegentlich auch außerhalb der Arbeit mit ihm?»

«Mit wem?»

«Mit Khaled.»

«Manchmal. Er wohnt ein Stück weiter in der Via Padova.» Er zeigte in Richtung Süden.

«Ja. Und was für einen Eindruck machte er auf Sie, außerhalb der Arbeit?»

«Denselben.»

«Kennen Sie seine Schwester? Er hat doch eine Schwester, richtig?»

Tarek schüttelte den Kopf. «Er hat von ihr erzählt, aber gesehen haben wir sie nie.»

«Hat er Ihnen jemals Drogen angeboten?»

«Drogen nein, niemals.»

«Was meinen Sie, hat er jemals gedealt?»

Tarek lächelte trübe. Doni spürte plötzlich Elenas Hand auf seinem Arm.

«Ich weiß nicht. Am Anfang dealen viele. Was soll man auch machen? Doch dann war alles in Ordnung bei ihm. Wieso Drogen? Er hatte Arbeit, er hatte eine Aufenthaltserlaubnis. Alles in Ordnung.»

«Können Sie Khaled für den Abend des Verbrechens ein Alibi geben?»

«Ich verstehe nicht.»

Doni formulierte seine Frage anders: «Wissen Sie, wo Khaled am Abend des Verbrechens war?»

«Nein.»

«Er sagt, er sei mit einem Freund in einer Bar gewesen, hat den Namen dieses Freundes jedoch nicht genannt. Haben Sie eine Idee, wer das sein könnte?»

«Nein, tut mir leid.»

«Also gibt es keine Beweise.»

«Die braucht man auch nicht.» Tarek schien sich in Hitze zu reden. «Ein anständiger Mensch tut so was nicht. Khaled hat nichts getan. Da kannst du jeden fragen. Jeden. Frag herum, frag die auf dem Bau, den Chef. Frag alle. Wir Araber sind nicht alle schlecht, wusstest du das?»

«Das weiß ich sehr wohl», sagte Doni und spürte einen Schweißtropfen an seiner Nasenspitze. «Kennen Sie niemanden, der für Khaled aussagen könnte, der sagen könnte, wo er sich an dem Abend aufhielt?»

«Nein, keine Ahnung.»

«Gut. Eine letzte Frage. Sie sind Tunesier, nicht wahr?»

«Ja.»

«Welcher Arbeit sind Sie in Tunesien nachgegangen?»

«Ich war Mathematiklehrer. Mein Cousin hat Schuhe repariert.»

«Mathematiklehrer.»

«Ja.»

Doni schloss kurz die Augen, dann stand er auf und gab den beiden die Hand.

«Ich danke Ihnen und wünsche viel Glück», sagte er.

13

ELENA PARKTE AN einer Tankstelle, zehn Meter vor der Überführung. Sie startete den Motor. Vor ihnen fuhr ein alter Mann auf einem Fahrrad, die Ellbogen abgespreizt wie Flügel. Das Licht war schwächer geworden.

«Soll ich Sie nach Hause fahren?», fragte die Journalistin.

«Das ist nicht nötig», sagte Doni und schaute auf die Uhr. «Es genügt, wenn Sie mich an der nächsten U-Bahn-Station absetzen.»

Elena kramte in ihrer Handtasche und nahm ihr Telefon heraus. Sie fuhr mit dem Daumen über das Display, als wollte sie Staub wegwischen, dann steckte sie es wieder ein.

«Hören Sie», sagte sie. «Wenn es Ihnen recht ist … Also, wenn es Ihnen recht ist und Sie es nicht eilig haben, würde ich Ihnen die Via Padova gern zu Fuß zeigen.»

«Wie bitte?»

«Ja, also, ich würde gern einen Spaziergang zum Piazzale Loreto mit Ihnen machen. Das dauert höchstens eine Viertelstunde. Nur, um Ihnen ein bisschen von der Straße und ihren Leuten zu zeigen. Die Atmosphäre.»

Doni war hundemüde, und der Gedanke, zur falschen Zeit am falschen Ort zu sein, drängte sich immer stärker auf. Es war nun etwas Körperliches, ein Alarm der Drüsen, der einen Druck im Hals verursachte und Doni nach Hause trieb. Meine Frau wartet auf mich, ich muss noch zu Abend essen.

«Ich weiß nicht, wozu das gut sein soll», sagte er.

Elena suchte Zuflucht in ihrem Lächeln.

«Sagen wir, es dient der Vervollständigung der Untersuchung.»

«Es gibt überhaupt keine Untersuchung», sagte Doni. «Die beiden haben nichts Verwertbares gesagt, sie haben nur bestätigt, dass Khaled ein anständiger Kerl ist.»

«Aber das ist doch immerhin etwas, oder?»

«Jeder kann von jedem behaupten, er sei ein anständiger Kerl.»

«Tja, Sie haben sie ja nichts weiter gefragt.»

«Sie wussten nichts weiter. Das ist doch offensichtlich.»

«Sie haben gesagt, was sie wissen.»

«Und was sie wissen, ist nicht einmal der Anflug eines Beweises.»

Sie stützte sich auf das Lenkrad.

«Ja, ja, ich weiß.»

Sie schwiegen und schauten durch die Windschutzscheibe auf die Straße.

«Dieses Viertel», fuhr sie fort, «ist mehr als die Polizeimeldungen über es.»

«Inwiefern?»

«Sie, zum Beispiel, was wissen Sie über die Via Padova?»

Doni breitete die Arme aus.

«Das, was jeder weiß. Immigranten, Armut, Drogenhandel, die Einsatzwagen der Armee auf der Straße.»

«Genau. Die Polizeimeldungen. Aber da ist noch viel mehr, Dottore. Die Fakten sind nur ein Schleier, sie kommen und gehen, das Leben der Menschen liegt aber darunter. Auch ich bin anfangs auf sie hereingefallen. Journalisten glauben, dass sich die Wahrheit in ihnen erschöpft, in dem, was geschieht, und in der Zeit, in der es geschieht. Man braucht es nur zu berichten, und schon ist die Aufgabe erledigt. Doch so ist es nicht.» Sie kratzte sich die Wange und schaute ihn an. «So ist es nicht, da ist noch viel mehr. Gehen Sie mit mir bis zum Loreto? Um mehr bitte ich Sie nicht.»

Sie gingen los. Mit langsamen Schritten. So wie er es in Mailand immer getan hatte, in einem anderen Mailand als diesem, in seiner Jugendzeit, als spazieren gehen hieß, ins Stadtzentrum zu gehen, und vom Zentrum in die unmittelbare Umgebung, hinter der spanischen Mauer, von zu Hause zur Universität und wieder zurück.

Was es zu sehen gab, begriff Doni erst, als auf der Höhe des Trotter Parks eine Frau einen chinesischen Jungen auf Neapolitanisch beschimpfte, weil er ihr auf dem Zebrastreifen mit dem Fahrrad die Vorfahrt genommen hatte. Zwei alte Peruaner lachten.

Und sonst?

Da war dieser Duft. Das Besondere, das ihm entgangen war. Mailand war keine Stadt, die man mit den Sinnen durchstreifte, war nicht die Naturkulisse für einen Spaziergang, das hatte auch Salvatori zu ihm gesagt. Mailand war ohne Aroma, geruchlos – ein Ort, der aus Verweigerungen bestand. Eigentlich liebte er die Stadt genau deswegen: Weil sie alles Mögliche und zugleich nichts war.

Doch die Via Padova entzog sich dieser Theorie. Er war irgendwann mit Claudia in Südfrankreich gewesen. Sie waren zwischen Marseille, Montpellier, Perpignan und Toulouse umhergereist. Und sie hatten sich an den Düften berauscht, noch bevor sie die Bilder genossen. Es war, als führte jeder Windhauch eine ganz bestimmte Nuance mit sich, so als wäre in jedem Sauerstoffmolekül ein Samen verborgen. Jetzt war es nicht viel anders.

Er sah, wie sich ein Marokkaner oder Algerier sein T-Shirt auszog, um einen anderen Mann zum Faustkampf herauszufordern. Die beiden Körper in der Abendfrische schienen zu leuchten. Sie lebten und pulsierten mehr als alles andere. Rings um sie her bildete sich eine Menschentraube, doch die meisten Leute begnügten sich mit einem kurzen Blick, bevor sie weitergingen. Die zwei Männer griffen sich mit kurzen Schlägen gegen die Brust an. Dann hörten sie auf und musterten sich. Er und Elena waren schon an ihnen vorbei, so dass Doni sich umdrehen musste. Der Querschnitt der Straße wie ein Altarbild. Wo war die Polizei geblieben, die er soeben noch gesehen hatte?

Sie gingen weiter. An einer Verkehrsinsel ein parkendes Auto, aus dem laute Musik drang. Drei Südamerikaner ließen eine Flasche Heineken kreisen. Eine Frau, die zu ihnen gehörte, deutete mit ihrem dicken Bauch wackelnd einige Tanzschritte an und brach in Lachen aus. Ein alter Mann führte seinen Hund spazieren. Zwei junge Mädchen saßen rauchend vor einer Wäscherei und schauten in den Himmel.

Er dachte an seine Cousine Lara. Mit zweiundfünfzig Jahren hatte sie angefangen, Anxiolytika zu nehmen. Von einem Tag auf den anderen hatte sie Angst vor anderen Menschen bekommen. Vor egal wem. Es fiel ihr schwer, das zu akzeptieren, denn sie hatte immer ein normales Leben geführt. Sie war Sekretärin in einer Bank. Verheiratet, drei Kinder. Von heute auf morgen hatte sie Angstattacken bekommen. Es liege an den Leuten, sagte sie. An den Menschen: den

Menschen von Mailand. Sie konnte diese Geschichte nicht einordnen, sie nicht benennen, also nahm sie Anxiolytika. Dann ging es vorbei.

Ein Dönerladen. Rote Tische im Freien, ein Mann rauchte unter dem Plastikvordach Wasserpfeife. Teller voller Fleisch und Gewürze, Teegläser. Der Fleischer von nebenan schrie dem Besitzer etwas auf Arabisch zu.

Ein südamerikanisches Restaurant, geführt von Chinesen.

Ein bangladeschisches Lebensmittelgeschäft. Dort räumte ein Mann eine Gemüsekiste ins Ladeninnere. Aus dem von weißlichem Neonlicht kaum erleuchteten Dunkel sah Doni das Rot der Paprika blitzen. Weiter.

Die Häuserfassaden wirkten salzzerfressen und die Balkons verwahrlost, doch es lag etwas Würdevolles in dieser Vernachlässigung. Der ganze Ort war anders, und Doni musste wieder an den Justizpalast denken – diese beiden Orte existierten in ein und derselben Stadt.

Auf der linken Straßenseite ein weiteres Lebensmittelgeschäft. Drei junge Burschen saßen vor dem Schaufenster, und der Besitzer reichte ihnen Bier heraus. Das erstaunte Doni zunächst, doch dann sah er, dass die Scheibe zerbrochen war. Es gab sie gar nicht. Der Besitzer verkaufte praktisch auf der Straße.

Als sie am Piazzale Loreto ankamen, nahm Doni seine Tasche von der Rechten in die Linke und gab der Journalistin die Hand. Mit einem kindlichen Lächeln sah sie ihn an. Sie hatten kein Wort mehr gewechselt.

«Und?», sagte sie.

«Was – und?»

«Hat es Ihnen gefallen?»

Doni zuckte mit den Schultern. «Es unterscheidet sich vom Rest der Stadt, das ohne Frage.»

«Es ist eine Welt, die sich nur langsam erschließt.»

«Ich habe eine Straßenschlägerei gesehen, das ist nicht gerade die Art, mit der man mich überzeugen kann.»

Sie lächelte wieder, ohne erkennbaren Grund.

«Na gut. Vielleicht haben wir ja noch eine zweite Chance.»

«Wer weiß. Jetzt muss ich aber wirklich gehen. Auf Wiedersehen.»

Sie schüttelten sich die Hand.

«Nur eines noch, Dottore», sagte sie.

«Ja?»

«Könnten Sie mich duzen?»

«Warum denn?»

«Es ist mir unangenehm, wenn Sie mich siezen.»

Doni seufzte.

«Na gut, Elena.»

«Danke. Schon viel besser.»

«Ich muss jetzt wirklich los.»

«Ja. Natürlich. Entschuldigen Sie, dass ich Sie so lange aufgehalten habe.» Sie fügte hinzu: «Ich hoffe, dieser Abend war nicht umsonst.»

Doni suchte nach einer Antwort. Am Ende sagte er nichts.

«Können wir wenigstens sagen, dass Sie auf unserer Seite sind?», fragte Elena.

Verblüfft starrte Doni sie an.

«Wir können überhaupt nichts sagen.»

14

IN DIESER NACHT schlief Doni wenig und schlecht, noch vor dem Morgengrauen wachte er auf. Er hatte noch den Ekel vor jenem Sofa und jenen Leuten in den Fingerspitzen, dieses Gefühl der Irrealität wegen des Abstechers aus dem Justizpalast, weit über seine Aufgaben und Kompetenzen hinaus. Verdammte Nordafrikaner, dachte er. Was hatte ihn da nur geritten?

Noch im Pyjama ging er in die Küche und kochte sich einen Earl Grey. Er nahm den Teekessel etwas früher vom Herd, um das Pfeifen zu verhindern, gab einen Teebeutel in die Tasse und schloss die Augen.

Eine Viertelstunde später kam Claudia zu ihm. Sie band sich den Gürtel ihres Morgenrocks zu.

«Ist dir nicht gut?», fragte sie.

«Ich hatte Albträume», sagte Doni. «Ich wollte dich nicht wecken.»

Claudia verzog das Gesicht.

«Was denn für Albträume?»

«Nichts Konkretes. Albträume eben.»

Sie nickte und setzte sich ihm gegenüber. Dann warf sie einen Blick auf seine Tasse.

«Schwarzer Tee oder Kräutertee?»

«Schwarzer.»

«Willst du frühstücken?»

«Das ist mir noch ein bisschen zu früh.»

Sie sahen beide zur Wanduhr, einem verzierten Keramikteller. Zwanzig vor sechs.

«Ja, wirklich», sagte sie lächelnd. «Wir können uns ja aufs Sofa setzen und ein bisschen Musik hören. Was meinst du?»

«Ich meine, es ist schon eine ganze Weile her, seit wir zusammen Musik gehört haben.»

«Du sagst es.»

Claudia suchte die *Kinderszenen*, gespielt von Martha Argerich, heraus. Bei Doni vermischte sich dieser Augenblick mit dem Aperitif einige Tage zuvor, als er nach der Lektüre von Elena Vicenzis E-Mail nach Hause gekommen war, und ihn durchlief ein Zittern, ein Unbehagen. Claudia nahm seine Hand.

«Wie geht es dir?», fragte sie.

«Ganz gut.»

«Hör mal», fuhr sie fort. «Es tut mir leid, dass ich neulich Abend so grob zu dir war.»

Seit dem Abendessen mit dem Alten und dem Hustenanfall hatten sie tatsächlich nicht mehr miteinander gesprochen. Doni schüttelte den Kopf und nahm einen Schluck Tee.

«Ist schon gut.»

«Es tut mir wirklich leid.»

«Keine Ursache», bekräftigte Doni.

Sie gab ihm einen Kuss auf die Wange und lehnte ihren Kopf an seine Schulter. Doni stellte sich Martha Argerich im Aufnahmestudio vor, wie sie die Tasten ihres Instruments fast unmerklich berührte: Dieses ganze Talent, diese ganze Mühe nur dafür, einen kurzen Augenblick der Schönheit zu erschaffen, sie für jeden Wirklichkeit und ein Genuss werden zu lassen, sie von einem Ende der Welt ans andere zu tragen, bis in dieses Wohnzimmer hinein, zu diesem bürgerlichen Ehepaar in Mailand, zu ihm und zu ihr, einem Staatsanwalt und einer Unternehmensberaterin, die zusammen alt geworden waren.

Sie hielten sich an den Händen. Doni dachte an Elisa, gern würde er ihr ein Foto von diesem Moment schicken. Ein Bild, auf dem ihre Gestalten im Dunkel kaum zu erkennen waren: Sieh mal, deine Eltern lieben sich immer noch.

«Schön ist das», sagte Claudia.

«Ja», sagte Doni und bemerkte, dass sie flüsterten. Wie zwei Achtzehnjährige, die spät nach Hause gekommen waren und die Mutter des einen oder des anderen nicht aufwecken wollten, nur darauf bedacht, die Stille zu erhalten und den Zauber der ausgehenden Nacht nicht zu zerstören.

Eine Weile blieben sie so sitzen. Dann sprang Doni plötzlich auf und lief ins Bad.

Er spritzte sich Wasser ins Gesicht und sah, wie die Tropfen am Spiegel herabrannen. Er hatte schlaffe Wangen und einen Zweitagebart, weiß. Mit beiden Händen umklammerte er das Waschbecken.

Du Idiot, dachte er. Du Idiot.

Wieder bespritzte er sich Gesicht und Hals, so dass sein Pyjama nass wurde. Dann hörte er Claudia an die Tür klopfen und etwas sagen. Ihre Stimme wurde vom Klopfen übertönt.

«Ist alles in Ordnung?», fragte sie.

«Ja, ja. Ich komme gleich.»

«Sicher? Du bist so schnell verschwunden.»

«Ja», wiederholte Doni. «Nur ein … Ich komme gleich.»

Er warf noch einen Blick in den Spiegel. Dann verließ er das Bad.

Doni arbeitete den ganzen Vormittag mit einiger Mühe und suchte nach dem Mittagessen Trost in der Bar im Justizpalast.

Sie sah aus wie ein Bahnhofsrestaurant in der Provinz, die Ausstattung aus Holz, ein langer Tresen und zu viele Leute, die anstanden, wobei sie mit den Fingern trommelten oder mit einer Zigarette auf ihre Uhr klopften. Doni wäre es lieber gewesen, wenn es solche Orte im Palazzo nicht gäbe, doch es gab sie. Widerstandsnester, in denen sich die Leute trafen, um zu reden, um wieder normal zu werden und um so zu tun, als wären sie in einem x-beliebigen Büro.

An einem der drei Tische auf dem Gang, schlichten, runden Holzplatten mit einer verstärkenden Metallumrandung, tranken Dellera und Recalcati Kaffee, zwei Kollegen aus der Oberstaatsanwaltschaft. Doni kam vom Tresen und stellte seine Tasse auf ihren Tisch. Dellera staunte.

«Roberto, kaum zu glauben», sagte er.

«Ciao, Marco. Ciao, Giorgio.»

«Wo bist du denn abgeblieben, Doni?»

«Was soll das heißen, abgeblieben?»

«Na, man hat dich lange nicht gesehen», sagte Recalcati.

Doni zuckte mit den Schultern.

«Viel Arbeit.»

«Na klar.»

«Und was macht der Computerraum?», erkundigte sich Dellera.

«Hör bloß auf.»

«Okay. Dann was anderes, denk daran, dass in einer Woche Paolis spektakuläres Essen stattfindet.»

Doni schlug sich mit der Hand gegen die Stirn.

«Du hast es vergessen, stimmt's?» Recalcati grinste.

«Ja, das habe ich.»

«Du weißt, wie wichtig ihm das ist. Wenn er dich nicht sieht, fängt er an, Sperenzchen zu machen, wo ist denn Roberto, wie kommt es denn, na und so weiter.»

Er zwinkerte ihm zu.

«Den musst du dir warmhalten, wenn du aus diesem Irrenhaus abhauen willst.»

«Ja», sagte Doni. «Ich muss mir den Termin in den Kalender schreiben.»

Dellera hustete: «Kinder, wir haben Pause. Wir sollten über Fußball reden und nicht über Paoli und seine Festessen auf dem Lande.»

«Stimmt, wir sollten lieber über Juve sprechen», sagte Recalcati.

«Ich sagte, über Fußball, Marco. Nicht über Kriminelle.»

«Ach, leck mich doch.»

«Darf ich dich an die ganzen Verstrickungen erinnern?»

«Leck mich.»

«Na klar. Ist doch gemütlich, sich die Meistertitel erkaufen zu können, was?»

«Zum dritten Mal: Leck mich.»

Dellera lachte laut auf. Doni trank seinen Kaffee und stellte die leere Tasse auf den Tisch.

«Der Kaffee schmeckt heute zum Kotzen», sagte er.

«Stimmt», sagte Recalcati.

«Ich finde ihn immer zum Kotzen», sagte Dellera.

«Du findest ja alles zum Kotzen.»

«Nein, bloß Juventus.»

«Ich bring dich um.»

«Bring lieber erst mal deinen Mafiaklub um.»

«Ich will kein Wort mehr davon hören.»

«Ich sagte: ‹*Bring lieber erst mal …*›»

«Halt den Mund.»

«Warum denn? Bist du auch für Moggi?»

«Halt den Mund, sag ich. Du weißt doch gar nicht, wovon du redest.»

«Das wissen nur du und Moggi.»

«Ich bringe dich um. Das sag ich dir.»

«Na los, bring mich um.»

«Ich trinke meinen Kaffee aus, und dann tu ich es.»

«Ich kann's kaum erwarten.»

Sie lachten beide. Doni verabschiedete sich.

Den Rest des Tages verbrachte er damit, nochmals das Urteil in erster Instanz zum Fall Khaled zu lesen. Gegen fünf Uhr rief Claudia an, um ihm mitzuteilen, dass sie zum Abendessen nicht zu Hause sein würde. Doni beschloss, nichts zu essen. Er würde arbeiten, als gäbe es sonst nichts auf der Welt. Nur ihn und die Akten. Ihn und den Bildschirm. Wie in alten Zeiten.

Um acht, das Blut pochte ihm in den Schläfen, stand er vom Schreibtisch auf und drehte eine große Runde durch den Justizpalast.

Zunächst ging er auf seinem Flur auf und ab. Neonröhren, die an nur scheinbar schwachen Drähten hingen, dreißig oder vierzig Jahre alt. Die Glastüren zu den Abteilungen. Er stellte sich vor, ein Fremder zu sein, ein umherschweifendes Teilchen, einer der im Haus herumirrenden Besucher.

Die Holztüren zu den Büros, wie auch er eines hatte, ähnelten denen der Hörsäle in der staatlichen Universität. Die gleiche Beleuchtung, die gleiche Stille um diese Zeit.

Er ging die Treppe hinauf. Staub und Dunkelheit.

Er gelangte in die oberen Etagen, in den aufgestockten Gebäudeteil in Schwarz, der die Nägel in den Steinquadern notwendig gemacht hatte und das ganze Gebäude an den Rand des Einsturzes brachte, ohne dass es je einstürzte. Er begegnete niemandem. Offenbar waren alle Richter und Staatsanwälte bereits nach Hause gegangen. Doni stellte sich seine Kolleginnen vor, die ihrem Freund ein Abendessen bei dem neuen Koreaner gleich um die Ecke vorschlugen. Und er stellte sich seine Kollegen vor, die einen Drink oder etwas anderes nahmen, um den Tag zu vergessen, bevor sie zu ihrer Frau oder in ihre einsame Wohnung zurückkehrten.

Er stellte sich die ganze Stadt vor, sein Mailand, das unter der Kontrolle des Justizpalastes pulsierte wie ein nur mühsam regulierter Mechanismus, jedes Stückchen Schönheit und Schmerz höheren Gesetzen unterworfen – doch welchen?

Schwer atmend kam er im obersten Stockwerk an. Er lockerte seine Krawatte. Dann schaute er durch ein Fenster hinunter auf die Straße, auf die Leere.

15

DER BESITZER DES *Bagatella*, der alte Renato, hatte eine genaue Vorstellung davon, wer an seiner Einlasskontrolle vorbei durfte. Falls man noch alle Haare auf dem Kopf hatte oder kein Jackett trug, war man für dieses Lokal wahrscheinlich ungeeignet. Tut mir leid, mein Freund. Versuch es mal in der Kneipe ein paar Häuser weiter.

Dabei war das *Bagatella* nichts Besonderes: ein Schuppen in einer der eleganten Querstraßen zur Via Torino, kein Fernseher, keine Cocktails, nur Wein, eine Zapfanlage für helles Bier und ein paar Flaschen Magenbitter. Doch gerade das über die Jahrzehnte gepflegte Fehlen von Details machte es zu etwas Einzigartigem: Seine Kargheit war mit der Zeit zu einem Erkennungszeichen geworden. Und für Doni war es einer der wenigen Orte, an denen er sich wirklich wohl fühlte.

Er bestellte einen Weißwein und packte die Unterlagen des anderen Prozesses aus, an dem er gerade arbeitete.

Es läuft folgendermaßen. Die Staatsanwälte des Berufungsgerichts werden jeden Monat neu eingeteilt. Sie melden für die nächste Zeit eventuelle Verhinderungen und Urlaubszeiten und erhalten dann die Termine für die Gerichtsverhandlungen, dazu die jeweiligen Prozessakten und den Dienstplan. Jede Prozessakte enthält das Urteil in erster

Instanz und die Berufungsbegründung. Sie können ergänzendes Aktenmaterial einsehen.

Das Unangenehme an einer Berufung ist ihre Doppelnatur, wie Doni schon bald nach seiner Beförderung feststellte, sie ist ein Zwischending. Man trägt keine Beweise zusammen – von großen Ausnahmen einmal abgesehen –, sondern urteilt nur nach den Unterlagen, vor allem über formale Fragen. Doch im Unterschied zum Kassationsverfahren wird auch über die Tat geurteilt.

Renato stellte den Wein und ein Schälchen Erdnüsse auf den Tisch. Doni benetzte kaum die Lippen und studierte die Schriftstücke.

Dieser Prozess war komplizierter als der von Ghezal, und die Geschichte wesentlich schlimmer. In der Provinz war ein achtjähriges Mädchen von seinem Onkel missbraucht worden, in einer dieser Ortschaften im Südosten Mailands, die sich an der Umgehungsstraße aneinanderreihen wie an einer Meeresbucht.

Er schaute nach, ob die CD mit der Vernehmung der Kleinen in seiner Tasche war. Sein Bruder hatte ihn einmal gefragt, wie er es nur ertrug, den Abend damit zu verbringen, sich mit dem Notizbuch in der Hand einen Film anzuschauen, in dem zwei Psychologen mit einem kleinen Mädchen über die erlittenen Grausamkeiten sprachen. Die Antwort war einfach: Er konnte es nicht ertragen. Er tat es, das war alles. Irgendwann kommt der Punkt, da die Fakten wieder zu dem werden, was sie sind – Fakten. Um das alles auszuhalten, muss man jedes Ereignis von seiner Bedeutung trennen. Nur die Rechtssache zählt, nur die Gestalt des Bösen, nicht die Moral.

Doni nahm noch einen Schluck von dem kühlen, wohlschmeckenden Wein. Er schaute sich um. Außer ihm waren da nur noch eine Frau um die vierzig, die in einer Zeitung blätterte, und zwei über ein Schachbrett gebeugte Männer. Er sah in der Stadt niemanden mehr Schach spielen. In den sechziger Jahren, zur Zeit von Bobby Fischer, war das Mode gewesen. Die Tische in den Bars waren voller Amateure, und im Park benutzte jemand einen Wecker als Schachuhr, ohne überhaupt zu wissen, wie das funktionierte.

Unvermittelt setzte sich Renato an seinen Tisch. Doni staunte, denn das war ungewohnt.

«Wie geht's, Dottore?»

«Ganz gut.»

«Arbeiten Sie sogar noch in der Bar?» Er wies auf die Akten. Automatisch räumte Doni sie zusammen.

«Ja. Das hört nie auf.»

«Wem sagen Sie das. Ich arbeite, wenn die anderen, Sie ausgenommen, sich hier ausruhen. Und dann noch das ganze Drumherum: die Bestellungen, das Putzen, die Händler, der Papierkram. Ich komme praktisch keine Sekunde zur Ruhe.» Er kratzte sich die Hand. «Tja, und außerdem ist das jetzt sowieso nicht gerade die schönste Zeit.»

«Was ist denn passiert?»

«Mir gar nichts.» Er verstummte für einen Augenblick und vergewisserte sich, dass niemand ihn brauchte. «Entschuldigen Sie, wenn ich Sie hier so belästige, aber meinem Sohn geht es nicht gut. Sie haben Lungenkrebs bei ihm festgestellt.»

«Du liebe Güte», sagte Doni.

«Ja.»

«Das tut mir sehr leid. Wie alt ist er denn?»

«Fünfunddreißig. Haben Sie Kinder, Dottore?»

«Eine Tochter, ja.»

«Dann können Sie mich ja verstehen.»

Sie schwiegen. Doni starrte auf sein beschlagenes Weinglas.

«Wissen Sie was?», fuhr Renato fort. «Ich glaube, man kann sich drehen und wenden, wie man will, man schafft es doch nie, alles unter einen Hut zu bringen.»

Doni schwieg immer noch und wartete darauf, dass Renato weitersprach. Er war noch nie besonders gut darin gewesen, Höflichkeitsfloskeln auszutauschen, und konnte es nicht ausstehen, wenn die Leute – und besonders so zurückhaltende wie Renato – sich zu vertraulichen Mitteilungen hinreißen ließen.

«Ja, eigentlich ist es doch so, dass man trotz aller Anstrengungen immer wieder mit runtergelassener Hose dasteht. Entschuldigen Sie. Aber nehmen Sie nur mal diese Bar: Ich putze die eine Ecke, und die andere wird schmutzig, ich mache Ihnen ein Glas Wein, und schon will ein anderer einen Kaffee, also drehe ich mich um und mache den Kaffee, doch inzwischen haben Sie Ihren Wein ausgetrunken, und ich muss Ihr Glas abräumen. Und so weiter und so fort, bis in alle Ewigkeit.»

«Sie könnten einen Kellner einstellen», wagte Doni einzuwerfen.

Renato schaute ihn an, als wäre er nicht ganz bei Trost.

«Aber nein, das meinte ich nicht», sagte er. Und nach einer kurzen Pause: «Haben Sie den Krieg miterlebt?»

«Nein, ich bin Ende vierundvierzig geboren.»

«Ich habe noch etwas davon mitbekommen. Ich bin in der Toskana geboren, wissen Sie, in Pisa. Als ich fünf Jahre alt war, fielen die Bomben, und ich weiß noch, dass mein

Vater mich auf dem Fahrrad aus der Stadt weggebracht hat, nach Vecchiano, zu meiner Großmutter. Er fuhr dann wieder nach Hause, weil er einem Freund helfen wollte, einem Flüchtling. Doch er hat es nicht geschafft. Eine Stunde, nachdem er mich zu meiner Großmutter gebracht hatte, fiel eine Bombe auf das Haus. Da fragt man sich dann doch zeitlebens, wo, zum Teufel, kommt wohl die nächste Bombe runter? Und die Antwort lautet: Einfach irgendwo. Aber muss sie denn, bei all dem Platz, den es gibt, unbedingt auf meiner Rübe landen? Mann, Mann, und nicht mal gezielt, aber so war das eben. Immer denkt man, Bomben fallen irgendwo auf die Straße, wie im Film, wo man sieht, wie Gehsteige in die Luft fliegen und die Leute dann wegrennen. Aber doch nicht aufs eigene Haus. Trotzdem ist sie meinem Vater genau auf den Kopf gerauscht und hat alles demoliert, mein Zimmer, ihr Hab und Gut, alles. Später ist meine Mutter hierher in den Norden gezogen, nach Mailand, zu ihrer Schwester, und ich bin hier in Ortica aufgewachsen und habe diesen Akzent angenommen.» Er nickte zweimal und fuhr sich mit der Hand über die Nase. «Na ja. Ich weiß gar nicht, warum ich Ihnen das alles erzähle.»

«Aber nicht doch, ich bitte Sie», sagte Doni.

Der Wirt sah ihn an.

«Was meinen Sie, ist die Welt besser geworden?», fragte er.

«Inwiefern?»

«Ganz allgemein. Seit Ihrer Kindheit.»

«Das ist eine schwierige Frage, Renato.»

«Tja, dann werde ich es Ihnen sagen. Die Antwort lautet nein. Sie ist kein bisschen besser geworden, und Leute wie meinen Vater, der mich in Sicherheit bringt, allein unter den

Bomben, und der dann zurückfährt, auf die Gefahr hin, getötet zu werden, gibt es überhaupt nicht mehr.»

Doni nickte zurückhaltend.

«Und was sagt uns das?», fragte er.

«Das sagt uns, keine Ahnung, das sagt uns gar nichts. Aber was hat es für einen Sinn, ein Kind in die Welt zu setzen, wenn es dann Krebs bekommt und man es nicht wegbringen und vor den Bomben retten kann?»

«Da haben Sie recht. Doch was hat es dann für einen Sinn, überhaupt irgendetwas zu tun?»

«Genau. Was hat das für einen Sinn. Ganz genau.»

Doni lächelte. «Sie werden mir ja jetzt richtig philosophisch, Renato.»

Der fuchtelte mit der Hand und verzog das Gesicht.

«Nein. Ich bin nur sehr alt.»

Die Tür ging auf, und eine Frau mit einem Queen-Elisabeth-Hut und einer Sonnenbrille im Stil der siebziger Jahre kam herein. Renato stützte sich mit den Händen auf den Tisch und stand auf.

«Wissen Sie, das mit Ihrem Sohn tut mir wirklich leid», sagte Doni.

«Ja», sagte Renato. «Ich weiß.»

16

AM FOLGENDEN TAG gegen Viertel nach elf rief er Elena zurück. Er hatte einen Post-it-Zettel an seine Tür geklebt, auf dem stand, dass er in wenigen Minuten zurück sei, doch man hätte seine Stimme hören können, und ohnehin hatte er ja nichts zu verbergen. Also nahm er den Zettel wieder ab, griff zum Telefon und wählte ihre Nummer.

Sie meldete sich bereits nach dem ersten Klingeln.

«Vicenzi.»

«Ja, guten Tag. Roberto Doni hier.»

«Dottore! Wie schön, dass Sie sich melden. Wie geht es Ihnen?»

«Gut. Und Ihnen?»

«Recht gut, ich sitze gerade an einem Artikel. Wollten Sie mich nicht duzen?»

Doni nickte ins Leere.

«Stimmt ja, du hast recht.»

«Haben Sie sich Khaleds Fall noch mal durch den Kopf gehen lassen?»

«Teilweise», sagte Doni.

«Und?»

Er hielt sich den Hörer für einen kurzen Augenblick an die Stirn.

«Wir haben nichts in der Hand. Wenn du nicht irgendwas Konkretes hast, können wir rein gar nichts unternehmen.»

«Wir müssen hören, was Khaleds Schwester sagt.»

«Hat sie denn was Konkretes in der Hand?»

«Keine Ahnung.»

«Soso, du hast keine Ahnung. Elena, ich bin Staatsanwalt, ich habe genau umrissene Aufgaben, Pflichten und Verantwortung. In diesem Land kommt das Getriebe der Justiz zwar nur langsam in Gang, doch wenn es sich in Bewegung gesetzt hat, muss man ihm folgen. Ich meine, falls nicht einmal mir gegenüber wenn schon nicht die Unschuld, so doch wenigstens die vermutete Unschuld Khaleds belegt werden kann, dann ist da nichts zu machen. Da wird kein Heiliger vom Himmel herabsteigen, um ihm zu helfen.»

«Und Sie, warum machen Sie das alles dann?»

«Ich mache überhaupt nichts», sagte Doni. «Ich will nur, dass alles seine Ordnung hat.»

Sie schwiegen.

«Falls Sie am Samstagnachmittag Zeit haben, könnten wir Khaleds Schwester besuchen. Ich kann sie fragen, ob es ihr passt.»

«Ich weiß nicht recht.»

«Denken Sie darüber nach und geben Sie mir Bescheid. Es verpflichtet Sie ja zu nichts.»

«Na gut.»

Nach dem Telefonat setzte sich Doni an das Urteil zu dem Vergewaltigungsfall. Er schob die CD mit der Befragung durch die Psychologen in den Computer und hörte sie sich über Kopfhörer erneut an. Der Onkel hatte sich mit dem Mädchen im Bad eingeschlossen, hatte getan, was er tun wollte, und sie für den Fall bedroht, dass sie ihrer Mutter (die seit der Scheidung alleinstehend war) davon erzählte. Trotzdem hatte das Mädchen geredet. Doni konzentrierte sich auf die Stimmigkeit in den Aussagen des Mädchens und verglich sie noch einmal mit den vorliegenden Angaben im erstinstanzlichen Urteil.

Später rief Salvatori an, um zu fragen, ob er mit ihm zu Mittag essen wolle, doch Doni lehnte ab. Salvatori erkundigte sich, ob die Sache mit den Finanzpolizisten dabei eine Rolle spiele und ob Doni noch verärgert sei, doch der verneinte das. Er wollte einfach allein sein. Er hörte die Erleichterung in Salvatoris Stimme.

Fünf Minuten später kam ein weiterer Anruf, diesmal von Paoli, dem Generalstaatsanwalt.

«Hör mal, Doni», sagte er. «Am übernächsten Donnerstag findet in Rom eine Tagung über Wahrheit und Faktenermittlung statt. Du musst da für mich hin. Hast du Zeit?»

«Am Donnerstag?» Doni schaute in seinen Kalender. «Ja, da habe ich keine Verhandlung.»

«Na wunderbar. Weißt du, ich stecke in der Bredouille, eigentlich müsste ich dorthin, aber ich kann nicht, und einer aus Mailand muss dabei sein.» Er hustete. «Die üblichen Formalitäten. Buch dir einen Flug, geh ins Restaurant, und mach dir einen schönen Abend. Einverstanden?»

«Einverstanden, Exzellenz.»

Obwohl er Demokrat war, gefiel es dem Alten sehr, wenn sie ihn mit Exzellenz anredeten.

«Ausgezeichnet. Weißt du, ich hasse das.»

«Ich weiß, ich weiß.»

«Betrachte es als eine Vergnügungsreise.»

«Das mache ich.»

«Und vergiss das Essen nächste Woche nicht, ja?»

Doni legte auf. Er ging in die Bar hinunter, kaufte einen Müsliriegel und eine Flasche Wasser und kehrte in sein Büro zurück. Er aß am Fenster und beobachtete die Leute, die durch die Via Manara gingen. Er konnte auch die Nägel in den Steinquadern erkennen. Mit der Hand fuhr er neben dem Fenster über einen von ihnen. Er war rauh. Ein Nagel eben.

Nach dem Mittagessen rief er Claudia an und schlug ihr für das Abendessen Fertiggerichte von Peck vor. Sie stimmte begeistert zu – seit einigen Tagen schien ihm ihre Stimme schriller zu sein als sonst.

Schließlich öffnete er die *Testament*-Datei. Er korrigierte einige Sätze und fügte zwei Zeilen mit weiteren Verfügungen ein. All seine Schallplatten sollten der Sormani-Bibliothek geschenkt und somit öffentlich nutzbar werden. Er hielt das für eine wohltätige Geste. In dieser Richtung sollte er mehr unternehmen. Dann setzte er sich wieder an die Arbeit.

Er verließ den Justizpalast früher als gewöhnlich. Die Sonne stand noch hoch am Himmel, und der Frühling schien bereits ins Sommerliche zu spielen.

Doni ging den Corso di Porta Vittoria entlang, bog links in die Via Gaetano Donizetti ein und betrat ein Friseurgeschäft. Schon vor einigen Jahren hatte er es entdeckt und liebgewonnen. Er ließ sich gern rasieren. Er liebte die Wärme des Handtuchs und das Rauschen des fließenden Wassers. Der Friseur rasierte ihn mit dem Strich und gegen den Strich, er verwendete einen alten Rasierapparat, in den man noch eine ganze Klinge einlegte, keinen, bei dem die

Klinge fest mit dem Apparat verbunden war. Dann und wann verursachte der Rasierer ein kratzendes Geräusch, und die ganze Zeit über konzentrierte sich Doni auf dieses Schrappen.

Das Gesicht mit Kölnischwasser erfrischt, schlenderte er in Richtung Corso Monforte weiter und ging in der Via Vivaio in einen winzigen Plattenladen. Seit einem Monat hing dort ein Schild im Schaufenster: *Räumungsverkauf.* Die Inhaberin war eine Frau um die vierzig mit einer großen, schwarzumrandeten Kunststoffbrille. Sie saß vor einem Laptop und beschrieb auf dem kleinen Schreibtisch neben dem Eingang Kreise mit der Maus.

In der Klassik-Abteilung stieß Doni auf eine Aufnahme der letzten drei Klaviersonaten von Beethoven, die er noch nicht besaß. Auch der Name des Pianisten sagte ihm nichts, ein junger Mann mit einem slawischen Namen.

Er erinnerte sich, dass er Colnaghi einmal die Sonate Nr. 32 vorgespielt hatte. An einer bestimmten Stelle des zweiten Satzes hatte der gesagt: «Aber das ist ja Swing!» Colnaghi verstand nicht viel von Musik, doch diese Bemerkung hatte Doni beeindruckt. Er hörte sich die entsprechenden Takte der Sonate wiederholt an und stellte fest, dass sein Freund recht hatte. An einer Stelle ist Beethoven seiner Zeit um einhundert Jahre voraus und sprengt die wogende Taktfolge mit einer synkopierten Phrase. Das war unglaublich, und noch unglaublicher war, dass ausgerechnet Colnaghi, der von klassischer Musik keinen blassen Schimmer hatte, ihn darauf aufmerksam gemacht hatte.

Er kaufte die CD und begab sich ins Zentrum, doch er war müde, seine Beine waren bleischwer. Er nahm sich ein

Taxi, hatte aber nicht bedacht, dass es im Feierabendverkehr stecken bleiben würde. Trotzdem wartete er geduldig und kam schließlich für ein Heidengeld in der Via Orefici an.

Er machte einen Bummel durch Peck. Jeder in Mailand kannte Peck, zumindest dem Namen nach. Doni liebte es, vor den Auslagen mit Aufschnitt und Käse die Zeit zu vertrödeln und den fettigen, gutbürgerlichen Geruch einzuatmen. Am Ende entschied er sich für einen *pâté de foie gras*, ein Glas Pilze in Öl, hundert Gramm *jamon iberico* und zwei Portionen frisch zubereiteter Gemüse-Lasagne.

Er verließ das Geschäft. Vor dem Dom spielte ein Zigeuner ohne Publikum auf dem Akkordeon eine melancholische Melodie. Am U-Bahn-Ausgang warteten junge Burschen aus dem Senegal auf Pendler, Studenten und Touristen, um ihnen bunte Bänder zu verkaufen. Die Strategie war immer die gleiche. Zunächst boten sie sie als Geschenk an, und anschließend baten sie um etwas Kleingeld.

Ein Stück weiter, vor der Vorderfront des Doms, predigte eine Verrückte und wedelte mit einem weißen Tuch im Wind. Einen Moment sah es aus wie eine Szene auf einem flämischen Gemälde.

Doni zog sein Handy hervor und rief, ohne weiter darüber nachzudenken, Elisa an. Zu seiner großen Überraschung meldete sie sich.

«Ciao, Papa.»

«Eli», sagte er.

«Wie geht es dir?»

«Gut. Ganz gut. Und dir?»

«Tja, na ja, geht so.»

«Was macht die Uni?»

«Das Übliche.»

«Du hast also das Stipendium bekommen.»

«Ja, sieht ganz so aus. Diese Mistkerle wollten mich am ausgestreckten Arm verhungern lassen.»

«Aber du hast es geschafft.»

«Aber ich hab's geschafft.»

Doni lächelte ins Leere.

«Ich freue mich, deine Stimme zu hören», sagte er.

«Ja.»

«Du antwortest nie auf meine Mails.»

Ein kurzes Schweigen.

«Du weißt doch, ich habe immer so viel um die Ohren. Und im Moment weiß ich wirklich nicht, wo mir vor lauter E-Mails der Kopf steht. Andauernd musste ich mich mit dieser oder jener Einrichtung, mit diesem oder jenem Professor in Verbindung setzen, so dass ich praktisch rund um die Uhr am Computer gesessen habe. Du machst dir gar keinen Begriff davon, wie sehr man strampeln muss, um ein bisschen Geld zu bekommen. Doch dann geben sie es dir, stell dir vor, darin sind sie sehr gewissenhaft, ganz anders als bei uns. Trotzdem war es ein Albtraum. Ich hatte nicht mal Zeit, um ins Labor zu gehen oder was zu lesen.»

«Ich verstehe. Das harte Forscherleben.»

«Das kannst du laut sagen. Außerdem bin ich müde. Und Bloomington, na ja, ist wirklich eine sinnlose Stadt. Manchmal denke ich, rings um den Campus ist nichts als Ödnis, und die Welt hört auf, sobald man diesen Ort verlässt. Zur Feier des Stipendiums sind Sarah und ich bis nach Chicago gefahren. Das ist wirklich ein *place to be*, nicht so wie Indiana.»

«Kannst du denn nicht dorthin gehen, um zu arbeiten?»

«Bist du verrückt? Schon dass sie mich nehmen, ist so

was von unwahrscheinlich. Ich habe so schon Glück gehabt.»

«Aber du bist doch gut. Du kannst was auf die Beine stellen.»

«Papa, das spielt keine Rolle. Ich hab dir das doch schon tausendmal erklärt, man muss sich anpassen und nehmen, was kommt. Und hier gibt es Leute, die noch viel besser sind als ich, okay?»

Doni kaute Luft.

«Du fehlst mir sehr», sagte er. «Wann kommst du wieder nach Hause?»

«Jetzt, wo ich das Stipendium habe? Ich muss jetzt doppelt so viel arbeiten wie vorher, da ist nichts mit Nach-Hause-Kommen.»

«Na gut, aber auf einen Sprung kommst du diesen Sommer doch vorbei, oder?»

«Mal sehen.»

Doni seufzte.

«Hör mal, Papa, ich muss jetzt Schluss machen, Sarah ist gerade gekommen. Außerdem verpulvern wir beide ein Vermögen, wenn du mich so anrufst, auf dem Handy.»

«Na und!»

«Ich meine ja nur. Wir sollten lieber über Skype telefonieren, falls du dazu fähig bist. Lass es dir von Mama erklären.»

«Du könntest damit anfangen, auf meine Mails zu antworten.»

«Ja, schon gut. Du hast ja recht. Ich muss jetzt los. Grüß Mama von mir, ja? Und trink nicht so viel, das ist nicht gut für deine Leber.»

«Ja, gut. Ich hab dich lieb.»

«Ciao.»

Elisa legte auf. Ein Hupen erschreckte Doni. Als er sein Telefon in die Tasche steckte, bemerkte er, dass er zwischen die Taxis geraten war. Ein Kind an der Hand seiner Mutter zeigte auf ihn und lachte.

17

AM SAMSTAGNACHMITTAG gegen sechs Uhr wartete Doni in einer Schar von Immigranten an der ersten Haltestelle in der Via Padova. Als der 56er Bus kam, stieg er ein und suchte sich im Gedränge einen Stehplatz. Im Bus stank es, und alle redeten ins Telefon oder miteinander. Außer ihm und einer alten Frau mit einer Baskenmütze gab es dort keine Italiener.

Doni steckte seine Brieftasche in die hintere Hosentasche und presste seine Tasche an sich. Er hatte gewartet, bis Claudia zum Friseur gegangen war, und sich dann umgezogen, bevor er das Haus verließ. Er wollte nicht in Jeans und einem alten Sweatshirt ertappt werden, einem Überbleibsel aus seiner Zeit als Vierzigjähriger.

Zusammen mit seiner Verkleidung hatte er auch eine Sporttasche von Elisa ausgegraben, in die er ein Diktiergerät, einen Notizblock und einen Stift steckte. Er hatte nicht vor, das alles zu benutzen, doch das Gefühl, mit leeren Händen aus dem Haus zu gehen, irritierte ihn. Er war so sehr an ein Köfferchen gewöhnt, dass er nicht ohne etwas in der Hand losgehen konnte.

Ein Südamerikaner starrte ihn an. Doni senkte den Blick. An der nächsten Haltestelle stiegen noch mehr Leute ein, und der Gestank schien noch schlimmer zu werden.

An der sechsten Station, Padova Bengasi, stieg er aus, so wie Elena es ihm wenige Stunden zuvor geraten hatte. Noch auf dem Gehweg hielt er seine Tasche an die Brust gepresst. Er atmete tief durch und sagte sich, dies sei das zweite und letzte Mal, damit sei der Fall für ihn erledigt.

Elena berührte ihn am Arm, und er vollführte einen kleinen Hüpfer auf dem rechten Fuß.

«Guten Tag», sagte die Journalistin. «Wie es aussieht, bin ich dazu geboren, Sie immer zu erschrecken.»

«Ich habe dich nicht kommen sehen.»

«Ich bin schon eine Weile da.»

«Wie geht's?»

«Geht so. Und bei Ihnen?»

«Geht so.»

Elena lächelte nervös und hob die Hand, um mit dem Finger hinter sich zu zeigen.

«Na dann. Wollen wir? Es ist nicht weit, nur ein paar Schritte. Khaleds Schwester wartet im Park auf uns.»

«Nicht zu Hause?»

«Nein. Sie sagt, das traut sie sich nicht.»

«Gut.»

«Sie heißt Yasmina», sagte Elena.

Sie bogen nach rechts ab und gingen etwa einhundert Meter geradeaus. Die Straße führte auf einen kiesbedeckten Platz mit einem kleinen Park, den sie umschloss. Ringsumher braune Wohnblocks und auf den Bänken einige Penner. Zwei Schaukeln. Ein Parkplatz. Doni las das Straßenschild: Largo Tel Aviv.

Kaum hatten sie einen Fuß auf den Kies gesetzt, stand ein junges Mädchen auf. Doni hatte, vielleicht wegen des Namens, eine junge Schönheit mit einem anmutig schmerzerfüllten Gesicht erwartet. Doch Khaleds Schwester war klein, hässlich und farblos. Als sie sich gegenüberstanden, bemerkte Doni missmutig einen dicken Leberfleck an ihrem Hals, und ihre hellbraune Haut war von Aknenarben gezeichnet.

«Dottore, darf ich Ihnen Yasmina vorstellen. Yasmina, das ist Dottor Doni.»

Er gab ihr die Hand und unterdrückte einen Anflug von Ekel. Sie nickte nur und deutete ein Lächeln an.

«Wollen wir uns setzen?», fragte sie.

«Ja, setzen wir uns», sagte Doni.

Yasmina nahm zwischen ihnen Platz. Elena legte ihre Hand behutsam auf die Yasminas und bat sie zu reden.

«Mein Bruder hat nichts getan.» Ihr Italienisch war klar und nahezu akzentfrei. Sie schaute Doni an, der wortlos nickte. «Khaled und ich sind vor vier Jahren hergekommen. Unsere Mutter ist gestorben, Papa war arbeitslos, und unser großer Bruder war im Gefängnis, weil er mit der Polizei aneinandergeraten war. In Tunesien machen die Polizisten mit dir, was sie wollen. Eines Tages wurde er verhaftet, warum, weiß ich nicht, er hat falsch reagiert, und sie haben ihn verprügelt, angeklagt und ins Gefängnis geworfen. Da sagte Khaled zu mir, ‹wir müssen weg›. ‹Und Papa?›, fragte ich. ‹Er bleibt bei unserem Onkel›, sagte Khaled. ‹Aber wir müssen weg.› Ich wusste, dass das nicht stimmte, dass unser Onkel ihn nur für ein paar Tage aufnehmen und dann wegschicken würde, dass wir unser Haus für immer verlieren würden und dass mein großer Bruder nach dem Gefängnis niemanden mehr hätte, falls er überhaupt je wieder herauskommen sollte. Aber was sollte ich sagen? Ich war achtzehn Jahre alt.

Khaled hatte Geld gespart und einen Monat lang Tag und Nacht gearbeitet, um noch mehr zu verdienen. Er hat mit den Leuten am Hafen gesprochen, einer von ihnen war ein Freund unseres Onkels, und so mussten wir nur die Hälfte des üblichen Preises bezahlen, ich konnte sozusagen umsonst mitfahren. Eines Nachts packten wir unsere Sachen, Papa war schon bei unserem Onkel und unser Bruder noch im Gefängnis, wir gingen zum Hafen und noch weiter, bis zum Strand. Dort lag ein Boot, wir waren etwa hundert Leute oder mehr, so genau weiß ich das nicht. Wir gingen alle an Bord, Khaled und ich zum Schluss, weil sein Freund uns zum halben Preis mitfahren ließ und wir deshalb als Letzte einsteigen mussten, wir hatten kaum Platz, und so zwängten wir uns in den hintersten Winkel. Dann fuhr das Boot ab, und wir mussten sehen, wie wir zurechtkamen. Das Meer war ruhig, sie sagten, wir sollten keine Angst haben, aber ich hatte trotzdem Angst. Jedenfalls kamen wir ohne größere Zwischenfälle nach Sizilien, nur einmal gab es eine schlimme Welle, und vielleicht ist jemand ins Wasser gefallen, alle haben geschrien, ich wusste nicht, warum, ich klammerte mich an Khaled, weiter nichts.

Als wir, ich weiß nicht, vielleicht einhundert Meter vor der Küste waren, schrien sie, wir sollten alle von Bord springen, ins Wasser. Wir riefen, ‹nein, nein, ihr seid wahnsinnig!›, meine Arme waren müde, doch sie – nichts zu machen: ‹Los, los, von Bord, das Wasser ist flach!› Also sind wir von Bord gesprungen, doch das Wasser war nicht flach, wir mussten eine Weile schwimmen, mit den Taschen und den Koffern, viele Leute schrien, es war dunkel, und wir konnten uns gegenseitig nicht helfen. Zum Glück hatte ich Khaled, der mich hielt, und so kamen wir ans Ufer, pitschnass, alle unsere Sachen waren auch nass, ich hatte eine Tüte mit Brot dabei, die ich nicht angerührt hatte. Als ich sie öffnete, war alles durchgeweicht und zerfiel mir in der Hand, es war ekelhaft. Ich habe sehr geweint, weil wir nun überhaupt nichts mehr hatten, nicht mal ein Stück Brot, und weil wir unsere Familie im Stich gelassen hatten.

Dann kamen wir nach Mailand. Anfangs wussten wir nicht, was wir tun sollten, wohin wir gehen sollten, es war schrecklich. Wir schliefen mit anderen zusammen in einer leerstehenden Fabrik in Bovisa. Kein Geld, wenig Essen. Dann fand Khaled einen wahren Freund, einen Ägypter, der hat uns eine Wohnung besorgt und für Khaled eine Arbeit auf der Baustelle. Also hat er gearbeitet, immer und immer. Dann bekam er eine Aufenthaltserlaubnis. Ich nicht, ich musste nach Frankreich zu einem Freund dieses Freundes flüchten, er hat mich nach Nizza gebracht und auch mich gerettet, dann bin ich nach Italien zurückgekommen, und jetzt bin ich hier. Jedenfalls hat Khaled nichts getan.»

Das Mädchen verstummte. Doni schwieg. Eine graue Katze lief über die Straße und spähte einen Augenblick zu ihnen herüber.

Elena sagte: «Yasmina, vielleicht solltest du uns etwas darüber sagen, was dein Bruder an jenem Abend gemacht hat.»

Sie war irritiert.

«Das kann ich nicht.»

«Warum kannst du das nicht?»

«Weil ich nicht kann.»

Elena drückte ihre Hand fester.

«Yasmina, du warst damit einverstanden, dass wir uns treffen, weil wir dir helfen können. Weißt du noch, was du mir neulich erzählt hast? Dass du nicht mehr kannst und Hilfe brauchst? Du brauchst keine Angst zu haben.»

Sie nickte.

«Er war mit Mohamed unterwegs», sagte sie schließlich. Dann verbarg sie ihr Gesicht in den Händen: «Ach, das hätte ich nicht sagen dürfen. Ich darf das nicht.»

«Wer ist Mohamed?», fragte Doni.

«Unser ägyptischer Freund. Der uns geholfen hat. Er hat ihn zu Hause abgeholt, und dann sind sie zusammen weggegangen.»

«Wohin?»

«Ich weiß es nicht. Wirklich nicht.»

«Um wie viel Uhr ist Khaled wieder nach Hause gekommen?»

«Ich weiß es nicht mehr. Ich glaube, so um eins.»

Doni ging in Gedanken die Prozessakten durch. Der Überfall hatte um halb neun stattgefunden.

«Um wie viel Uhr gingen die beiden aus dem Haus?», fragte er.

«Das weiß ich nicht mehr.»

«Yasmina, das ist sehr wichtig», sagte Elena.

«Vielleicht gegen acht. Oder halb neun. Genau weiß ich das nicht mehr. Das habe ich auch schon dem Anwalt gesagt.»

Doni warf Elena einen Blick zu. Sie runzelte die Stirn.

«Hat dich der Anwalt außerdem noch etwas gefragt?»

«Nein.»

Doni dachte nach. Im Urteil war von keinem Mohamed die Rede gewesen. Khaled hatte ihn nie erwähnt, obwohl er doch seine einzige Hoffnung auf Rettung war. Die Polizei hätte nach ihm fahnden können, und er hätte ausgesagt. Das wäre immerhin eine zusätzliche Chance gewesen. Warum hatte Khaled geschwiegen?

«Hat sich dein Bruder gut mit Mohamed verstanden?», fragte er.

«Wie meinen Sie das?»

«Waren sie eng befreundet?»

«Ja, sehr. Wie zwei Brüder. Obwohl er Ägypter ist.»

«Hast du dem Anwalt etwas von Mohamed erzählt?»

Sie presste die Lippen aufeinander.

«Yasmina, hast du irgendwem von Mohamed erzählt?»

«Nein.»

«Und warum nicht?»

«Weil Khaled das nicht wollte.»

«Und warum wollte er das nicht?»

Sie schwieg.

«Hatte er Angst, er könnte ihn in Schwierigkeiten bringen?»

Yasmina schlug sich mit beiden Händen auf die Knie.

«Er hat gesagt, ich soll niemals über Mohamed reden, weil er uns das Leben gerettet hat.»

«Und warum erzählst du uns dann jetzt von ihm?»

«Ich habe Vertrauen zu ihr», sagte sie und wies auf Elena.

Doni war betroffen.

«Und dem Anwalt deines Bruders vertraust du nicht?»

«Nein. Khaled sagt auch, dass er nicht gut ist, aber Khaled regt sich nicht auf. Ich weiß nicht, wie er das macht. Er sitzt da, in aller Ruhe, und denkt überhaupt nicht daran, wie ich zurechtkomme. Er sagt, es wird sich schon alles regeln. Dabei regelt sich überhaupt nichts! Wenn der Anwalt erfährt, dass ich geredet habe, wird Khaled sich ärgern. Aber ich kann nicht mehr.»

«Also?»

«Sie sind zusammen weggegangen, ich weiß nicht, wohin. Vielleicht in ein Spiellokal, oder in eine Bar, oder zu Walid.»

«Wer ist Walid?»

«Er ist … wie heißt das … Wachmann in einem Palazzo in der Nähe von Sesto. Ein Freund von Mohamed.»

Doni schaute Elena über Yasminas Rücken hinweg an.

«Wir müssen mit ihm reden», sagte er.

«Das hat Yasmina schon versucht», sagte Elena.

«Nur um zu wissen, was ich tun soll», erläuterte Yasmina. «Mohamed sprach immer nur mit Khaled. Zu mir hat er nie was gesagt. Er ist nicht mein Freund, er ist Khaleds Freund.»

«Wir müssen mit ihm reden», wiederholte Doni. «Er ist der einzige zuverlässige Zeuge.»

«Ich könnte mir vorstellen, dass es nicht so einfach ist, ihn zu finden», sagte Elena.

«Wir müssen versuchen, ihn zu überzeugen. Wir brauchen seine Telefonnummer.»

«Die Peruaner sind schuld», sagte Yasmina.

«Wie bitte?»

«Die sind immer betrunken. Die sind schuld.» Sie sah erst Doni, dann Elena an. «Ich kann sie nicht ausstehen, Khaled konnte sie auch nicht ausstehen.»

«Es gibt Peruaner, die irgendwas mit dieser Sache zu tun haben?», fragte Doni.

«Ich weiß nicht.»

«Kannst du das genauer erklären?»

«Ich weiß nicht, ich weiß nur, dass die Peruaner immer betrunken sind und ständig Krach machen. Wir trinken nicht.»

Doni nickte und ergriff unwillkürlich die andere Hand des Mädchens, sie war klein und zart.

Yasmina sagte: «Elena hat mir erzählt, dass Sie mir helfen werden und Sie Ihre Sache gut machen.»

«Ich versuche immer, meine Sache gut zu machen», sagte Doni.

«Khaled geht es sehr schlecht im Gefängnis.»

«Das kann ich mir denken.»

«Er isst nichts, sagt, er wird geschlagen, und keiner hilft ihm. Neulich war sein Auge so dick angeschwollen.» Sie hielt Doni ihre Faust vors Gesicht. «Ganz schwarz. Er kennt niemanden. Wäre er schuldig, würde er doch jemanden kennen, oder?»

«Darum geht es nicht», seufzte Doni. «Aber es tut mir sehr leid, dass es deinem Bruder so schlecht geht.»

«Er ist unschuldig!», beteuerte sie.

Doni sagte nichts.

«Er ist unschuldig! Unschuldig!»

«Yasmina, beruhige dich», sagte Elena.

«Ich schwöre Ihnen, dass er nicht dort war. Er hat auch keine Pistole! Er hat noch nie eine Pistole angerührt, Khaled weiß nicht mal, wie man zuschlägt.»

«Yasmina.»

Sie begann leise zu weinen. Doni kratzte sich an der Nase und suchte Elenas Blick, doch sie hatte ihren Arm um das Mädchen gelegt und redete leise auf sie ein. Doni bemerkte, dass zwei alte Damen auf dem Kiesweg stehen geblieben waren und sie beobachteten. Etwas weiter entfernt rauchte ein Mann mit einer roten Mütze auf dem Kopf eine Zigarette und spähte zu ihnen herüber.

Schließlich beruhigte sich Yasmina.

«Signore», sagte sie, «ich hoffe, dass Sie Khaled freibekommen.»

«Ich tue, was ich kann.»

«Seit Monaten bin ich ganz allein. Ich habe nichts. Nicht mal mehr Geld für die Miete, ich wohne bei einer Freundin und schlafe in der Küche auf dem Fußboden, ich esse, wie es gerade kommt, nur Elena hilft mir, aber das ist nicht richtig, denn Elena ist nicht reich. Können Sie etwas für uns tun?»

Doni blinzelte.

«Ich tue, was ich kann», sagte er noch einmal.

18

DONI UND DIE JOURNALISTIN kehrten in die Via Padova zurück. Die Straße war nun belebter. Eilige Fußgänger, Fahrräder. Zwei Busse der Linie 56 kreuzten sich und grüßten sich mit einem Hupen.

«Wir haben immerhin etwas», sagte Elena.

«Ja. Ich habe nicht damit gerechnet, dass so ein Detail ans Licht kommen würde.»

«Ich habe Ihnen ja gesagt, dass die Sache nicht so einfach ist.»

«Nein, das ist sie nicht», räumte Doni ein.

Sie kickte mit dem Fuß einen kleinen Stein weg, der am Reifen eines geparkten Autos landete.

«Was denken Sie über Yasminas Geschichte? Darüber, wie sie an Land gekommen ist und das alles.»

«Gar nichts. Tausende sind so nach Italien gekommen, und die beiden hatten noch Glück. Wenn ich gerührt sein will, sehe ich mir einen Film an. Doch ich will nicht gerührt sein.»

Elena seufzte.

«Sie sind ein ganz harter Hund, was?»

«Nein. Ich mag nur keine Tränen und kann solche Geschichten nicht ausstehen. Die habe ich schon zur Genüge gehört.»

«Na gut. Vielleicht könnten wir dann jetzt einen Abstecher zum Tatort machen.»

«Wie bitte?», fragte er lächelnd.

«Ich meine, zur Via Esterle.»

«Gibt es da etwas Besonderes zu sehen?»

«Nein, aber ich dachte, es könnte interessant für Sie sein.»

Doni zuckte mit den Schultern.

«Einverstanden.»

Der Tatort war nicht weit von der Stelle entfernt, an der sie bei ihrem ersten Treffen gehalten hatten, als Elena ihn bat, mit ihr einen Spaziergang zum Piazzale Loreto zu machen. Die Straße lag eingezwängt gleich hinter der Eisenbahnbrücke. Links eine Mauer, rechts parkende Autos und Wohnhäuser. Nach etwa einhundert Metern machte die Straße einen Knick, verbreiterte sich zu einem kleinen Platz und lief dann weiter auf eine größere Verkehrsader zu.

Elena wartete am Anfang der Straße, doch Doni hatte nicht viel zu ermitteln. Er spürte, dass sich die Spannung des Treffens noch nicht gelöst hatte, und auch dessen Konsequenzen waren ihm noch nicht klar.

Er ging mechanisch auf und ab, dann folgte er der Straßenbiegung. Die Mauer war voller Plakate – Veranstaltungen, Konzerte, Mitteilungen der Stadtverwaltung. Auf der anderen Seite ein paar Geschäfte: ein Fleischer, ein Schuster, ein Autoelektriker.

An dem kleinen Platz stand ein Auto mit abgeschaltetem Motor. Aus den offenen Fenstern drang ein Rap und leichter Marihuanaduft. Zwei junge Kerle rauchten auf den Vordersitzen, einer der beiden musterte Doni im Rückspiegel. Er ging weiter. Ein Busdepot der Verkehrsbetriebe. Schließlich ein Parkplatz und ein Grünstreifen, an dem ein Mann saß, der eine Plastiktüte vor sich hatte und dem Verkehr zuschaute.

Doni kehrte um. In einem Schaufenster sah er sein Spiegelbild – wie fotografiert in der Bewegung, mit der er einen Fuß vor den anderen setzte –, und da spürte er endlich, wie etwas in ihm aufbrach. Das bin ich? Bin das da wirklich ich? Er versuchte sich zu beruhigen. Er würde diesen Ausflug jetzt beenden und damit auch diese ganze Farce.

Er ging noch einige Schritte. Heinekenflaschen lagen verstreut auf dem Boden. Dazu Papiermüll. Ganz in der Nähe fuhr pfeifend ein Zug vorbei, fast schon über den Dächern der Wohnhäuser. Die ganze ausgewogene Trostlosigkeit der Vorstadt.

Als er sich lächerlich genug fühlte, ging er zu Elena zurück. Sie telefonierte, brach jedoch ab, als er zu ihr kam.

«Wie wär's mit einem Bier?», fragte sie und steckte ihr Telefon in die Tasche.

«Einem Bier?», fragte Doni.

«Ja. Wir könnten hier in den Bocciaklub gehen.»

Sie wies auf ein Gebäude hinter ihnen. Davor war eine Tankstelle, und auf der Freifläche stand ein Wagen mit Südamerikanern. Auf dem Autodach spielte ein Ghettoblaster aus den Achtzigern Dancemusic. Ein dicker Mann mit Basecap und einem Achselshirt, das über seinem Bauch spannte, tanzte neben dem Autofenster. Weiter hinten lag ein Gelände, das schwer einsehbar war und das Doni auch tatsächlich nicht bemerkt hatte. Einige Tische aus Plastik und Schmiedeeisen, ein Betonweg und ein Vordach, unter dem ein paar Rentner rauchten.

Die Worte kamen wie von selbst und waren das genaue Gegenteil dessen, was er dachte.

«Einverstanden», sagte er. «Gehen wir ein Bier trinken.»

19

DER ABEND WURDE langsam kühl, und Doni wollte lieber drinnen statt draußen sitzen. Die Einrichtung des Lokals wirkte wie aus den fünfziger Jahren herausgerissen. Ein großer Raum voller Resopaltische, ein Fernseher, zwei Billardtische und links ein Metalltresen. Die Kundschaft bestand fast ausschließlich aus alten Leuten. Ein kleiner, dünner Kellner ging mit einem Tablett vorbei.

Doni und Elena setzten sich in die Nähe der Billardtische und bestellten zwei Bier.

«Na, so was», sagte er.

«Gefällt es Ihnen?»

«Das erinnert mich an meine Kindheit, als ich die Sommer bei meinem Onkel auf dem Land verbrachte.»

Elena schaute sich lächelnd um. «Jedenfalls ist das hier was anderes als diese ganzen typischen Mailänder Scheißläden.»

«Bist du oft hier?»

«Manchmal, mit meiner Mitbewohnerin und ihren Freunden.»

«Aber das ist nicht gerade ein Treffpunkt für junge Leute.»

«Ich bin ja auch kein jugendlicher Typ. Eigentlich bin ich Journalistin. Ein armes Schwein, aber immer noch Journalistin. Und hier findet man viele Geschichten.»

Das Bier kam. Die Gläser waren nass und hatten fast keine Schaumkrone. Elena sah Doni von unten herauf an und fuhr mit dem Finger an ihrem Glas entlang.

«Haben Sie solche Geschichten schon mal aus erster Hand gehört?», fragte sie.

«Was für Geschichten?»

«Solche wie die von Khaled.»

«Natürlich. Allerdings unter offizielleren Umständen.»

«Und Sie hatten auch schon viele Fälle von Ausländerkriminalität.»

«Etliche.»

«Aber über die Einzelheiten ihres Lebens, über die Probleme der Einwanderer und so weiter wissen Sie nicht besonders viel.»

Verdutzt fuhr sich Doni mit der Hand über die rechte Wange.

«Ich bin kein Experte, wenn du das meinst.»

Elena senkte den Blick, als holte sie zum Angriff aus.

«Sie haben sie also verurteilt, ohne, sagen wir, einen Gesamtüberblick zu haben. Ohne genau zu wissen, wie sie leben, wo sie leben und so weiter ...»

Doni schlug mit der Hand auf den Tisch. «Nein!», platzte es aus ihm heraus. Irgendwer im Lokal drehte sich nach ihnen um. «Nein», sagte er nochmals mit gedämpfter Stimme. «Solche Reden dulde ich nicht. Ich weiß, worauf du hinauswillst, und ich glaube, ich habe dir das schon erklärt. Ich fälle kein Urteil über ihr Leben. Ich fälle kein Urteil über *sie*. Ich beurteile nur ihre Taten, egal, ob sie Tunesier, Italiener oder Schweizer sind. Entschuldige, aber du redest wie die Kommunisten.»

Elena bedeutete ihm, sich zu beruhigen, was ihn nur noch

mehr in Rage brachte. Es war genau die gleiche Geste, die Claudia vollführte, wenn sie bei Freunden zum Abendessen waren und er in seiner Art, die ihr zufolge *dermaßen daneben* war, in einer Diskussion dazwischenfunkte. Sie spreizte die Finger und senkte zwei-, dreimal die Handflächen.

«Ich weiß ja, dass Sie sich auf die Fakten beschränken», sagte Elena. «Ich meinte das nicht so.»

«Aber du hast es so gesagt.»

«Ja, es tut mir leid. Ich habe einen Fehler gemacht.»

«Und was meintest du sonst, wenn nicht das?»

Elena schnaufte.

«Nichts. Dass die Dinge eben komplizierter sind, als sie aussehen. Weiter nichts.»

Sie schwiegen eine Weile.

«Es tut mir leid, dass ich Sie verärgert habe», sagte Elena.

«Ich bin nicht verärgert. Aber bestimmte Reden vertrage ich nun mal nicht.»

«Sie haben ja recht.»

«Wie dem auch sei», sagte Doni und wechselte das Thema, «wenn wir nicht mit Mohamed sprechen können, sind wir genauso weit wie vorher.»

«Stimmt.»

«Yasminas Geschichte ist schlimm, aber das hilft uns auch nicht weiter. Uns muss interessieren, wo Khaled sich an dem besagten Abend aufgehalten hat.»

«Das kann nur Mohamed wissen.»

Doni nickte.

«Sie könnten sich dafür einsetzen, dass er unter Schutz gestellt wird», sagte Elena. «Doch es muss was Verlässliches sein. Oder dass er an einen sicheren Ort gebracht wird. Oder was weiß ich.»

«Ich kann nichts dergleichen tun.»

«Und was nun?»

Doni trank einen Schluck Bier und dachte nach.

«Zunächst einmal werde ich mich nach Khaleds Haftbedingungen erkundigen. Das dort ist eine Welt für sich, doch ich kann versuchen herauszubekommen, ob er tatsächlich misshandelt wird, wie seine Schwester behauptet. Was den Fall an sich betrifft, bleibt leider nichts mehr zu tun. Wenn Mohamed nicht reden will, können wir ihn auch nicht dazu zwingen. Außerdem haben wir keinerlei Gewissheit darüber, dass er was mit dieser Geschichte zu tun hat. Die Schwester könnte sich geirrt haben, oder es könnte auch Mohamed gewesen sein, der Khaled in diese Schwierigkeiten gebracht hat.»

«Das halte ich für unwahrscheinlich.»

«Wir müssen alle Möglichkeiten in Betracht ziehen, und wir haben nichts in der Hand.»

«Und was nun?», fragte sie erneut.

«Das war's, nehme ich an.»

Elena verzog das Gesicht. Doni fühlte sich wie befreit. Die Geschichte war ausgestanden, ein paar Tage romantischer Träumerei und ein kühnes Unternehmen um der alten Zeiten willen. Alles in allem hatte er sich recht mühelos aus der Affäre gezogen.

Plötzlich erschien ihm das Lokal noch gemütlicher: ein Ort, an den er vor vielen Jahren auch mit Colnaghi hätte gehen können, und eine Episode, die sich elegant in seine Vergangenheit einordnen ließ, sofort aufgelöst, ohne Flecken auf der Weste zu hinterlassen.

«Nehmen wir an, alles war so, wie seine Schwester sagt», beharrte Elena. «Was meinen Sie, warum hat Khaled Mohamed nie erwähnt?»

«Um ihn zu schützen. Doch die Frage ist: Wovor?»

«Genau. Und was weiter?», fragte Elena erneut.

«Nichts weiter, das habe ich doch schon gesagt.»

«Gut, aber wir haben eine wichtige Spur. Wir wissen, dass Khaled etwas verschwiegen hat.»

«Wir wissen noch nicht, ob sie wichtig ist, und wir wissen keineswegs, ob er das getan hat. Wir haben nichts als eine halbe Zeugenaussage.»

«Wir könnten seinen Anwalt bitten, ihn dazu zu befragen, auch wenn Yasmina das nicht will.»

«Wenn er bisher nichts gesagt hat, wird er auch weiterhin schweigen.»

«Er wird sich also verurteilen lassen, obwohl er unschuldig ist? Das ist doch absurd!»

«Elena, zum letzten Mal. Wir wissen nicht, ob er unschuldig ist. Denk an mein Motto: Ausnahmen ja, Fehler nie.»

«Doch falls er es ist …»

«Falls er es ist, lautet die Antwort ja. Er wird sich trotzdem verurteilen lassen.»

Elena umklammerte ihr Glas.

«Finden Sie das etwa richtig?»

«Das zu beantworten steht mir nicht zu. Wenn die Dinge so liegen und Khaled der Ansicht ist, schweigen zu müssen, so wird er seine Gründe dafür haben.»

«Aber Sie glauben doch an Recht und Gesetz.»

Doni blinzelte erstaunt.

«Natürlich. Was ist denn das für eine Frage?»

«Eine Frage eben. Was hat es denn für einen Sinn, Recht und Gesetz durchzusetzen, wenn die Voraussetzungen falsch sind? Was hat es für einen Sinn, seine Pflicht zu tun, wenn es nur eine formale Pflicht ist? Wenn die konkrete Gefahr besteht, dass ein Mann sich als eine Bestie hinstellen lässt, nur um einen Freund zu schützen? Ich jedenfalls verstehe das nicht. Sie führen die Gesetze ins Feld, und Sie haben recht, doch Gesetze sind nicht alles, sie schützen nicht das ganze Leben, sie schützen nur einen Teil davon. Was hat es für einen Sinn, vor Millionen Menschen die Grenzen zu schließen, nur damit wir unsere Ruhe haben? Wir schützen nichts weiter als unsere Privilegien, und dann sagen wir, das sei eben der Lauf der Welt, der einzige Unterschied besteht darin, dass du in diesem oder in jenem Teil der Erde geboren bist, oder am Ende eben von einer Mailänder Tussi angezeigt wirst, die sich nicht einmal sicher ist, ob wirklich du es warst, der geschossen hat. Aber sie muss das tun, denn irgendwer muss ja bestraft werden, und ein Marokkaner ist da so gut wie der andere, nicht wahr?»

Doni schüttelte den Kopf und hob die Hand.

«Fang nicht schon wieder an, und bring nicht alles durcheinander. Zunächst einmal, die Grenzen unterschiedslos für jeden zu öffnen, würde unser aller Leben verschlechtern, unseres und ihres. Europa hat nicht die Mittel, um all diese Menschen anständig aufzunehmen. Es gibt nicht genug Platz, nicht genug Arbeit, nicht genug Wohnungen.»

«Also sollen sie lieber da verrecken, wo sie sind?»

«Das habe ich nicht gesagt.»

«Aber das ist die logische Konsequenz!»

Doni schaute sie an.

«Was für Schuhe trägst du?»

«Was?»

«Ich habe dich gefragt, was für Schuhe du trägst.»

Elena senkte das Kinn und schaute unter den Tisch.

«Welche von All Star.»

«Welche von All Star. Ich kenne mich da jetzt nicht so aus, aber bist du sicher, dass bei der Herstellung dieser Schuhe nicht irgendjemandes Rechte verletzt wurden? Bist du sicher, dass der Hersteller keine Kinderarbeit zulässt und dass er beim Verkauf zu einem bestimmten Preis den Gewinn in Form von angemessenen Löhnen gerecht verteilt?»

«Schon gut, ich habe verstanden, worauf Sie hinauswollen.»

«Wenn du auf diese Fragen keine Antworten hast, kannst du das System nicht kritisieren. Jeder, der darin lebt, muss sich an die Gesetze halten, wenn er es bekämpft, Schluss aus. Ansonsten ist es von hier bis zu dem Punkt, da man im Namen des heiligen Kriegs gegen die Bösen des Systems einen McDonald's in die Luft jagt, nur ein kleiner Schritt.» Er knirschte mit den Zähnen und umklammerte sein halbleeres Glas. «Durch solche Leute habe ich einen Freund verloren, Elena. Er war Staatsanwalt wie ich. Er war besser als ich. Ein wunderbarer Mensch. Eines Tages haben sie ihn auf der Straße angehalten und ihm drei Kugeln in den Bauch gejagt. Sie waren der Ansicht, er sei ein Teil des Systems und das System sei falsch und das reiche schon aus. Sie hielten sich für Revolutionäre im Dienste der Armen, dabei waren sie einfach nur Bestien. Das ist das Einzige, was der Terrorismus mich gelehrt hat. Nie, niemals darf man sich über die Gesetze stellen, die uns gegeben sind.»

Beide schwiegen, jeder in seine Gedanken vertieft. Im Fernseher lief ein englisches Fußballspiel. Zwei alte Männer schauten auf den Bildschirm, das Kinn in die Luft gereckt und mit offenem Mund. Elena schlug vor, noch zwei Bier zu bestellen. Doni willigte ein. Es schmeckte gut und war kühl, außerdem wollte er die Erinnerung an Colnaghi hinunterspülen, die plötzlich viel zu heftig hochgekommen war.

«Sag mal, beschäftigst du dich eigentlich nur mit solchen Dingen?»

«Was meinen Sie damit?»

«Das, worüber du schreibst. Ich habe im Internet ein paar Zeitungsartikel gefunden.»

«Ja, Lokalnachrichten, Einwanderungsprobleme, Polizeimeldungen. Interviews mit Leuten auf der Straße, die einem erzählen, dass alles den Bach runtergeht und dass die Politiker alle gleich sind. So was eben.» Sie warf einen Blick auf das Display ihres Telefons. «Eigentlich mache ich alles, was kommt. Neben meinem Teilzeitjob im Buchladen arbeite ich auch als Ghostwriter und so was. Manchmal gibt es komische Sachen, zum Beispiel, wenn man einen Artikel unter dem Namen eines Typs schreibt, der Journalist werden soll. Oder, was weiß ich, für eine Anzeigenzeitung die Rubrik eines Schlagersängers betreut, der kaum seinen Namen buchstabieren kann.»

«Aber das ist verboten.»

«Tatsächlich?» Sie lachte.

Doni schüttelte den Kopf. «Bezahlen sie dich wenigstens anständig?»

«Es ist ein Trauerspiel.»

«Und warum machst du es dann?»

Elena fuhr sich mit der Hand durchs Haar.

«Weil ich das am besten kann, wahrscheinlich, und weil man nehmen muss, was kommt. Außerdem hoffe ich, dass sich dadurch die eine oder andere Tür öffnet. Ich mache mir nichts vor, wirklich nicht. Ich bin über dreißig und habe nicht viel auf die Reihe gebracht, doch ich habe mir eine Frist gesetzt. In spätestens einem Jahr höre ich auf.»

«Und was machst du dann?»

«Was ich dann mache. Wenn ich das wüsste!» Die nächste Runde Bier wurde gebracht. Elena trank einen Schluck. «Manchmal stelle ich mir meine Zukunft ohne ein geschriebenes Wort vor. Aber das fällt mir schwer. Es ist inzwischen nicht mehr nur eine Frage des Berufs oder der Berufung, wie man so schön sagt ... Es ist eine existentielle Frage. Ich wollte schon immer Journalistin werden, denn ich habe stets daran geglaubt, dass man mit Wörtern die Wirklichkeit widerspiegeln kann. Für jedes in die Irre führende Wort, das gesagt wird – für jedes falsche, verlogene, marktschreierische, schlechte Wort – gibt es ein gutes, das man ausfindig machen muss, eines, das die Dinge beim Namen nennt. Das ist alles.»

«Ja», sagte Doni.

«Ich werde weiter im Buchladen arbeiten, wenn sie mich lassen. Bücher verkaufen gefällt mir.»

«Das ist ein schöner Beruf.»

«Nein, das ist ein Beruf, der einem den Rücken ruiniert und der Fließbandarbeit immer ähnlicher wird. Und die Kunden sind einfach grässlich. Ich arbeite in drei Schichten, und wenn ich die letzte erwische, bin ich erst um Mitternacht fertig, dann fahre ich mit dem Rad nach Hause, auch bei Regen, und einmal haben mich ein paar Typen angehalten und versucht, mich auszurauben. Aber er hat auch gute Seiten, und alles in allem gefällt er mir.»

Doni hob die Hände.

«Ich sage kein Wort mehr.» Er lächelte. Auch Elena lächelte.

Der Wirt des Bocciaklubs kam mit einem Holzbrettchen. Darauf lagen fünf Scheiben roher Schinken und ein Stückchen Käse.

«Das geht aufs Haus», sagte er. «Frischer als frisch.»

«Oh, vielen Dank», sagte Elena.

«Sie können mir dann ja sagen, wie er schmeckt.»

Doni zerriss eine Scheibe Schinken mit den Fingern und steckte sie sich in den Mund. Er genoss den salzigen, weichen Geschmack und lehnte sich für einen Moment auf dem Stuhl zurück. Ihm fiel auf, wie unbeschwert er war. Obwohl er eigentlich keinerlei Grund dazu hatte, fühlte er sich wohl.

Als er aufschaute, fiel sein Blick auf die Wanduhr. Er nahm sein Handy, das er während des Treffens mit Yasmina ausgeschaltet hatte, schaltete es wieder ein und fand eine Meldung über zwei Anrufe in Abwesenheit von Claudia.

«Ich bin gleich wieder da», sagte er.

Er ging hinaus ins Freie und rief sie an.

«Hallo», sagte sie.

«Claudia.»

«Wo, zum Teufel, steckst du?»

«Ich bin … noch mit einem Freund unterwegs.»

«Mit einem Freund? Mit wem denn?»

«Einem Arbeitskollegen. Salvatori.»

«Du bist mit Salvatori in einer Bar?»

«Ja.»

«Bist du betrunken?»

«Nein! Wie kommst du denn darauf?»

«Du klingst so komisch.»

«Ich bin nur ein bisschen müde.»

«Hmhm», machte sie. «Warum hast du mir denn nicht Bescheid gesagt?»

«Du hast recht. Entschuldige bitte, ich habe es vergessen.»

«Du hättest mir sagen können, dass du zum Abendessen

nicht zu Hause bist. Ich habe mir Sorgen gemacht und ständig versucht, dich anzurufen, aber dein Telefon war aus. Wie oft soll ich dir noch sagen, dass du dein Handy nicht abschalten sollst.»

«Keine Ahnung, wie das passiert ist, Claudia. Ich muss es ausgeschaltet haben, als ich aus dem Büro kam, und dann habe ich es wohl vergessen.»

Seine Frau schwieg, in der Leitung kratzte es.

«Na gut», sagte sie schließlich.

«Es tut mir wirklich leid.»

«Ja. Und wann kommst du nun nach Hause?»

Er schaute auf sein Handgelenk, stellte aber fest, dass er seine Armbanduhr zu Hause gelassen hatte – weil er nicht auffallen wollte.

«In einer halben Stunde, denke ich. So lange werde ich für den Weg brauchen.»

«Wo bist du denn?»

«In der Nähe vom Piazzale Loreto.»

«*Loreto*? Wo ist das denn?»

«Irgendwo. Salvatori wohnt hier um die Ecke.»

«Na gut», sagte sie noch einmal.

«Bis gleich.»

Claudia legte auf.

«Es ist wohl besser, wenn ich jetzt nach Hause gehe», sagte Doni, als er zum Tisch zurückkam.

«Probleme?»

«Ich habe vergessen, meiner Frau Bescheid zu sagen.»

«Aha.»

«Nicht weiter schlimm.»

«Nicht dass sie auf falsche Gedanken kommt», lachte sie.

«In meinem Alter!»

«Wieso, was ist denn daran so abwegig?»

«Nichts», sagte er verlegen. «Aber … Nein, sie ist nicht auf falsche Gedanken gekommen. Sie hat sich nur geärgert, weil ich ihr nicht Bescheid gesagt habe.»

«Okay. Gehen wir.»

Sie verließen das Lokal und gingen durch die Via Padova. Die Straße war nun menschenleer, abgesehen von einigen jungen Männern, die ihnen eilig entgegenkamen. Am Verkehrskreisel fing Elena den Blick eines Typs aus Bangladesch auf, der in einer Ecke stand.

«Moment», sagte sie. «Ich habe ganz vergessen, dass ich meiner Mitbewohnerin zwei Flaschen Bier mitbringen soll.»

Als sie näher kamen, grüßte sie den Mann.

«Was willst du?», fragte er.

«Zwei Moretti.»

Der Mann schaute Doni an. Der senkte den Blick.

«Okay», sagte der Mann. Er schlug mit der Faust gegen den Rollladen, wartete eine Weile und öffnete ihn dann ein Stück.

«Na los.»

Die junge Frau bückte sich und schlüpfte hinein. Doni folgte ihr. Drinnen war das Geschäft erleuchtet, als wäre es noch geöffnet, und der Inhaber – ein untersetzter Mann, ebenfalls aus Bangladesch, mit wenig Haaren auf dem Kopf – saß mit gelangweilter Miene hinter dem Ladentisch. In einer Ecke trank ein weißbärtiger Mann etwa in Donis Alter aus einem Plastikbecher. Elena kaufte das Bier, bezahlte, und sie gingen hinaus. Mit einem Ruck zog der Mann draußen den Rollladen wieder herunter, wobei er sich noch immer umschaute.

«Wozu dieses ganze Theater?», erkundigte sich Doni, als sie in Richtung Piazzale Loreto weitergingen.

«Um diese Uhrzeit dürfen sie nicht geöffnet haben. Ein Beschluss der Stadtverwaltung.»

«Stimmt.»

«Also machen sie es auf diese Weise.»

Doni nickte.

«Willkommen in der Via Padova, Dottore», lachte Elena und hob wie zu einem Trinkspruch die Einkaufstüte hoch. Auch Doni lachte.

«Sie werden noch Ihre U-Bahn verpassen», sagte die Journalistin dann.

«Ja. Ich gehe jetzt.»

«Also, wir hören voneinander.»

Doni rieb sich mit Daumen und Zeigefinger die Nasenwurzel. Er lächelte müde.

«Ich denke, das war's jetzt, Elena.»

«Wenn es mir gelingt, Mohamed zu überzeugen, rufe ich Sie an. Yasmina wird mir seine Nummer geben, und ich werde versuchen, mit ihm zu sprechen, und wenn ich die ganze Nacht aufbleiben muss.»

«Bring dich bitte nicht in Schwierigkeiten.»

«Keine Sorge.»

«Doch, ich mache mir Sorgen. Und zwar, weil ich dieses Milieu und die Leute, die diese Art von Problemen haben, sehr gut kenne, auch wenn es dir nicht so vorkommt.»

Sie nickte.

«In Ordnung», sagte sie.

Doni hob die Hand, drehte sich um und ging ein paar Schritte. Dann wandte er sich erneut um.

«Nur eines noch. Warum liegt dir eigentlich so viel an

Khaled und Yasmina? Und warum bist du so fest davon überzeugt, dass er unschuldig ist?»

«Das haben Sie mich schon bei unserem ersten Treffen gefragt.»

«Dann bedeutet das wohl, dass mir die Antwort nicht genügt hat.»

Sie wartete einen Moment, schloss die Augen, atmete tief durch und öffnete sie wieder.

«Dazu könnte ich Ihnen eine Menge sagen. Doch vielleicht nur so viel: Irgendwer muss doch an seine Unschuld glauben, meinen Sie nicht?»

Doni nickte. Dann nickte er noch einmal.

«Gute Nacht, Elena.»

«Gute Nacht, Dottore.»

20

Ciao Elisa,

wie geht's?

Hier in Mailand gibt es nichts Neues, oder besser: nur den üblichen Kleinkram, den du sicher gern hinter dir gelassen hast. Die einzige gute Nachricht ist, dass die Sonne scheint. Wir haben einen der mildesten Frühlinge, an die ich mich erinnern kann. Doch er wird wohl nicht lange vorhalten.

Ich hatte einen kleinen Streit mit deiner Mutter, weil ich mich mit einem Arbeitskollegen getroffen habe, ohne ihr Bescheid zu sagen, doch ich glaube, das ist bald vergessen. Du weißt ja, wie sie ist.

Gestern erhielt ich ein Buch über La Tour, das ich über *bookdepository.com* bestellt hatte. Diese Webadresse kennst du bestimmt, das ist ein englischsprachiger Online-Bookshop (mit einem weltweit kostenlosen Versand). O ja, ich stürze mich in Online-Käufe. Das muss das Alter sein. Doch das Buch ist wunderschön, und die Fotos sind einzigartig. Ich habe zwei Bilder entdeckt, die ich noch nicht kannte, und nun gedenke ich, noch eine Reproduktion fürs Büro zu bestellen.

Und du? Arbeitest du schon an deinem neuen Projekt? Und dein Professor, wie ist der? Und geht es Sarah gut? Manchmal versuche ich mir vorzustellen, wie das Leben auf einem Campus wie deinem wohl aussieht. Als wir dich im vergangenen Jahr besucht haben (gegen deinen Willen, und sag jetzt nicht, dass das nicht stimmt), hatte ich den Eindruck, dass dort eine große Unbeschwertheit herrscht. Die Leute kamen mir wirklich alle sehr entspannt vor, sehr glücklich, als wäre die Zukunft zum Greifen nah.

Womöglich ist das zu stark vereinfacht, und vielleicht lag es nur an der Universitätsatmosphäre, doch mir hat es gefallen. Du beklagst dich manchmal, dass außerhalb des Campus gar nichts los ist und du wie in einer Seifenblase lebst. Doch hier ist es auch nicht viel besser. Vielleicht sieht das in einer amerikanischen Großstadt anders aus, wer weiß. Jedenfalls hoffe ich, dass du glücklich bist und alles gut läuft.

Übrigens, es gibt da etwas, worüber ich gern deine Meinung wüsste.

Mein alter Lehrer von der Universität (in letzter Zeit denke ich oft an ihn, er heißt Cattaneo, ich weiß nicht, ob ich dir mal von ihm erzählt habe) sagte immer, ein vielleicht Schuldiger auf freiem Fuß sei besser als ein vielleicht Unschuldiger im Gefängnis. Das sehe ich auch so, auch wenn da ein Widerspruch zu sein scheint: Sind ein vielleicht Schuldiger und ein vielleicht Unschuldiger denn nicht ein und dasselbe?

Aber du hast mal gesagt, dass die Welt nicht schwarzweiß funktioniert. Du hast mir erzählt, Teilchen könnten schwarz und weiß gleichzeitig sein und ihr Zustand sei nicht eindeutig oder klar bestimmbar. Ich weiß nicht, ob ich das richtig formuliere (wahrscheinlich nicht, denn von uns beiden bist ja du die Expertin in Quantenphysik), doch diese Wahrheit begegnet mir zunehmend auch im Alltag.

Wie siehst du das?

Ich umarme dich fest, mein Kind. Dich neulich am Telefon zu sprechen war mir eine große Freude, auch wenn es nur kurz war.

Auf hoffentlich bald,

Papa

21

«UND NUN», sagte der Alte, «bitte ich für einen Moment um Ihre Aufmerksamkeit. Hören Sie? Meine Damen und Herren? Ich bitte für einen Moment um Ihre Aufmerksamkeit!»

Paoli, der Generalstaatsanwalt, war aufgestanden und schaute lächelnd in die Runde. Er schlug mit der Gabel gegen sein Glas, so dass die Richter und Staatsanwälte von ihren Tellern aufblickten. Recalcati schaute Doni von der anderen Seite der Tafel verschwörerisch an und verzog das Gesicht.

Seit Paoli Chef war, veranstaltete er einmal im Jahr ein Essen in dieser Trattoria in der Ebene von Pavia. Er glaubte, das fördere den Zusammenhalt des Teams.

«Zunächst einmal herzlichen Dank, dass Sie gekommen sind», sagte er. «Wie Sie wissen, liegt mir viel an unserem gemeinsamen Essen. Ich bin kein großer Redner, weshalb ich mich darauf beschränken möchte, Ihnen zu sagen, dass wir auch dieses Jahr gute Arbeit geleistet haben, trotz der unzähligen Steine, die uns von der Regierung und anderen in den Weg gelegt werden. Doch um Himmels willen, mehr sage ich nicht, sonst werde ich noch abgesägt und es heißt, ich sei ein kommunistischer Spinner.» Einige deuteten aus purem Mitleid ein Lachen an. «Doch darüber wollte ich gar nicht reden. Darüber reden wir tagtäglich schon mehr als genug. Heute will ich Ihnen meinen Enkel Davide vorstellen, eine Freude, die ich gern mit Ihnen teilen möchte.»

Für einen kurzen Moment wurde es sehr still im Innenhof des Restaurants, und allen wurde klar, zu wem der Junge mit dem Downsyndrom gehörte, der neben dem Generalstaatsanwalt saß. Der Enkel stand auf. Er hatte Schlitzaugen, ein plattgedrücktes, ausdrucksloses Gesicht und dünnes, fahlblondes Haar, das ihm in die Stirn fiel.

Davide war dank der Verbindungen seines Großvaters in einer renommierten Klinik in Frankreich behandelt worden. Ihr Motto lautete, wie Paoli begeistert erzählte: *Normaler als die sogenannten Normalen.* Man garantierte eine Wiederherstellung der kommunikativen und geistigen Fähigkeiten zu neunzig Prozent: *Ihr Junge*, zitierte Paoli weiter, *wird in der Lage sein, ein glückliches Leben zu führen.*

Als Beweis für die erzielten Resultate hatte man Davide eine Reihe von Behindertenwitzen beigebracht. Das war der letzte Schritt, das Sahnehäubchen. *Wer über seine Probleme lacht, hat sie schon hinter sich*, wurde von Seiten der Klinik beharrlich behauptet.

Nun legte der Chef seine Hand auf die Schulter des Jungen und forderte ihn auf zu sprechen. Davide Paoli betupfte sich das Kinn mit der Spitze seiner Serviette und begann unbekümmert zu erzählen: «Drei Behinderte in einer Klinik. Der Arzt beschließt, sie auf die Probe zu stellen, um zu sehen, ob sie wirklich geheilt sind. Er schickt sie in drei separate Zimmer und gibt jedem ein Kaninchen, um zu sehen, wie sie es behandeln …»

Tiefste Stille. Nicht einmal ein Husten war zu hören. Doni schaute zu dem Stückchen Landschaft auf, das sich hinter der Pergola auftat. Ich bin gar nicht hier, sagte er sich. Das hier passiert gar nicht.

Als der Witz zu Ende war, brach Paoli in schallendes Gelächter aus. Sein Enkel setzte sich wieder und begann mit viel Geschick das Fleisch zu zerschneiden. Jemand lachte gequält. Dellera klatschte. Recalcati fing Donis Blick auf, und es war, als schaute er in einen Spiegel.

Paolis Stellvertreterin, eine Frau mit Adlernase aus dem Friaul, die in der Zeit der Terroranschläge mit Colnaghi zusammengearbeitet hatte, trat ihre Zigarette im Gras aus und murmelte: «Der hat ja nicht mehr alle Tassen im Schrank.»

Als der Kaffee kam, lockerte sich die Tafelrunde. Einige Richter in Hemdsärmeln hockten auf den Fersen zwischen zwei Stühlen. Andere vertraten sich auf dem Rasen vor dem Restaurant die Beine, und manch einer warf einen Blick in das kleine Betonbecken, in dem ein Schwarm Forellen schwamm. Der Nachmittag kühlte sich ab. Auf der leeren Landstraße raste ein rotes Auto dem flachen, dunstigen Horizont der Ebene entgegen.

Dellera kam mit einem Zahnstocher im Mund und einem Glas Grappa in der Hand zu Doni.

«Drei Richter an einem Gericht, aber man muss erst sehen, ob sie wirklich geheilt sind», sagte er.

«Du liebes bisschen.»

«Paradox, oder?»

«Ich weiß nicht, was ich sagen soll.»

«Wer hätte das gedacht, von Paoli.» Er trank einen Schluck Grappa. Der Geruch war so stark, dass er bis an Donis Nase drang. «Eigentlich bezeichnen wir ja jeden als verrückt.»

«Mehr oder weniger.»

«Was für ein Leben dieser arme Kerl wohl geführt hat?»

«Ein schlimmes, nehme ich an.»

«Aber man muss schon sagen, dass er jetzt ziemlich normal wirkt.»

Zusammen beobachteten sie, wie sich der Junge unbefangen bewegte und den Freunden seines Großvaters flüchtig zulächelte. Sein Gesicht verriet keine besondere Regung. Auch kein Unbehagen oder eine wie auch immer geartete Einsamkeit. Der Geburtsfehler war innerlich ausgemerzt worden, nur die körperlichen Anzeichen blieben erhalten wie ein überflüssiger Fluch.

«Würde mir so was passieren, ich würde mich umbringen», sagte Dellera.

«Mein Gott, wie zynisch du bist.»

«Ach was. Ich eigne mich bloß nicht besonders zum Vater.» Er trank noch einen Schluck und fragte dann: «Übrigens, wie läuft eigentlich das Berufungsverfahren von diesem Kerl?»

«Welchem Kerl?»

«Dem Onkel, der das Mädchen vergewaltigt hat.»

«Ach so. Gut. Also, ich arbeite dran.»

«Herrje, wenn es etwas gibt, was ich wirklich nicht mit der nötigen Distanz behandeln kann, dann sind es Pädophile.»

«Ja, es ist schrecklich.»

«Und sonst?»

«Und sonst geht alles seinen Gang», sagte Doni und trat ein paar Schritte beiseite. «Entschuldige, aber ich möchte ein bisschen allein sein.»

«Probleme?»

«Nein. Nur Lebensüberdruss.»

«Ganz der alte Doni», sagte Dellera und hob sein Glas. «Na dann prost.»

Doni ging über den Rasen und hielt dabei Abstand von einer kleinen Gruppe. Er betrachtete die sich in der Ferne verlierenden Felder und die Flecken der Robinien, die hier und dort wie grüne Temperatupfen aufleuchteten. Er hatte einen Kollegen um eine Zigarre gebeten und rauchte sie nun in aller Ruhe. Bei jedem Essen bat er jemanden um eine Zigarette oder eine Zigarre und rauchte dann. Nicht dass es ihm besonders schmeckte, doch ihm gefiel die Ästhetik der Geste, die Situation.

Da spürte er einen festen Griff an seinem linken Arm. Er drehte sich um. Es war Paoli.

«Na, Doni, wie geht es uns?», erkundigte er sich.

«Alles bestens.»

«War das Essen gut?»

«Wie immer.»

«Eine deftige, aber gute Küche, was? Kommt aus meiner Heimat, Piacenza.»

«Ja, ich muss zugeben, dass sie für mich ungewohnt ist.»

Paoli bohrte ihm einen Finger in die Brust. «Das glaube ich gern, so dünn, wie du bist.» Dann lachte er und fügte hinzu: «Ach, und denk an die Tagung in Rom, ja?»

«Wie bitte?»

«Die Tagung. Also bitte, sag jetzt nicht, du hast sie vergessen.»

Doni erinnerte sich an den Auftrag.

«Nein, Exzellenz, nur keine Sorge. Nächsten Donnerstag.»

«Genau. Man legt großen Wert darauf, weißt du.»

«Ja, ich habe schon im Sekretariat Bescheid gesagt, dass

man mir einen Flug buchen soll.» Das war gelogen. «Und auch das Hotel.» Auch das war gelogen. Er nahm es sich nun im Stillen vor.

«Na wunderbar.» Paoli strahlte ihn an. «Bist du noch deprimiert wegen des Postens in Varese?»

«Ach was, ich bitte dich. Vielleicht ist es am Ende sogar besser so. Zwischen den Anhängern der Lega Nord hätte ich mich nicht gerade wohl gefühlt.»

«Eben. Und lass mal, das nächste Mal bist du an der Reihe.»

Doni zuckte mit den Schultern und lächelte.

«Du warst immer einer der Besten, hier bei uns.»

«Danke, Exzellenz. Ich versuche nur, meine Sache gut zu machen.»

«Richtig so. Sei unbesorgt, du wirst dich aus diesem Jammertal schon noch aufschwingen können.»

Doni nickte. Paoli klopfte ihm auf die Schulter und schaute zur Tafel hinüber.

«Und, was hältst du von meinem Enkel?», fragte er.

«Ein toller Kerl. Wirklich, toll.»

«Nicht wahr? Ich bin sehr stolz auf ihn.»

«Ja, es ist unglaublich.»

«Du hättest sehen sollen, welche Fortschritte er im letzten Jahr gemacht hat. Ich freue mich, dass ich ihn hierher mitgenommen habe. Er hat bei Tisch nicht mal gekleckert. Früher war das immer eine Katastrophe.» Er nickte gedankenverloren. «Diese Klinik kostet ein Vermögen, doch sie ist gut, das muss man schon sagen. Er kann jetzt in die Gesellschaft zurück.»

Doni schaute diesen kleinen, untersetzten Glatzkopf an. Er war ein ausgezeichneter Generalstaatsanwalt. Ein bedeutender, kluger Mann. Warum also gab er seinen Enkel vor den Kollegen dermaßen der Lächerlichkeit preis? Merkte er nicht, wie melodramatisch er war?

Doch vielleicht, so überlegte Doni weiter, war das der Preis der Macht. Jeder Mann in einer verantwortungsvollen Position muss seinen wunden Punkt verbergen – den Winkel seines Herzens, wo die Welt ihn treffen und ins Banale ziehen könnte.

Irgendeine Form der Liebe, auch die selbstverständlichste. Irgendeine Form von Verwundbarkeit.

22

CLAUDIA HATTE NACH seinem Abend im Bocciaklub einige Tage geschmollt, doch als ihre Freundin Livia, die an einer staatlichen Schule Sprachen unterrichtete, sie zu einer Party bei sich zu Hause einlud, änderte sich ihre Stimmung schlagartig.

Erstaunt bemerkte Doni, dass auch er Lust hatte auszugehen. Das Wort *Fest* formte sich in seinem Kopf und schaukelte dort vor sich hin.

Sie nahmen das Auto, und Claudia bestand darauf, sich ans Steuer zu setzen. Livia wohnte in einer Vierzimmerwohnung hinter der Piazza Mentana, unweit der Via Torino.

Bei Livia waren etwa fünfzehn Leute. Überwiegend gemeinsame Freunde, die sich hin und wieder trafen und die Doni nur teilweise und fast ausschließlich vom Sehen kannte. Keiner von ihnen war besonders sympathisch, doch was sie verband und was auch Doni wie eine Note oder ein Parfüm in der Luft wahrnahm, war die Übereinstimmung ihrer Wünsche oder besser: ihrer Auffassung von Glück.

Konservativ, doch nicht zu sehr. Streng, doch nicht zu sehr. Fähig, auch gemeine Witze zu reißen, doch nicht zu sehr. Äußerlich nett. Wunderbare Eltern. Rechtsorientiert, doch nicht für Berlusconi. Der eine oder andere Ex-Achtundsechziger wurde halbwegs toleriert. Hübsche, elegante Ehefrauen, dazu Ehemänner, die zwar leicht verwelkt waren, doch das gesunde Aussehen von Menschen hatten, die keine großen Kämpfe austragen mussten. Zweit- und Dritthäuser an erlesenen Orten, für wohldurchdachte Ferien – die Dolomiten außerhalb der Saison oder das Ionische Meer weitab der Touristenhochburgen. Wenige Zigaretten, manchmal eine Pfeife. Helle Hosen und leichte Mokassins. Erzählungen von einem Glas Portwein in Lissabon, bei dem man mit Blick auf den Ozean Tabucchi zitierte.

Es war nicht schwer. Man musste nur Geld haben.

Claudia wurde von Livia umarmt und verschwand in einer Traube von Frauen in Rock und T-Shirt. Doni schnappte sich ein Glas Spumante und warf am Fenster einen Blick auf die Straße. Das Kopfsteinpflaster war wie leergefegt, und im Wohnblock gegenüber, der so nahe stand, dass man nur die Hand auszustrecken brauchte, um das gegenüberliegende Fensterbrett zu erreichen, waren alle Fenster erloschen.

«Roberto», sagte eine Stimme hinter ihm.

Doni drehte sich um. Es war Nussbaum, ein alter, etwa siebzigjähriger Jude, der aus Andalusien stammte und eine der ältesten Buchhandlungen im Stadtzentrum besaß. Sie hatten sich erst ein paarmal gesehen, doch Doni hatte ihn in guter Erinnerung. Er war intelligent und hatte einen wunderschönen Nachnamen. Außerdem sprach er, und das war eine unwiderstehliche Kombination, mit einem leichten spanischen Akzent. Nicht vulgär oder monoton, sondern höchst angenehm und gerade so stark, dass man ihn bemerkte.

Doni erinnerte diese Besonderheit an eine Anekdote. Als er ein kleiner Junge war, kam sonntags immer ein deutscher

Journalist zu Besuch, den sein Vater während des Russlandfeldzugs kennengelernt hatte (er gehörte zu den Letzten, die eingezogen worden waren, und zu den wenigen, die lebend zurückgekehrt waren, durch eine Verkettung günstiger Umstände mit Zugfahrten versteckt in einem großen Koffer, Freunden, die bereit waren, ihn zu retten und so weiter). Später erfuhr Doni, dass er einige Monate mit seiner Tante verlobt gewesen war.

Der kleine Doni hörte zu, wenn er sterbenslangweilige Geschichten von seiner Zeit als Berichterstatter in Italien erzählte – ein noch langweiligerer Mensch war kaum vorstellbar – , doch Doni war jedes Mal fasziniert von diesem Akzent. Der Kartoffelfresser warf seine Ansichten zur internationalen Lage, Klatsch und Tratsch über die italienischen Christdemokraten und uninteressante Erinnerungen aus seiner bayerischen Jugend bunt durcheinander. Was Doni jedoch eigentlich wahrnahm, war der konsonantische Klang der Stimme. Der erzählte ihm vieles, viele Geschichten, die weitaus schöner und von weit her waren.

«Wie geht es Ihnen?», fragte Doni. Ihm fiel Nussbaums Vorname nicht ein.

«Man schlägt sich so durch. Die Buchhandlung macht einige Mühe, ich spiele schon mit dem Gedanken, sie zu schließen.»

«Aber nicht doch. Das tut mir leid.»

«Tja, was soll sein, Bücher sind nicht mehr modern. Ich habe es auch satt, denn ich bin jetzt eher ein komischer Kauz als ein Buchhändler. Die Leute kommen, um sich den Laden anzusehen, oh, wie schön, oh, wie geschmackvoll, und drehen eine Runde durch die antiquarische Abteilung. Doch sie kaufen nichts. Stellen Sie sich vor, sie haben mich sogar gefragt, ob sie mich fotografieren dürfen. Offenbar bin ich der älteste Buchhändler der Stadt. Lustig, was? Und Ihnen geht es gut?»

«Man schlägt sich so durch.»

Nussbaum lachte auf.

«Die Antwort ist immer gut. Mal sehen. Wenn ich mich recht erinnere, haben Sie eine Vorliebe für Georges de La Tour. Stimmt's?»

Doni zog die Brauen hoch.

«Stimmt», sagte er. «Ich kann mich gar nicht erinnern, dass ich Ihnen davon erzählt habe.»

«Ein Buchhändler braucht ein ausgezeichnetes Gedächtnis, sonst kann er einpacken. Kommen Sie doch in den nächsten Tagen mal bei mir vorbei. Dann zeige ich Ihnen einige Bände über Ihren Lieblingsmaler. Gute Sachen, nicht der übliche Mist, den Sie sonst so finden.»

«Das lasse ich mir nicht entgehen.»

«Na wunderbar. Und sonst? Haben Sie schon darüber nachgedacht, wo Sie in den Ferien hinwollen? Wir haben immerhin schon fast Sommer.»

«Eigentlich nicht. Ich nehme an, Claudia möchte zu unserer Tochter in die Vereinigten Staaten. Sie arbeitet dort in der Forschung.»

«Und wo, wenn ich fragen darf?»

«In Bloomington.»

«Oh, ja, in Indiana. Dort war ich schon mal.»

«Tatsächlich?»

«Ja, einen halben Tag lang. Es war eine langweilige Dienstreise, in der schönen Zeit, als ich noch öfters unterwegs war.» Er trank einen Schluck Spumante. «Überreden Sie Ihre Frau zu einer Rundreise durch Nordkalifornien, wenn Sie unbedingt in die Vereinigten Staaten müssen. Sie werden restlos begeistert sein. Ich kann Ihnen da herrliche Orte empfehlen.»

«Danke, ich werde es versuchen.»

«Und sonst?», wiederholte er. «Sie sind immer noch Staatsanwalt hier in der Stadt, nehme ich an.»

Ein jüngerer Kerl mit einer großen, schwarzumrandeten Brille brach aus der nebenstehenden Gruppe aus und klopfte Doni auf die Schulter.

«Na und ob», rief er. «Und ob unser Freund hier in der Stadt Staatsanwalt ist!» Der Kerl nickte Nussbaum und Doni zu. Sie lächelten sich verlegen an, dann hob er die Hand und gesellte sich zu einer anderen Gruppe.

«Wer war denn das?», fragte Nussbaum.

«Ich habe keine Ahnung.»

Nussbaum brach erneut in Gelächter aus. Es klang hell und jungenhaft.

«Gut, dann zurück zu uns.»

«Leider habe ich nicht viel zu erzählen», sagte Doni und breitete die Arme aus.

«Keine interessanten Fälle?»

«Dieser Beruf ist viel langweiliger, als man denkt.»

«Ach, das glaube ich gern. Zweifellos.» Er hielt inne. «Habe ich Ihnen schon mal erzählt, wie Montanelli zu mir in die Buchhandlung kam?»

«Ich glaube nicht.»

Nussbaum leitete die Anekdote – offensichtlich ein Klassiker in seinem Repertoire – mit einem verschwörerischen Lächeln und einer Stimme ein, die nun um eine Terz tiefer klang.

«Mitte der achtziger Jahre, an einem Freitag im August.

Die Stadt war damals wirklich wie ausgestorben – wissen Sie, alle fuhren weg –, und ich war im Begriff, den Laden zu schließen. Es war der letzte Tag vor den Sommerferien. Ich lasse also den Rollladen herunter, als plötzlich Montanelli vor mir steht, eine Hand hebt und sagt: ‹Einen Augenblick.› Was würden Sie tun, Montanelli den Rollladen vor der Nase herunterlassen? Ich tat so, als würde ich ihn nicht erkennen, aus Höflichkeit, doch ich ließ ihn ein. Er kam sofort zur Sache und fragte mich, ob ich die Erstausgabe von Montales *Die Knochen des Tintenfisches* hätte, die von 1925, in einem Druck von Gobetti. Sie wissen sicherlich, dass das eine heißbegehrte Kostbarkeit ist, mir sind insgesamt drei oder vier Exemplare untergekommen.

Tatsache ist, dass ich sie damals dahatte, doch eigentlich wollte ich sie für mich behalten. Aber was soll man machen, Montanelli anlügen? Also holte ich sie hervor und zeigte sie ihm. Er nimmt sie vorsichtig in die Hand – er war ein Kenner, keine Frage –, prüft sie, dreht sie hin und her, schnuppert daran und sagt am Ende: ‹Sie ist es, sie ist es.› Und ich nicke und sage: ‹Natürlich ist sie es.› Und ich denke bei mir: ‹Sieh dir den an, zweifelt der das doch tatsächlich an.› Montanelli fragt mich: ‹Wie viel wollen Sie dafür?› Ich nenne ihm ohne Umschweife meinen Preis. Er presst die Lippen zusammen, starrt mich an und sagt: ‹Sind Sie verrückt?› – ‹Nein, ich bin nicht verrückt›, sage ich, ‹*Die Knochen des Tintenfisches* findet man schließlich nicht an jeder Straßenecke, und so viel kosten sie nun mal.› Woraufhin er das Buch zurücklegt, sich umdreht und grußlos verschwindet. Das war's, und so kam es, dass Montanelli nie wieder einen Fuß in meine Buchhandlung gesetzt hat. Ein großer Journalist, das ja, aber, mit Verlaub, auch ein richtiges Arschloch.»

Nachdem er sich von Nussbaum verabschiedet hatte, schlenderte Doni durch die Wohnung. Zum ersten Mal fielen ihm in der Einrichtung einige Jugendstilsachen auf, und er stöberte in der Plattensammlung neben der Stereoanlage. Er rümpfte die Nase: ein New-Age-Sampler, etwas von Miles Davis, Schlager von Baglioni und drei CDs mit klassischer Musik, die es in der Serie *Die großen Meister der Notenschrift* in einer Tageszeitung als Beilage gegeben hatte.

Das gibt's doch nicht!, rief jemand in der größten Gruppe neben dem Tisch im Wohnzimmer. Doni blieb kurz stehen und schaute sich um, dann nahm er sich ein Kaviarbrötchen. Er konnte Kaviar nicht ausstehen, doch die Alternative waren Pizzahäppchen, gefüllte Oliven und Milchbrötchen mit einer Scheibe Schinken (und dem schrecklichen, obligatorischen Fähnchen obenauf).

Ja, aber was hältst du davon?, fragte ein anderer. Doni traf im Flur auf Claudia, die sich die Frisur zurechtzupfte, und griff nach ihrer Hand. Sie lächelte, etwas Wein tropfte aus dem Glas auf den Boden. Sie waren wie zwei Gymnasiasten auf einem Schulfest, in der gleichen unbequemen Haltung, eng beieinander und schüchtern.

«Na», sagte sie.

«Na.»

«Amüsierst du dich gut?»

«Wie verrückt. Ich tanze gleich auf dem Tisch.»

Sie lachte auf.

«Komm schon, so schlimm ist es auch wieder nicht.»

«Nein, das war ein Scherz. Es ist eigentlich ganz nett. Ich habe ein wenig mit Nussbaum geplaudert.»

«Mit wem?»

«Dem jüdischen Buchhändler.»

«Ich kann mich nicht an ihn erinnern.» Sie sah über Donis Schulter hinweg, als suchte sie ihn zwischen den anderen, um sein Gesicht wiederzuerkennen. Dann schaute sie ihrem Mann in die Augen. «Wie war übrigens das Essen mit Paoli? Du hast mir gar nicht mehr davon erzählt.»

«Ach Gott, lassen wir das lieber.»

«Langweilig?»

«Viel schlimmer. Ich sage nur, dass ich mit anhören musste, wie sein mongoloider Enkel einen Witz über Mongoloide erzählt hat.»

«Wie bitte?» Sie lachte.

«Ich sag's ja, lassen wir das lieber.»

Ein Schluck Spumante. Die Stiele der Gläser berührten sich beinahe.

«Hast du etwas über deine Aussichten erfahren?», fragte Claudia weiter.

«Nichts Konkretes. Alles wie gehabt: In einem Jahr müsste ich Beförderung und Versetzung geschafft haben. Ich denke, es wird Piacenza sein, obgleich ich mich auch für Lodi bewerben könnte.»

«Das gesellschaftliche Abstellgleis.»

«Ach, wir könnten doch weiter in Mailand wohnen.»

«Um Himmels willen. Ich freue mich doch darauf, auf das gesellschaftliche Abstellgleis zuzusteuern.» Sie lächelte. In ihrem dunkelgrünen Kleid und mit den Ohrringen, die er ihr zur Silberhochzeit geschenkt hatte, sah sie blendend aus. Es berührte Doni, dass seine Frau noch immer attraktiv und noch im Vollbesitz ihrer Kräfte war.

«Wirklich?»

«Roberto, wir haben doch schon so oft darüber gesprochen. Auch ich habe Mailand satt, und du weißt, dass ich es kaum erwarten kann, dieser Stadt den Rücken zu kehren.»

«Also Piacenza oder Lodi?»

«Egal. Hauptsache, du bist zufrieden.»

«Das bin ich.» Er drehte sein Glas in den Händen. «Mehr als die Ruhe reizt mich der Gedanke, wieder ein wenig mit jungen Leuten zu arbeiten. Ein alter Meister für sie zu sein, jedenfalls im Rahmen meiner Möglichkeiten. Das hat mir immer gefehlt.»

«Ich weiß.»

«Ich frage mich nur: Und Elisa?»

«Elisa, wieso?»

«Na, wird ihr das gefallen? Ich meine, die Vorstellung, nach Italien zurückzukommen und nicht mehr in der Stadt zu wohnen.»

Seine Frau seufzte.

«Roberto, Elisa kommt nicht mehr nach Italien zurück.»

«Ach.»

«Versetz dich doch mal in ihre Lage. Warum sollte sie denn zurückkommen?»

«Nicht dass ich ihr das wünsche, vor allem nicht in ihrem Beruf. Ich meinte nur so. Es wäre doch möglich, oder?»

«Also, selbst wenn sie zurückkäme, würde sie ja wohl allein wohnen. Ich verstehe deinen Einwand nicht.»

«Das war kein Einwand. Sei unbesorgt.»

Sie lächelte sanft.

«Sie fehlt dir sehr, was?»

Doni zuckte mit den Schultern und trank noch einen Schluck.

«Komm, noch ein kurzes Schwätzchen mit den Schlampen, und dann lass uns verschwinden.»

«Keine Sorge. Der Spumante ist mäßig wie immer, doch mein Geschmack hat sich inzwischen verändert.»

Sie lachten und gingen zurück ins Wohnzimmer.

«Roberto», sagte sie noch.

«Ja?»

«Ist alles in Ordnung?»

«Wie meinst du das?»

«Ich weiß nicht. Du bist in letzter Zeit ein bisschen merkwürdig.»

«Aber nein. Findest du mich wirklich merkwürdig?»

«Vielleicht irre ich mich ja auch», fügte sie vorsichtig hinzu.

«Das wird der Frühling sein», sagte Doni.

«Das wird die Luft sein.»

«Irgendwas wird es schon sein.»

Wieder lachten sie.

Eine Stunde später, gegen Mitternacht, kamen sie nach Hause. Die Stille von Porta Romana war eine ins Dunkel gegrabene Mulde. Claudia nahm vor dem Spiegel im Wohnzimmer mit gesenktem Kopf ihre Ohrringe ab. Doni war beschwingt und küsste sie auf den Nacken.

Dann schliefen sie miteinander, schlecht und recht wie seit Jahren, doch sie hielten sich fest umschlungen: eingeschlossen in dem verletzbaren, zarten Kern ihrer Umarmung, dem einzigen, was ihnen beiden wirklich blieb.

23

AM TAG NACH der Party, es war ein Sonntag, erhielt Doni einen Anruf von seinem Bruder, den er seit Monaten nicht gesehen hatte. Er erkundigte sich nach Donis Plänen – der hatte keine – und ob er Lust auf einen Saunagang außerhalb der Stadt habe. Es gebe da eine neue Therme in der Nähe von Gorgonzola, die er ausprobieren wolle. Die Gegend sei schrecklich, räumte er ein, doch die Anlage mache einen sehr guten Eindruck. Doni war überrascht über diesen Vorschlag, willigte aber ein.

Sein Verhältnis zu Matteo war unausgeglichen. Sie waren sehr verschieden. Matteo war fünf Jahre jünger, doch in diesem Bruderpaar machte er die bessere Figur. Er war es, der sämtliche Hefte von Marvel und DC-Comics gekauft und sie dann Doni überlassen hatte, bevor er nach Kanada gereist war – und nicht umgekehrt. Er war es, der als Erster Sex mit einem Mädchen gehabt hatte – und nicht umgekehrt.

Und vor allem war er es, der als Erster einen Gelegenheitsjob gefunden hatte, um unabhängig zu sein und an den Wochenenden heimlich zu Konzerten zu gehen, während er seinem Vater erzählte, er sei bei einem Freund, um zu lernen; dabei nahm er den Zug und fuhr nach Bologna oder Rom oder Paris und kampierte dort zusammen mit Freunden, die Doni nicht ausstehen konnte, sie füllten ihr Zimmer mit Zigarettengestank und preiswert erstandenen Romanen, die vergilbt und voller Gebrauchsspuren waren, vornehmlich alternative amerikanische Literatur oder Gedichtbände aus Osteuropa.

Wenn Matteo dann nach Hause kam, erzählte er Doni alles, darauf hoffend, innerhalb der Familie eine Stütze in ihm zu finden, und mit dem Eifer des Bekehrers. Doch beim Blick in die Augen seines Bruders lernte Doni, sich vor Enthusiasten in Acht zu nehmen.

1968 kam es zum Streit. Matteo ließ sich kaum noch zu Hause blicken, schwänzte die Schule und drohte damit, das Abitur hinzuschmeißen, weil das alles spießiger Quatsch sei. Eines Abends schmetterte er stinkwütend ein Glas an die Wand. Er war immer stinkwütend. Die Eltern wussten nicht mehr ein noch aus – *Der is' ja komplett übergeschnappt. Und das nach allem, was wir getan haben, damit ihr studieren könnt!* – und Doni hätte ihn am liebsten erwürgt.

Einige Tage später, als Matteo von einem Treffen mit seinen Freunden nach Hause kam (es war nie ganz klar, wie viel Politik oder ganz einfach Poesie dabei war, er schien auf den ersten Blick nur für die Literatur zu brennen), nahm Doni ihn beiseite und sagte, wenn er weiter den Mistkerl spielen wolle, bitte sehr, aber nicht mehr in diesem Haus.

Das hatte gesessen, und Matteo erinnerte sich an diese Szene in all den Jahren stets als den ersten Moment, in dem er seinen Bruder wirklich respektiert hatte. Seiner Ansicht nach war er zwar im Unrecht, hatte aber sein Innerstes offenbart. Sie fingen an, sich im Flur kräftig zu schubsen, bis Matteo, der kleiner war als Doni, mit dem Hintern auf dem Boden landete und plötzlich in Tränen ausbrach.

In gewisser Weise war dies ein Wendepunkt. Nach dem Abitur, das er schließlich doch ablegte und sogar mit einem recht passablen Ergebnis, ging er für ein Jahr nach England, wo er zunächst als Küchenhilfe in einem Restaurant und dann als Bote arbeitete. Zumindest war das die Geschichte, die er bei seiner Rückkehr erzählte, ohne noch etwas hinzuzufügen. Sein Körper sprach für sich. Er war spindeldürr, bewegte sich viel vorsichtiger, und seine Augen lagen in tiefen Höhlen. Seine Schwärmerei für das Bohèmeleben war ihm vergangen. (Jahre später vertraute er Doni an, dass er unsterblich in eine Norwegerin verliebt gewesen sei, die ihn auf einer Schottlandreise von heute auf morgen verlassen hatte.)

Er schrieb sich an der Universität ein. Nach dem Diplom wurde er Assistent bei einem Philologieprofessor, einem riesigen, fetten Kerl, den Matteo nur den «Obertrottel» nannte, doch nach zwei Jahren überlegte er es sich erneut anders. Er brachte es fertig, zwei Verlobungen zu lösen, eine Weile in der Toskana als Vertreter zu arbeiten, für kurze Zeit mit den Radikalen in die Politik zu gehen und an einem Gymnasium in der Gegend von Bergamo Latein zu unterrichten. *Der treibt mich noch in den Wahnsinn, dabei isser so'n hübscher Junge*, sagte seine Mutter, um sich zu trösten.

Er und Doni streiften sich auch weiterhin mit scheelen Blicken und besuchten sich nur selten, doch mit den Jahren fanden sie zu einem Gleichgewicht. Sie waren verschieden, das musste man akzeptieren, doch sie wussten, dass sie sich auf eine besondere, einmalige Art aufeinander verlassen konnten.

Das Leben nahm seinen Lauf. Als Matteo die fünfunddreißig überschritten hatte, fand er ein Mädchen aus Neapel, das er später heiratete, und begann mit Claudias Hilfe, die ihn dem Generaldirektor vorgestellt hatte, in der Marketingabteilung eines Non-Profit-Unternehmens zu arbeiten. Ein Haus in der Nähe des Corso Garibaldi. Zwei Kinder.

Wie alle schien er schließlich sein Glück gefunden zu haben.

Zwei Stunden später holte sein Bruder ihn ab. Er hatte ein anderes Auto, statt des Alfas, den Doni in Erinnerung hatte, hielt ein schwarzer Audi Kombi in der Via Orti. Doni stieg ein und stellte seine Tasche zwischen die Füße.

«Du hättest sie auch in den Kofferraum tun können», sagte Matteo und legte den ersten Gang ein.

«Ja, klar, es geht aber auch so.»

«Okay. Wie geht's?»

«Gut.»

«Gibt's was Neues?»

«Nein. Bei dir?»

«Nicht viel. Die Kleine hat Fieber, Lalla lässt dich grüßen, und Giulio, dieser Idiot, will seinen Doktor in Literatur machen.»

«Er tritt in die Fußstapfen seines Vaters.»

«Er ist ein Idiot.»

«Genau das hat Papa auch zu dir gesagt, und du hast ihn als Scheißkerl bezeichnet.»

Matteo lachte. «Ja, stimmt. Eine gesunde Vater-Sohn-Beziehung.»

Während der Fahrt redeten sie wenig. Matteo legte eine CD mit Rockmusik ein. Doni versuchte das zu ignorieren und erkundigte sich lediglich nach dem Namen der Band, es war ihm nie gelungen, Matteo von den Vorzügen der klassischen Musik zu überzeugen.

«Led Zeppelin», sagte Matteo und gab ihm die CD-Hülle. «Aus unserer Jugend. Sag jetzt nicht, dass du sie nicht kennst.»

«Ich kenne sie tatsächlich nicht.»

«Du hast jahrelang mit mir in einem Zimmer gewohnt. Ich glaub das einfach nicht.»

Doni sah sich das Cover an. Ein brennendes Luftschiff, der schwarze Rumpf stürzte vor dem Hintergrund des weißen, kompakten Himmels zu Boden. Aus dem Heck des Zeppelins drang eine Rauchwolke, die sich mit allem anderen zu vermischen schien.

Doni legte die Hülle zurück aufs Armaturenbrett und schnallte sich an. Als sie nach einigen Kilometern an einer Ampel standen, zeigte Matteo auf ein Auto auf der Gegenfahrbahn. «Sieh dir das an!»

Das Auto hatte ein großes Holzkreuz auf dem Dachgepäckträger. Die Seitenbalken des Kreuzes ragten mehr als einen Meter über den Rand hinaus.

«Darf man denn ein Kreuz so transportieren?», fragte er.

«Das glaube ich wirklich nicht», sagte Doni.

«Was meinst du, ist das ein Priester?»

«Kann sein.»

«Bestimmt bringt er Jesus zur Reparatur», feixte Matteo. Doni sagte nichts. Die Ampel sprang auf Grün, das Auto fuhr an ihnen vorbei, wurde im Rückspiegel immer kleiner und verschwand samt Kreuz hinter einer Kurve.

Das Thermalbad lag, wie Matteo gesagt hatte, in einer ziemlich unwirtlichen Gegend. Der Komplex bestand aus einem großen grauweißen Gebäude unweit der Schnellstraße mit einem direkten Blick auf die Chemieanlagen des Ortes. Doch als sie den Audi abgestellt hatten, entdeckten sie eine kleine Makadamallee, die zum Eingang führte – wohlweislich lag er auf der rechten Seite und damit von den Fabriken abgewandt – und einen englischen Rasen, der das Ganze rahmte.

Donis Laune hellte sich auf, als sie das Gebäude betraten. Innen war es elegant und modern, in Hellblau gehalten und von einem leichten Chlorgeruch durchzogen, der sich auch im Foyer ausbreitete. Doni war seit zwei Jahren in keinem Wellnessbad mehr gewesen, seit Budapest nicht, wo die Atmosphäre eine ganz andere gewesen war, nicht ohne eine gewisse Romantik. Doch dieses Bad hier, im industriellen Hinterland der Lombardei, war ausschließlich funktional. Das gefiel Doni.

An der Rezeption erläuterte ihnen eine blonde Frau um die vierzig die verschiedenen Angebote des Bades. Matteo nahm sich eine Broschüre und stellte ein paar Fragen. Die Frau empfahl ihnen ein Standardprogramm und zeigte ihnen, wo sich die Umkleidekabinen befanden.

Die beiden Brüder zogen sich um und begannen mit einem Moorbad. Doni fühlte sich unbehaglich, der Gestank verursachte ihm Kopfschmerzen, doch nach wenigen Minuten wurde es angenehm. Danach ging es in die Sauna und am Ende ins Warmwasserbad.

Doni spürte, wie sich alles, was sich in den letzten Tagen in ihm angestaut hatte, jede Unruhe und jeder Zweifel, nun löste. Die Hitze war anstrengend, und die Sauna eine Tortur, doch jedes Mal, wenn er herauskam und sich unter die kalte Dusche stellte, war ihm, als tauchte er in einen wilden Gebirgsbach, und er spürte ein Reißen auf seiner Haut, als wäre sie aus feinem Stein und gäbe nun einen reineren, helleren Kern frei.

Als sie im Warmwasserbecken weichten, die Ellbogen aufgestützt und das Gesicht von der Hitze gerötet, fragte Matteo: «Fühlst du dich alt?»

Doni lächelte.

«Sagen wir ruhig, ich *bin* alt.»

Sein Bruder fuhr sich mit der Hand über die noch straffen, muskulösen Arme.

«Ich fühle mich nicht alt», sagte er.

«Aber du bist es.»

«Ich versuche, in Form zu bleiben.» Er schaute Doni an. «Du bist aber auch noch ganz ordentlich in Schuss.»

«Wir haben Papas Konstitution geerbt.»

«Hager und unverwüstlich.»

«Mag sein», sagte Doni.

«Findest du den Gedanken, alt zu werden, nicht furchtbar? Sich vorzustellen, dass der Körper verwelkt. Dass wir immer schwächer und schlaffer werden, dass wir unseren Körper immer weniger in der Gewalt haben werden.»

«Man muss es einfach akzeptieren.»

«Ja, aber es ist schrecklich. Mir macht das Angst.»

«Erinnerst du dich an meinen Schwiegervater?»

«Ich glaube, den habe ich nie kennengelernt.»

«Wirklich nicht? Du Glücklicher. Jedenfalls ist er über neunzig und sieht aus wie eine erbärmliche Witzfigur. Trotzdem ist er noch da. Zäh. Wie ein Blutegel hängt er festgesaugt am Leben, er lässt nicht los. Und weißt du, was er zum Zeitvertreib macht? Er sammelt Etymologien.»

Matteo verdrehte die Augen.

«Ich bin schon zufrieden, wenn ich nicht so ende», sagte Doni.

«Tja, das ist ja das Problem. Was, wenn du doch so endest?»

«Dann bitte ich meinen Bruder, mir Rattengift in die Suppe zu mischen.»

«Das gilt auch für mich.»

Doni fixierte einen fernen Punkt im Becken, wo das Wasser seine Farbe zu ändern schien.

«Und wie läuft es mit den Kindern?»

«Das habe ich doch schon erzählt. Giulio will seinen Doktor machen und Michela hat Fieber.»

«Ja, doch abgesehen davon. Ganz allgemein.»

«Allgemein.»

«Ja.»

«Was weiß denn ich. Gut, nehme ich an. Da musst du Lalla fragen, nicht mich.»

«Aber mit Giulio verstehst du dich gut, abgesehen von seinen Zukunftsplänen.»

«Ach, eigentlich ja.»

«Ihr geht zusammen joggen, nicht?»

«Jeden Sonntag. Und ich kann noch mit ihm mithalten.»

Doni nickte.

«Wieso fragst du das alles?»

«Nur so. Manchmal denke ich an Elisa und mache mir Sorgen. Ich meine, sieh uns an. Wir haben mit nichts angefangen, und jetzt sitzen wir hier in unserer warmen Badewanne und genießen das Leben. Und mehr oder weniger ist es allen Leuten so ergangen, die wir kennen. Aber unsere Kinder?»

Matteo tat so, als dächte er nach, dann spritzte er ihn nass, wie damals, als sie noch klein waren und ihre Eltern für eine Woche mit ihnen nach Spotorno in Ligurien gefahren waren.

«Idiot», sagte Doni.

«Unsere Kinder kommen schon klar», lachte Matteo. «Du machst dir zu viele Sorgen. Los, machen wir weiter mit unserem Wellnesstag.»

Nun war die schwedische Massage an der Reihe. Doni fügte sich bereitwillig. Jedes Molekül seines Körpers reagierte, wie es sollte. Was für ein sonderbares Gefühl. Es war weniger eine befreiende Regung, als vielmehr eine ungekannte, positive Spannung. Alle seine Fasern waren voller Leben, sie strotzten vor Energie.

Nach der Massage duschten sie erneut und tranken schließlich einen Orangensaft in der Bar des Hauses. Die Gläser funkelten auf dem Ebenholztisch, der ganze Raum war lichtdurchflutet. Junge Männer in Tenniskleidung und Frauen mittleren Alters mit einem Handtuch um den Nacken kamen und gingen wie auf einem Laufsteg.

Doni schaltete sein Telefon ein. Er hatte zwei SMS erhalten. Die eine informierte ihn über einen Anruf in Abwesenheit von Elena Vicenzi. Die andere lautete: *Ich will nicht aufdringlich sein. Doch es tut mir leid, dass wir nichts mehr voneinander gehört haben, ich habe Neuigkeiten.* Er antwortete nicht. Sein Bruder bestellte noch einen Orangensaft, während Doni zu Weißwein überging. Er ließ sich die Karte bringen, warf kurz einen Blick darauf und entschied sich für einen Traminer.

«Es war wirklich eine gute Idee herzukommen», sagte er.

«Du solltest jetzt keinen Alkohol trinken», sagte Matteo.

«Na wenn schon.»

Er zuckte mit den Schultern.

«Wie du meinst.»

«Wir sollten so was öfter machen.»

«Ja, ich muss zugeben, dass deine Gesellschaft nicht ganz so entsetzlich ist, wie ich dachte.»

«Siehst du? Mit dem Alter werden wir immer besser. Von wegen Angst vor dem Verfall.»

«Das mag für dich gelten. Ich bin noch im mittleren Alter, und ich gedenke das noch ungefähr weitere zwanzig Jahre zu bleiben.»

«Vielleicht solltest du dir ein drittes Haus kaufen. Eins in der Stadt, eins am Meer und noch eins in den Bergen.»

«Warum denn?»

«Keine Ahnung. Nur so.»

«Mir reicht die Wohnung in den Marken. Für wenig Geld und in einer schönen Lage. Keine Touristen. Der Pinienwald und das Meer nur ein paar Schritte entfernt. Du weißt ja, dass ich mit den Bergen nicht viel anfangen kann. Da fehlt der Horizont. Ich sehe gern Flaches, das sich bis ins Unendliche zieht.»

Nach einer Viertelstunde vibrierte das Telefon erneut: *Ich kann ein Gespräch mit Mohamed für Sie arrangieren. Ich habe es geschafft. Bitte antworten Sie sofort.*

Donis Atem ging schneller. Das Glas in seinen Händen war glitschig. Die Therme war plötzlich ein feindlicher Ort, etwas, dem man entfliehen musste.

«Was hast du denn?», erkundigte sich Matteo.

«Nichts.»

«Was Dienstliches?», fragte er und deutete mit dem Kinn auf das Telefon.

«Ja, was Dienstliches.»

Doni nahm das Telefon und schrieb: *Wie hast du das angestellt?*, und während er diese Nachricht verfasste, hatte er wieder das Gefühl, in einen Strudel geraten zu sein, weitab von jeder möglichen Freude, von jeder Verheißung von Frieden, weggezerrt von diesem Ort, von der wohltuenden Wärme der Sauna, hinaus in die Randgebiete, in die zerstörten Räume der Industriezone und wieder hin zu diesen Leuten in der Via Padova und zu allen Orten, an denen er niemals Schutz finden würde, erneut ins pralle Leben hinein, in all das Durcheinander, in all den Schmerz, in die Unsicherheit des nächsten Tages, in die Grausamkeit der Dinge, in den unkontrollierten Wunsch nach Rache.

Wie hast du das angestellt?

Elenas Antwort kam postwendend: *Ich habe ihn bezahlt.*

24

DIE VEREINBARUNG mit Mohamed enthielt folgende Punkte:

1. Sechshundert Euro in bar.
2. Weder Namen noch Vornamen, nur die Schilderung dessen, was er an jenem Abend getan hatte.
3. Ein Gespräch von höchstens fünf Minuten an einem Ort, den er eine halbe Stunde vorher bestimmen würde.

Doni schaute auf den Kalender, der am Schrank hing, vor der juristischen Fachliteratur und dem Santarelli-Urteil – drei Bände, die ihn anderthalb Jahre lang beschäftigt hatten. Khaleds Berufungsverhandlung sollte in zehn Tagen stattfinden.

Aus reinem Pflichtgefühl, das auf seine Zeit als Staatsanwalt beim Landgericht zurückging, sagte er im Sekretariat Bescheid, dass er zwischen drei und fünf Uhr außer Haus sein werde. Als Reaktion erhielt er nur ein Achselzucken.

Zwanzig vor drei verließ Doni den Justizpalast.

Er war mit Mohamed und Elena in einem Lokal hinter dem Piazzale Corvetto verabredet, im Pacheco. Doni nahm ein Taxi und ließ sich an der Ecke zum Corso Lodi absetzen. Er fragte einen jungen Mann nach dem Weg und fand das Lokal sofort.

Elena stand schon vor der Tür. Sie umklammerte ihre Handtasche und hatte eine Mütze auf dem Kopf. Sie sah sehr hübsch aus. Doni bemerkte, dass er nie genauer auf das Äußere der jungen Frau geachtet hatte: kurzes Haar, etwas linkische Umgangsformen, ein ebenmäßiges Gesicht.

Er winkte ihr zu. Sie erwiderte seinen Gruß und kam ihm lächelnd entgegen.

«Guten Tag», sagte sie.

«Guten Tag.»

«Ich freue mich, dass Sie gekommen sind.»

«Na, ich konnte dich in dieser Situation ja schlecht alleinlassen.» Er warf einen Blick in die Runde und schlug einen härteren Ton an. «Zumal das die blödeste Situation ist, in die du dich bringen konntest. Du weißt so gut wie ich, dass Mohamed nicht kommen wird.»

«Dreihundert gleich und dreihundert danach. Und ob er kommt, er hat es mir versprochen.»

Doni schüttelte den Kopf.

«Hast du ihm etwa schon Geld gegeben?»

«Wie gesagt, ich habe ihn bezahlt. Dreihundert gleich und dreihundert danach.»

«Du hast ihn also schon getroffen?»

«Nein. Khaleds Schwester hat es ihm in meinem Auftrag gegeben.»

Wieder schüttelte Doni den Kopf.

«Ich fasse es nicht.»

«Es ist ja wohl mein Geld, Dottore. Mit diesen Händen erarbeitet.» Sie zeigte ihm ihre Handflächen. «Extraschichten in der Buchhandlung, Artikel für fünf Euro das Stück, zwei Wochen nur Brot und Schinken. Ich lege immer etwas für Notfälle auf die hohe Kante.»

«Und das hier hältst du für einen Notfall?»

«Na und ob!»

Doni war außer sich.

«Elena, ich bitte dich, komm zu dir! Das war eine Riesendummheit.»

«Er wird kommen.»

«Aber du hast ihm schon Geld gegeben. Dreihundert Euro. Du kannst ihm doch nicht trauen.»

«Und warum nicht? Weil er ein Ausländer ist?»

«Was hat das denn damit zu tun.»

«Dann erklären Sie mir, warum nicht.»

Doni schüttelte den Kopf.

«Ich habe es dir schon gesagt. Weil kein Mensch uns garantiert, dass Mohamed was mit dieser Sache zu tun hat, und weil kein Mensch uns garantiert, dass Khaled wirklich seinetwegen sitzt.»

«Und, was haben Sie getan? Die Carabinieri mitgebracht?»

«Nein. Ich bin allein da, und in einer Viertelstunde gehen wir beide zusammen von hier weg, denn es wird niemand kommen.»

«Ich glaub's einfach nicht. Sie haben immer noch kein Vertrauen!»

«Elena, überleg doch bitte mal. Ich habe keinerlei Veranlassung, Vertrauen zu einem Nordafrikaner zu haben, den ich nicht kenne. Ich habe keinerlei Veranlassung zu der Annahme, dass es hier irgendetwas gibt, weshalb es sich lohnt herzukommen.»

«Ich glaub's einfach nicht», wiederholte sie.

«Ich meine doch nur, dass …»

«Ich habe Sie also ganz umsonst herumgeführt?»

«Nein. Du liebe Güte. Aber bist nicht du die Journalistin? Musst du dich nicht eigentlich auf Tatsachen stützen?»

«Tatsachen helfen nur bis zu einem bestimmten Punkt.»

«Ach ja? Und was kommt dann?»

«Das Wesentliche.»

«Das sind bloß leere Worte.»

Eine Stimme unterbrach sie, mit einem einfachen Satz: «Ihr seid es, stimmt's?»

Sie drehten sich um. Der Mann, mit dem sie verabredet waren, stand vor ihnen.

«Gehen wir», sagte er.

Doni und Elena nahmen ihn in die Mitte, blieben jedoch einen Schritt hinter ihm. Mohamed ging zwar schnell, aber seine Miene war ruhig. Er bog in eine Querstraße der Via Marochetti. Doni versuchte, ihm ins Gesicht zu sehen, doch es war, als würde es sich entziehen. Er mochte etwa vierzig Jahre alt sein, er hatte einen Schnauzbart und dünne Haare, von denen einige weiß waren. Seine Hautfarbe war dunkel, und er trug eine Jeansjacke und helle Hosen.

Sie kreuzten zwei Straßen und gingen in eine Sackgasse, die an einem großen, verlassenen Wohnblock endete. Doni kannte sich in dieser Gegend nicht aus und hatte keine Ahnung, wo sie sich befanden. Auf jeden Fall waren sie nicht länger als zehn Minuten unterwegs gewesen. Unwillkürlich warf er einen Blick in die Runde, um zu prüfen, ob er Angst haben sollte, doch von der Düsterheit abgesehen wirkte der Ort friedlich. Kein Mensch war auf der Straße. Hier und da ein alter Mann am Fenster.

Mohamed blieb stehen.

«Ist das der Richter, von dem du mir erzählt hast?», fragte er Elena.

«Ja.»

Mohamed musterte Doni.

«Ich sollte das hier eigentlich nicht tun. Kann ich dir vertrauen?»

«Und kann ich dir vertrauen?», fragte Doni zurück.

Sie schauten sich an. Doni nahm seinen Ausweis aus der Brieftasche und gab ihn dem Mann. Er nahm ihn, sah ihn sich an und gab ihn Doni zurück.

«Fünf Minuten», sagte Mohamed. Dann verschränkte er die Arme. Elena warf Doni einen Blick zu. Los. Das ist doch dein Beruf. Frag, ermittle, finde. Tu, was du am besten kannst, tu es noch einmal, du hast nun keine andere Wahl mehr.

«Du bist mit Khaled befreundet?», fragte er.

«Ja.»

«Seit wann bist du in Italien?»

«Seit fünfzehn Jahren.»

«Was arbeitest du?»

«Ich verkaufe Pizza.»

«War Khaled an dem Abend, als Elisabetta angeschossen wurde, mit dir zusammen?»

«Ja, an dem Abend war Khaled mit mir zusammen. Ich weiß nicht, wie das Mädchen heißt, doch er war mit mir zusammen. Er hat nichts getan.»

Elena fuhr sich mit der Hand über den Mund. Doni war, als explodierte etwas in seiner Brust, doch er fuhr fort.

«Wohin seid ihr an jenem Abend gegangen?»

«Zu mir nach Hause.»

«Was habt ihr da gemacht?»

«Tee getrunken. Geredet. Wir haben überlegt, ob wir zusammen eine Pizzeria aufmachen, nur wir zwei und noch ein Freund.»

«War dieser Freund auch dabei?»

«Nein, wir waren nur zu zweit.»

«Hatte Khaled Ärger mit den Typen, die auf das Pärchen geschossen haben?»

«Nein.»

«Kennst du einen von ihnen?»

Mohamed fuhr sich mit der Hand übers Gesicht.

«Bitte», sagte er nur.

«Kennst du sie?»

«Ja. Ja, aber bitte, fragt nichts weiter dazu.»

Doni nickte. Er ging zur nächsten Frage über. «Hattest du schon mal Ärger mit der Polizei?»

«Ein bisschen, aber nichts Ernstes.»

«Worum ging es?»

«Nichts Ernstes. Ganz am Anfang, Widerstand gegen die Polizei. Dann nichts mehr, ich schwöre.»

Doni sah zu Elena. Sie stand reglos da, leicht vornübergebeugt, als wollte sie gleich zum Ende der Straße sprinten.

«Wirst du als Zeuge aussagen?»

Mohamed schaute zu Boden.

«Ich halte es nicht mehr aus, dass Khaled im Gefängnis ist. Ich kann seit sechs Monaten nicht mehr schlafen.»

«Wirst du aussagen?»

Er sah die beiden an.

«Ich brauche Schutz.»

«Gegebenenfalls bekommst du jeden Schutz, den du brauchst.»

«Ich kann seit sechs Monaten nicht mehr schlafen. Khaled ist mein Freund. Versteht ihr, was er da tut?»

«Du hast die Möglichkeit, ihn zu retten.»

«Er will ja nicht! Als ich ihn besucht habe, bat er mich, zu schweigen, zu schweigen und nochmals zu schweigen. Ich wollte nicht. Es ist nicht richtig, es ist verrückt. Doch er weiß, wie gefährlich alles ist, und hat gesagt, ich soll den Mund halten. Seine Schwester Yasmina ruft mich jeden Tag an, aber ich muss Khaleds Wunsch respektieren. Doch ich habe schlaflose Nächte! Ich finde keine Ruhe mehr. Es ist entsetzlich. Entsetzlich.»

«Und warum hast du dann Geld genommen, um doch zu reden?»

Mohamed zögerte nur eine Sekunde.

«Das war nicht für mich. Ich habe es Yasmina gegeben.» Er sah Elena an. «Den Rest kannst du ihr direkt geben. Wir werden uns nicht wiedersehen.»

Die Journalistin fuhr sich erneut mit der Hand über den Mund und warf Doni einen Blick zu. Der presste die Lippen zusammen.

So groß konnte Anständigkeit auf dieser Welt sein und so unnütz. Zwei arme Teufel, die sich gegenseitig einen Gefallen taten und sich damit gegenseitig in Schwierigkeiten brachten. Es war absurd.

«Also, wirst du aussagen?»

Er antwortete nicht. Er schaute nach rechts und dann nach links.

«Wenn du dich entschließt, als Zeuge auszusagen, können wir dir helfen», sagte Elena. «Das habe ich dir schon gesagt.»

«Ich muss jetzt los», sagte Mohamed.

«Warte. Wovor genau hast du Angst? Kannst du uns das sagen?»

Er antwortete nicht.

«Haben dich die Männer bedroht, die auf die beiden geschossen haben? Wissen sie von dir?»

Er antwortete wieder nicht. Er tippte nur auf sein Handgelenk, wie um zu wiederholen, dass die Zeit um sei.

Doni wusste nicht, was er noch fragen könnte, daher sagte er noch einmal: «Kannst du uns versichern, auch wenn du dich nicht an Khaleds Anwalt wenden möchtest – und ich gebe dir mein Wort, dass wir dich nicht mehr kontaktieren, sobald wir diesen Ort hier verlassen haben –, kannst du uns also versichern, dass Khaled mit dir zusammen war und folglich unschuldig ist?»

Mohamed schaute die beiden an. Schaute Doni und Elena an.

«Ja. Er war mit mir zusammen. Holt ihn da raus, aber zieht mich nicht mit hinein, bitte nicht.»

25

DONI MACHTE SICH auf den Weg zurück ins Büro und bat Elena, im *Bagatella* auf ihn zu warten. Er gab ihr die Adresse und empfahl ihr, Renato, dem Barmann, zu sagen, dass sie eine Bekannte von ihm sei.

Im Justizpalast schaute Doni noch kurz in der Kanzlei des Berufungsgerichts vorbei, um sich eine Akte zu holen. Er konnte die Kanzlei nicht ausstehen, doch die Unordnung in diesen Räumen beruhigte ihn ein wenig. Überall waren Aktenbündel mit der stillschweigenden Übereinkunft verstreut, sich jeweils nicht darum zu scheren. Es war ein Albtraum fortwährender Katalogisierung, ein Reich ewiger Veränderung und Überlagerung. Für jedes Jahr eine andere Farbe und dazu das sehr konkrete Gefühl, dass das Chaos umso größer wurde, je weiter man voranschritt und den Dingen auf den Grund ging.

Daher beschloss er, die Akte in seinem Büro durchzusehen, doch es gelang ihm nicht, sich zu konzentrieren. Er öffnete die *Testament*-Datei, las sich den Passus über die Gerechtigkeit noch einmal durch und ging dann in die Bar des Justizpalastes. Dort war niemand, den er kannte. Er holte sich einen Kaffee und aus dem Automaten einen Schokoriegel, den er auf der Treppe auswickelte. Er ging bis in den Keller hinunter. Haufenweise kaputte PCs. Fotokopierer, von denen man nicht wusste, wie man sie entsorgen sollte. Kalkfleckige Gänge, die an Metalltüren endeten. Feuchtigkeitsflecke.

In der Mitte eines leeren Raumes blieb er neben verchromten Rohren stehen. Er sprach Vorname und Nachname laut vor sich hin, und erst, als er das Echo hörte, bemerkte er, wohin er ohne jede Absicht geraten war.

Ein unter einem ständigen Durcheinander angehäuftes Durcheinander. Der wimmelnde Justizpalast, der ewig einsturzgefährdet war, aber doch nie einstürzte.

Als er ins *Bagatella* kam, saß Elena in einer Ecke und las den *Corriere della Sera*, ein Notizbuch neben sich und einen Stift zwischen den Fingern. Die Bar war gut besucht, Renato steuerte auf Doni zu.

«Ihre Verwandte ist schon da», sagte er.

«Danke», sagte Doni. «Wir sind aber nicht verwandt.»

«Ach so, na dann.»

Doni fiel ein, dass Renatos Sohn Krebs hatte.

«Wie geht es Ihrem Sohn?»

«Schlechter. Kaum noch Hoffnung.»

«Das tut mir sehr leid.»

«So ist das eben.»

Sie schwiegen einen Moment, dann setzte sich Doni zu Elena an den Tisch. Sie faltete die Zeitung zusammen und legte sie auf den Stuhl neben sich.

«Also», sagte sie.

«Also.»

«Was machen wir jetzt?»

Doni atmete tief durch.

«Ich weiß nicht, was ich dir sagen soll.»

«Aber Sie haben doch gehört, was Mohamed erzählt hat. Es liegt auf der Hand, dass Khaled unschuldig ist. Ich rufe jetzt Yasmina an und frage, ob sie das Geld bekommen hat.»

«Das beweist noch gar nichts.»

«Aber natürlich tut es das! Machen Sie Witze?»

Doni presste seine Hände auf den Tisch, wie um seine letzten Kräfte an einem festen Punkt zu sammeln, sie zu orten, zu verdichten und real werden zu lassen.

«Elena, zum letzten Mal. Wir befinden hier nicht darüber, wer wen in einer Straßenschlägerei verprügelt hat, und weder Khaled noch Mohamed sind mir besonders ans Herz gewachsen. Meine Situation ist viel komplizierter.» Er erinnerte sich an alles, was ihn bis dorthin gebracht hatte, und er spürte Besorgnis und dann Angst, etwas, das er bisher so deutlich noch nicht empfunden hatte, ein Gefühl außer Kontrolle, als wäre das letzte Wort schon gesprochen und als wäre er geliefert, dazu verurteilt, sich zu entscheiden, während er noch jede Entscheidung hätte umgehen können. Er versuchte sich zu beherrschen und verbarg seine Hände unter dem Tisch.

«Meine Situation ist sehr kompliziert», wiederholte er. «Ich bin im öffentlichen Dienst und muss mich an die Vorschriften halten, auch wenn dir dieses Wort nicht gefällt und ich dir schon ansehe, was du antworten möchtest. Aber ich habe darüber zu befinden, ob und wie es weitergeht. Wir können noch so viele Details in der Hand haben, und es ist trotzdem nicht gesagt, dass wir uns für den richtigen Weg entscheiden. Ausnahmen immer, Fehler nie.»

Elena schaute die fleckige Kaffeetasse an, die vor ihr stand. Doni sah, dass die Lippen der jungen Frau bebten, und für einen Moment glaubte er, sie würde sofort losschreien.

Stattdessen sagte sie: «Ich habe Ihren Artikel über Borsellino gelesen.»

«Wie bitte?»

Schweigen. Die Luft flimmerte.

«Ich wollte es Ihnen längst sagen. Sie haben für eine Lokalzeitung in Ancona einen Artikel über Borsellino geschrieben. Ich weiß nicht, wie Sie das geschafft haben, doch vermutlich ist es für einen Staatsanwalt nicht so schwer, auf die Seite eins einer Lokalzeitung zu kommen, jedenfalls war es ziemlich leicht, den Artikel im Netz zu finden. Er muss jemandem gefallen haben. Ich zitiere: *Und besonders in solchen Fällen, in Situationen, in denen nicht nur Recht und Gesetz, sondern die gesamte Moral fundamental bedroht sind, treten Helden auf den Plan. Was für traurige Zeiten, in denen der Held jemand ist, der Recht sprechen soll und in einer Demokratie stirbt. Was für traurige Zeiten, in denen der Held ein ermordeter Richter ist.*»

Doni staunte nicht schlecht.

«Du hast das auswendig gelernt?»

«Nur diese Sätze. Das ist ein guter Artikel, Dottore, aber gestatten Sie mir eine Bemerkung. Sie verlassen sich zu sehr auf Helden.»

Doni fühlte sich geschmeichelt, doch seine Besorgnis erhöhte sich um einen weiteren Grad. Er hatte diesen Artikel auf Anregung eines mit ihm befreundeten Journalisten geschrieben, und tatsächlich hatte er großen Anklang gefunden – er selbst hatte ihn in angenehmer Erinnerung, so dass er ihn auch in seiner *Testament*-Datei zitierte. Doch er hätte nicht gedacht, dass er im Internet zu finden war und Elena ihn lesen konnte.

«Inwiefern?», fragte er.

«Wie soll ich sagen, Sie glauben, es sei richtig, dass es Menschen wie Borsellino gibt, dem sie diesen Artikel gewidmet haben, Menschen, die es auf sich nehmen, für alle zu bezahlen. Ihrer Ansicht nach ist es also richtig, dass es viele schlechte Menschen gibt, viele halbwegs gute und einige hochanständige, die sich das Elend der anderen aufbürden und vor die Hunde gehen.»

«Das habe ich nie gesagt, und auch nicht gedacht.»

«Ich weiß, Dottore. Meiner Meinung nach steckt ihr Unterbewusstsein dahinter, es schlummert dort irgendwo in einem Winkel.»

«Mein Unterbewusstsein kenne ich ja wohl besser als du.»

Elena lächelte.

«Gerade das glaube ich nicht. Schließlich ist es unbewusst.»

In der Bar wurde es leerer, und bald würde Renato anfangen, die Stühle hochzustellen.

«Wie dem auch sei», fuhr Elena fort. «Es geht um etwas anderes. Es geht darum, dass diese Menschen, diese Helden, die Sie zu Recht lieben und preisen, mit den Waffen in den Kampf gezogen sind, die ihnen zur Verfügung standen. Leichten Waffen, Dottore. Niemand hat ihnen gesagt, es sei herrlich, die Verantwortung auf sich zu nehmen, und selbst wenn irgendwer das gesagt haben sollte, tja, dann war es wohl ein Heuchler. Und dennoch, was haben sie getan? Sie sind trotzdem in den Kampf gezogen. Sie waren aus Fleisch und Blut, und so sind sie gestorben, sie hatten nur leichte Waffen – die gleichen wie Sie oder ich. Intelligenz, Aufrichtigkeit, Opferbereitschaft und vor allem die Überzeugung, dass kämpfen immer noch besser ist als aufgeben, denn Leute, die aufgeben, hat es in diesem Land schon immer zu viele gegeben. Doch keiner der Helden war ein Heiliger, Dottore.

Keiner von ihnen hatte Lust, so zu enden, glauben Sie mir. Keiner von ihnen wollte umgebracht werden.»

«Trotzdem war es ihr Schicksal, und sie haben sich ihm mit Würde gestellt.»

«O nein. Sie irren schon wieder. So heben Sie sie auf einen Sockel und wälzen die ganze Last auf sie ab: *Ah, die da, die da, das sind Helden!*» Elena fuchtelte mit der Hand. Ihr Gesicht war rot angelaufen. «Nein, die Antwort ist viel einfacher. Sie haben es getan, weil es richtig so war. Das ist alles. Ohne Großbuchstaben, ohne Abstraktionen.» Sie seufzte.

«Versetzen Sie sich in meine Lage. Ich habe keinen festen Job, ich bin eine Frau, ich habe kein Geld, und ich werde mich kaum noch irgendwie verbessern können. Trotzdem suche ich weiter nach der Wahrheit, solange ich kann. Warum?»

«Weil es richtig so ist?»

«Genau. Leichte Waffen, Dottore.»

Renato kam an den Tisch und kündigte an, dass er in zehn Minuten schließen werde. Elena nutzte die Gelegenheit, um ein kleines Bier zu bestellen. Renato sah sie schief an, doch sie ließ nicht locker, und so gab er schließlich nach. Sie trank ihr Glas in einem Zug aus. Auch Doni hätte gern noch etwas getrunken, verschob es aber auf den Abend, wenn er wieder zu Hause bei Claudia sein würde. Claudia. Wo sie wohl gerade war?

Sie traten auf die Straße hinaus. Zwei Tauben flogen mit einem Flügelschlag auf. Mailand: Da lag ihre Stadt, da war das Nest, das er sich gebaut hatte, ein heiler Raum, leer und einsam.

Bevor sie sich voneinander verabschiedeten, sagte Elena: «Vergessen Sie nicht. Es gibt keine Helden. Und das Böse hat nichts mit Recht und Gesetz zu tun. Das Böse ist nichts als Leiden. Das ist alles.»

«Das klingt sehr evangelisch», sagte Doni, der nicht wusste, was er sonst sagen sollte, und nur noch wegwollte.

«Ja, das ist mein Evangelium.»

«Und was wäre dann das Gute, in dieser Theorie?»

«Rettung», sagte sie und verschränkte die Arme. «Rettung für jeden, der sie verdient.»

26

ZWEI TAGE NACH dem Treffen mit Mohamed kaufte sich Doni im Plattenladen in der Via Vivaio drei CDs. Im Schaufenster hing noch immer das Schild *Räumungsverkauf,* und die Frau mit der schwarzen Plastikbrille saß wie üblich am Tisch vor dem Computer. Sie grüßte ihn nicht. Doni entschied sich für eine alte Edition mit drei Mahler-Sinfonien, für den ersten Teil der Händel-Suiten (gespielt von Gawrilow und Richter) und schließlich für *Led Zeppelin I.*

Bevor er bezahlte, trat er unter dem Vorwand, sich die wenigen vorhandenen Opern-CDs anzusehen, hinter den Tisch und spähte der Frau über die Schulter. Er sah, dass sie auf den Seiten einer Kontaktbörse surfte. Er konnte den Anfang der Nachricht lesen, die sie gerade schrieb: *Du scheinst mir ja auch ein ganz heißer Typ zu sein.*

Er bezahlte die CDs und ging. Wieder schaute er bei Peck vorbei, kaufte frischen Fisch, piemontesisches Stangenbrot und eine Dose Entenpastete. Er schlenderte gemächlich nach Hause. Die beiden Plastiktüten schlugen ihm gegen das rechte Knie.

Claudia wartete schon auf ihn, sie saß auf dem Sofa und las eine Frauenzeitschrift. Doni fing ein paar Takte der Hintergrundmusik auf – in kaum hörbarer Lautstärke, wie sie es gernhatte.

«Debussy?», fragte er.

«Chopin», sagte Claudia und ließ die Zeitschrift auf den Tisch fallen.

«Sag bloß.»

«Du musst noch ein bisschen üben, mein Lieber. Was hast du eingekauft?» Sie wies auf die Tüten.

«Nur ein paar Kleinigkeiten.»

Sie kam ihm entgegen und gab ihm einen Kuss auf die Wange. Doni ging in die Küche und zog sich das Jackett aus. Er nahm eine Flasche Rotwein – einen leichten Trientiner – und goss zwei Gläser ein. Seines trank er in einem Zug aus und füllte es erneut. Er verharrte einen Moment auf den Küchenschrank gestützt. Im Spülbecken waren ein schmutziger Teller und eine Gabel. Er nahm noch einen Schluck und ging mit den zwei Gläsern in der Hand ins Wohnzimmer zurück.

Claudia ordnete die Kissen auf dem Sofa. Er gab ihr den Wein, sie nahm ihn mit einer ironischen Verbeugung und führte das Glas an die Lippen. Doni fasste sich ein Herz.

«Claudia, hör mal, ich muss mit dir sprechen.»

«Was ist denn los?», fragte sie lächelnd.

«Ich brauche deinen Rat.»

«Tatsächlich.»

«Ja, tatsächlich. Hör mir zu.»

Doni schaltete die Musik aus. Debussys Klänge brachen ab. Er setzte sich, stellte das Glas auf den Tisch und erzählte seiner Frau, womit er gerade beschäftigt war. Er erzählte ihr, dass er auf Betreiben einer Journalistin mit einer Art Paralleluntersuchung des Falles begonnen hatte, an dem er zurzeit arbeitete. Einige Details ließ er weg – darunter den Abend im Bocciaklub –, und er verschwieg auch das Treffen mit

Mohamed, doch er schilderte ihr die ganze Situation und vor allem den Konflikt, der ihn quälte. Es war leichter, als er gedacht hatte, das wunderte ihn.

«Was hältst du davon?», fragte er schließlich.

Sie hatte nicht einen Moment aufgehört, die Brauen zu runzeln. Doch als sie antwortete, tat sie es mit einfachen, verständnisvollen Worten. Als könnte sie sich vollkommen in ihn hineinversetzen, wie die Gefährtin eines ganzen Lebens.

«Ich denke, du solltest das alles sein lassen, Roberto.»

«Natürlich, ich weiß. Aber was, wenn der Junge unschuldig ist?»

«Darüber hast du nicht zu befinden. Du weißt, ich kenne mich in deinem Beruf nicht so aus, doch mir scheint, dass nicht du das zu entscheiden hast.»

«Ja, aber wenn ich nun glaube, dass er unschuldig ist?»

«Was spielt es denn für eine Rolle, was du glaubst?»

Doni akzeptierte den Einwand.

«Stimmt, ich habe eigentlich keinen Grund, vom üblichen Kurs abzuweichen.»

«Genau.» Sie beugte sich vor und nahm seine Hände. Ein weiteres Stückchen Verständnis, das Donis Einsamkeit mit Wärme füllte.

«Das ist nicht dein Problem, Roberto. Das ist nicht unser Problem.»

«Ja.»

«Ich weiß nicht, was du mit dieser ganzen Geschichte bezweckst, doch ich könnte mir vorstellen, dass das Konsequenzen hat, oder?»

«Etliche Konsequenzen, ja.»

Sie lächelte.

«Na also. Du siehst doch selbst, dass das nicht der Mühe wert ist. Du hattest deine Zweifel und hast dich von einer Person beeinflussen lassen, die dir eine andere Sicht auf die Dinge gezeigt hat. Aber das hättest du nicht tun sollen, du bist ohnehin nicht verpflichtet, sie anzuhören.»

«Ja.»

«Meinst du nicht auch?»

«Gewiss.» Er zögerte. «Es ist nur so, dass ... Ich weiß nicht, ich habe das Gefühl, nicht meine Pflicht zu tun.»

«Deine Pflicht besteht darin, deine Arbeit ordentlich zu machen. Das hier ist aber keine Arbeit. Das sind inoffizielle Treffen, das hast du selbst gesagt, oder?»

Doni schwieg. Durch die Leere des Wohnzimmers brummte eine Fliege und setzte sich von Zeit zu Zeit nieder.

«Und dann», sagte Claudia langsam, «mach bitte unser Leben nicht kaputt. Mach Elisas Leben nicht kaputt.»

Doni drückte ihre Hände, versuchte zu lächeln und nickte.

«Was denkst du, war ich ein guter Vater für Elisa?»

«Was stellst du bloß für Fragen?»

«Sie antwortet mir nicht, ruft mich nie an.»

«Hör auf damit.»

«Claudia, es stimmt doch. Ich weiß nicht, warum, aber seit dieses Mädchen studiert, hasst sie mich. Zuerst ihre Bemerkungen über Spießer, ich sei ein Spießer, sie ist schlimmer als mein Bruder mit sechzehn. Dann fing sie mit der Physik an, na, meinetwegen, sie ist sogar richtig gut, doch sie sagt, ich hätte sie nie unterstützt. Stimmt das denn?»

«Na ja, ein Bein ausgerissen hast du dir nicht gerade.»

Doni seufzte. «Na gut. Ich gebe all meine Fehler zu. Ich frage mich nur, ob ich ein Vorbild für sie war. Was meinst du, war ich ein Vorbild für sie?»

«Aber ja doch», sagte Claudia.

«Gut.»

War das das Ende vom Lied? Der Familienvater kehrt, nachdem man ihm verziehen und ihn getröstet hat, in den Schoß der Familie zurück?

«Roberto, versprichst du mir, keine Dummheiten zu machen, was diese Geschichte betrifft?»

Plötzlich fiel Doni ein, dass er am folgenden Tag zu der Tagung musste. Er hatte die Tickets gekauft, wusste aber nicht mehr, wann er abflog. Er musste nachschauen. «Warte mal», sagte er und ging in sein Arbeitszimmer, um den Rechner einzuschalten. La Tours *Magdalena* war wie immer da. Auch die Kerzenflamme war wie immer da, und wie immer zart.

«Ich muss nur kurz in meine Mails schauen», sagte Doni. Atemlos und, so gut es ging, lächelnd. «Morgen bin ich den ganzen Tag und auch die Nacht über weg.»

Claudia starrte ihn verdutzt an.

«Wieso denn?»

«Ich muss zu einer Tagung nach Rom.»

Sie lehnte sich an den Türrahmen.

«Davon hast du mir gar nichts erzählt.»

«Ja, stimmt.»

Sie schaute ihn von unten herauf an.

«Und warum hast du mir nichts davon erzählt?»

«Weil ich es vergessen habe. Aber es ist wichtig für meine Beförderung. Paoli hat mir das aufgebrummt, eine stinklangweilige Sache.» Wieder lächelte er und fuhr sich mit der rechten Hand durchs Haar. «Eine nervtötende Geschichte, aber ich muss dahin.»

«Ist das ein Vorwand, um wieder mit dieser Journalistin herumzuziehen?»

Mit einem ungläubigen Lächeln drehte er sich um.

«Soll das ein Witz sein?»

«Nein, wenn man bedenkt, dass du es dir offenbar angewöhnt hast, mich anzulügen.»

«Ich habe dich nicht angelogen. Ich meine, ich wollte nicht das kaschieren, woran du jetzt denkst. In meinem Alter, hör mal!»

«*Daran* denke ich gar nicht. Ich denke nur, dass du mich belogen hast.»

«Na gut, ich bitte dich nochmals um Entschuldigung. Doch ich schwöre dir, dass ich morgen wirklich nach Rom muss. Warte.» Er suchte die E-Mail mit den Flugzeiten und druckte sie aus. «Hier, bitte.»

Claudia nahm die Seiten, ohne mehr als einen flüchtigen Blick darauf zu werfen.

«Ich bringe dich zum Flughafen», sagte sie.

«Was ist, glaubst du mir nicht? Meinst du, ich hätte mir das Ticket nur besorgt, um mir eine Geschichte zurechtzulegen?»

«Ich sage nur, dass ich dich zum Flughafen bringe.»

Doni fuhr sich mit der rechten Hand übers Gesicht. Er hätte es am liebsten zerquetscht, zertrümmert, zerstört.

«Ist gut», sagte er. «Ist gut.»

«Und schlag dir diese Sache aus dem Kopf. Ich bitte dich.»

«Ja.»

«Roberto, bitte. Ich verstehe gar nicht, was mit dir los ist.»

«Ist gut», sagte er noch einmal.

Die Fliege war in sein Arbeitszimmer gekommen und hörte nicht auf zu summen.

27

SIE LANDETEN PÜNKTLICH. Doni hatte nur Handgepäck, und so hastete er unverzüglich los, um den Zug zu erreichen, der den Flughafen mit dem Hauptbahnhof verband. Er würde in wenigen Minuten abfahren. Am Fahrkartenautomaten stand er hinter vier Jugendlichen mit riesigen Rucksäcken. Sie kämpften mit den Knöpfen und fluchten auf Spanisch.

Im Zug versuchte er, nicht nachzudenken und sich auf den langweiligen Nachmittag einzustellen. Den restlichen Tag verbrachte er damit, dem Plan zu folgen, den er sich zurechtgelegt hatte. Er kam im Stadtzentrum an, brachte sein Gepäck ins Hotel, das in der Via Catalana lag, unweit der Synagoge, und nahm sich ein Taxi zur Piazza Venezia.

«Aber das ist doch bloß ein Katzensprung», sagte der Taxifahrer.

«Egal», sagte Doni. «Mir ist heiß, und ich will mich nicht anstrengen.»

Der wahre Grund war jedoch, dass er Rom hasste und nicht zu Fuß durch die Stadt gehen wollte. Gott oder sonst wer hatte Rom mit Schönheit geschlagen: eine hinreichende Entschuldigung, mit der sich jedes Übel rechtfertigen ließ, und somit eine Bestimmung zu ewiger Infantilität. Er hasste Roms Pracht, hasste die nahezu physische Ausdehnung der

Zeit, die er hier jedes Mal spürte. Am stärksten hasste er jedoch die arglose, oberflächliche Fröhlichkeit der Römer, ihre grenzenlose Unbeschwertheit. Rom war ein Synonym für Italien: Eigentlich sind doch alle ganz in Ordnung, und eigentlich sind wir vor einem Teller Spaghetti doch alle gleich, wozu sich also aufregen?

Als er vor neun Jahren das letzte Mal in der Hauptstadt gewesen war, hatte er sich vorgenommen, nie wieder herzukommen, es sei denn im Ausnahmefall. Doch wie es aussah, war dies hier ein Ausnahmefall.

Er kam zu spät in den Tagungssaal, der in einem alten päpstlichen Palast lag. Er setzte sich in eine der hintersten Reihen und nickte zwei Kollegen zu, die er vom Sehen kannte, dann begann die Quälerei.

Die ersten drei Vorträge waren fast schon skandalös. Unfähige Redner, die philosophische Begriffe mit einer blassen Ahnung von Jura vermengten – einer von ihnen zitierte sechsmal hintereinander Nietzsche.

Doni war müde und mit den Nerven am Ende, doch er musste durchhalten. Er nutzte die Pause, um sein Gesicht unter den Wasserhahn zu halten und zusammen mit dem Schweiß auch ein wenig von seiner Unruhe wegzuwaschen.

Überraschenderweise war der letzte Beitrag recht interessant. Ein junger Wissenschaftler aus Modena sprach über die Notwendigkeit, den Begriff *wahr* anstelle des Begriffs *richtig* zu verwenden. Moral und Ermittlung hätten nichts miteinander gemein, genauso wie der bloße Fakt von sechs Millionen ermordeten Juden im Grunde kein Hinweis auf sonst noch etwas sei: Die Untersuchungen müssten sich darauf beschränken, die exakte Zahl zu ermitteln, und dürften keine weiteren Schlüsse ziehen.

An dieser Stelle wurde hier und da gehustet, und auch Doni runzelte die Brauen angesichts dieser These. Der Redner kam allen Einwänden zuvor, indem er abschließend erklärte, seine Theorie sei zwar recht traurig, doch Traurigkeit sei nun einmal eine dem menschlichen Tun innewohnende Komponente.

Nach der Tagung begrüßte Doni zwei Kollegen aus Rom und die örtlichen Repräsentanten, schüttelte noch einige Hände, wechselte eine Viertelstunde lang hier und da ein paar Worte, richtete Paolis Grüße aus und bemerkte, als sich die Hälfte der Teilnehmer den Erfrischungen hinter einer Glaswand in dem eleganten Hof zuwandte, dass seine Aufgabe erledigt war.

Er kehrte ins Hotel zurück, duschte, wechselte das Hemd und verließ das Zimmer. Er beschloss, das Wagnis einzugehen, in Trastevere zu Abend zu essen. Er war zu müde, um der Stadt zu widerstehen, und zu sorgenvoll, um schon ins Bett zu gehen.

Er ging in Richtung Norden, bog auf den Ponte Garibaldi ab und verlief sich in dem alten Stadtviertel. Es war noch so, wie er es in Erinnerung hatte. Rom schien auf seine ganz eigene Art unveränderlich zu sein, so als würde die Stadt des neuen Jahrtausends noch ein anderes Jahrtausend verbergen, ein älteres, immer gleiches Herz, das nichts mit der Zurschaustellung der Ruinen zu tun hatte, nein, es war etwas Schlichteres, Mittelalterliches, etwas, das mit dem Begriff der Plebs, des Volkes, zu tun hatte.

Doni fand ein Restaurant, das ihm weniger touristisch zu sein schien als die anderen, und bestellte Spaghetti alla carbonara und einen halben Liter Rotwein. Der Wein war sauer, doch die Pasta ausgezeichnet, Doni genehmigte sich auch einen Kaffee und einen Grappa, und dann noch einen Grappa. Rings um ihn her streiften und zerstreuten sich Schwärme von jungen Leuten, die aufgeregt in den Abend zogen. Es war Donnerstag, doch es schien Samstag zu sein, überall in den Straßen waren Stimmen und Rufe, Flaschenklirren und Musik zu hören.

Doni stand auf und ging nur einhundert Meter weiter zu einer Bar an der Piazza di Santa Maria in Trastevere. Draußen standen zwei Tische, und einer davon war frei. Ohne nachzudenken, setzte sich Doni, bestellte einen Weinbrand, und immer noch ohne nachzudenken, fragte er den Kellner, ob er eine Zigarette für ihn habe. Der junge Mann zog eine Schachtel hervor, bot ihm eine an und gab ihm Feuer. Genussvoll inhalierte Doni den Rauch und betrachtete die Piazza.

Die Luft war leicht. Ein Windhauch schlüpfte in die Straßen des Viertels und streifte sacht Fußknöchel und Handgelenke. Die untergehende Sonne überließ der Dämmerung das Feld. Am Himmel blinkten drei Sterne auf.

Auf der Piazza saßen viele Leute auf den Stufen am Brunnen, ließen Bierflaschen kreisen und lachten. Ein Penner begann, drei Stoffbälle in die Luft zu werfen, doch sie fielen ihm zweimal hintereinander herunter. Eine kleine Gruppe zog ihn auf, und beleidigt wünschte er sie zum Teufel. Doni lächelte. War es wirklich so einfach?

Er musste wieder an Khaled und diese ganzen, verdammten Nordafrikaner denken und beschloss am Ende, gar nichts zu unternehmen. Was hätte er auch tun sollen? Es gab keine Beweise, nur Worte, und er hatte seinem Amt gegenüber eine Verantwortung. Wie blöd, dass er nicht früher daran gedacht hatte. Die Sache war ihm über den Kopf gewachsen, weiter nichts.

Die Zigarette war aufgeraucht und der Weinbrand getrunken. Doni bestellte noch einen und fühlte sich weit weg von allem, in einem kleinen, geschützten Raum. Der Kellner ließ noch eine Zigarette und auch ein Feuerzeug für ihn auf dem Tisch liegen und zwinkerte ihm zu. Doni rauchte, und froh über seine Entscheidung schaute er dem Treiben auf der Piazza zu. Gerechtigkeit ist eine Sache Gottes, wir aber müssen uns darauf beschränken, nach menschlichen, fehlbaren Normen zu handeln. Wir leben zwischen Trümmern, liebe Elena, dachte er. Und aus den Trümmern müssen wir das Beste machen.

Als er aufstand, um zu zahlen, stellte er fest, dass die Schönheit egal war. Er war betrunken. Ein betrunkener Oberstaatsanwalt! Er ging in den Waschraum, trank etwas Leitungswasser und ließ es sich kalt über die Handgelenke laufen. Dann ging er hinaus und machte sich auf den Weg zum Hotel. Er musste sich hinlegen.

Auf der Brücke stand ein junges Mädchen hinter einem Verkaufstisch. Auf dem Hinweg hatte er sie nicht bemerkt, oder war das vielleicht eine andere Brücke? Er konnte sich nicht mehr erinnern. Das Mädchen mochte zwanzig Jahre alt sein, wirkte sauber und kultiviert, und schien Ausländerin zu sein. Auf einem Schild vor dem Tisch stand:

ICH LESE DAS GEDICHT,

DAS SIE IN SICH TRAGEN

–

2 EURO

Davor stand eine kleine Schlange. Doni blieb stehen, und während er noch überlegte, was zu tun sei, und dabei seine Taschen durchwühlte, war die Reihe bereits zusammengeschrumpft, und er stand vor dem Mädchen.

«Guten Abend», sagte sie. «Möchten Sie ein Gedicht?»

Ein leichter, römischer Akzent. Sie war eine Einheimische.

«Ja», sagte Doni.

«Wenn Sie wohl so freundlich wären, sich ein wenig zu mir herunterzubeugen, dann könnte ich Ihr Gesicht besser sehen.»

«Mein Gesicht?»

«Genau. Ich muss darin lesen.»

«Verstehe.»

«Und dann bräuchte ich noch Ihren Namen.»

«Roberto», sagte Doni und beugte sich zu ihr, wie um sie zu küssen. Er hoffte, sie würde seine Fahne nicht bemerken.

«Danke, Roberto.» Sie lächelte. Dann sah sie ihm fest in die Augen. Von dort glitt ihr Blick langsam zu seiner Nase hinunter und weiter zum Mund, um dann wieder nach oben zu schweifen und Haaransatz und Ohren und erneut die Augen zu mustern. Die Inspektion dauerte ungefähr eine Minute. Das Mädchen nahm einen Zettel, von einem einfachen Notizblock, und schrieb rasch einige Zeilen.

«Bitte sehr.» Sie gab Doni den Zettel. «Das macht zwei Euro.»

Doni gab ihr ein Zwei-Euro-Stück und ging mit dem Zettel in der Hand weiter. Erst als er das andere Flussufer erreicht hatte, las er ihn.

Ich wartete unzählige Nächte auf den Tag
Unzählige Nächte suchte ich ihn
Doch als ich die Morgenröte fand,
vergaß ich die Farbe des Dunkels.

Er faltete das Blatt zusammen und steckte es in die Tasche. Der Tiber war eine schwarze Masse in der Nacht.

In seinem Alkoholnebel vermutete Doni, dass dieses Mädchen über eine Reihe vorgefertigter Sätze verfügte, je nach Alter, Geschlecht, Tageszeit und Gesicht. Sie hatte sie im Kopf und wandelte sie dann hier und da nur leicht ab. Er rechnete aus, dass sie in zwei Minuten zwei Euro netto verdient hatte, in einer Zeit also, die seine zehntausend Kilometer entfernte Tochter benötigte, um lediglich den Anfang einer komplizierten, schrecklichen Gleichung aufzuschreiben, oder um ein Buch im Internet zu suchen oder um einen Brief an einen Dozenten zu adressieren, mit dem sie zusammenarbeiten wollte.

Da klingelte sein Mobiltelefon.

28

AUF DEM RÜCKFLUG saß Doni neben einem fetten, jungen Mann, der unentwegt in die Luft hustete, ohne sich die Hand vor den Mund zu halten. Die Fleischmasse bewegte sich synchron mit jedem Husten. Nicht einmal in einer Höhe von Tausenden Metern verlor die Welt ihre Fähigkeit, dem, der sie durchquerte, Schaden zuzufügen.

Man hatte Mohamed ermordet in einer Wohnung im Viale Monza aufgefunden. Elenas Stimme am Telefon war brüchig vor Sorge und Angst gewesen.

Doni riss die Packung Salzgebäck auf, die die Stewardess ihnen gebracht hatte, und versuchte, etwas davon zu essen. Sein fetter Nachbar hustete immer noch, wieder und wieder.

Bisher war es so gewesen, als wäre Doni nur mit den Füßen ins Meer gegangen und hätte sich dicht am Ufer gehalten. Als hätte er die Temperatur eines unbekannten Gewässers genossen, vielleicht auch das Kribbeln von etwas, das er schon seit geraumer Zeit nicht mehr gespürt hatte, während er sich darauf beschränkte, den Horizont zu betrachten.

Doch nun war alles anders. Es ging nicht mehr um Momente der Schwäche, er konnte sich nicht mehr mit seinem Alter oder der Angst vor der Zukunft herausreden.

Nun gab es einen Toten.

Gewiss, das konnte auch ein absurder Zufall sein, doch Doni war davon überzeugt, für diesen Tod verantwortlich zu sein. Der wahre Schuldige und die bislang Unbekannten mussten von der Unterredung erfahren haben. Und sie hatten den einzigen Menschen aus dem Weg geräumt, der hätte reden können, eben weil er sich dazu entschlossen hatte zu reden. Sie waren vorbereitet, und sie waren gefährlich.

Doni sah den fetten Kerl an, der seinen Blick ausdruckslos erwiderte. Die ganze Flugzeugkabine bebte wie ein lebender Organismus. Vielleicht verfolgten sie ihn ja? Oder vielleicht verfolgten sie Elena. Und seit wann?

Er umklammerte die Armlehnen.

Er hatte nach Fakten gesucht, und die Fakten hatten ihn eingeholt.

Als er in Linate ausstieg, regnete es. Ein feiner, dichter Regen, den Doni einen Moment betrachtete, bevor er sich ein Taxi nahm. Er stieg in den Wagen, nannte die Adresse des Justizpalastes und rief Salvatori an.

«Ciao, Michele.»

«Roberto, wie geht's?»

«Ich bin gerade aus Rom zurück. Hör mal, entschuldige, dass ich gleich zur Sache komme, aber du musst mir einen Gefallen tun. Ich habe gehört, in der Gegend von Cascina Gobba wurde ein Ägypter umgebracht.»

«Ja, das war gestern Abend. Wieso interessiert dich das denn?»

«Nicht so wichtig, ich brauche die Details.»

«Na ja, ich weiß nicht gerade viel darüber.»

«Tu mir einen Gefallen, frag den zuständigen Staatsanwalt und sag mir Genaueres, sobald ich da bin.»

«Ja, gut. Aber …»

Doni beendete das Gespräch und ließ den Kopf gegen die Rückenlehne fallen. Der Regen prasselte unaufhörlich auf das Autodach.

«Ein anstrengender Morgen?», fragte der Taxifahrer.

«Wie bitte?»

«Sie sehen müde aus.»

«Ja. Ja, ich bin hundemüde.»

Der Chauffeur nickte verständnisvoll.

«Wissen Sie, was ich tue, wenn ich mich so fühle?»

«Nein. Was denn?»

«Ich halte irgendwo an, an einem schönen, grünen Fleckchen, und spiele Klarinette.»

«Klarinette.»

«Ja, das war schon immer meine große Leidenschaft.»

«Es ist ein schönes Instrument.»

«Und völlig unterschätzt, das können Sie mir glauben. Jedenfalls, wenn ich müde bin oder niedergeschlagen oder so – und das kommt durchaus vor, wenn man den ganzen Tag mit Menschen zu tun hat –, stelle ich den Motor ab und mache Musik. Und wenn ich dann gerade gerufen werde, je nun, wen kümmert's. Für eine Viertelstunde bin ich für niemanden zu sprechen.»

«Das klingt gut», sagte Doni.

Der Taxifahrer lächelte ihm im Rückspiegel zu.

«Das sollten Sie auch mal probieren.»

«Klarinette zu spielen?»

«Nein, den Motor abzustellen und für niemanden zu sprechen zu sein.»

Er ging auf direktem Weg zu Salvatoris Büro. Er klopfte, doch als niemand antwortete, öffnete er die Tür trotzdem. Salvatori telefonierte und bedeutete ihm zu warten. Doni blieb stehen, die Klinke fest in der Hand. Nun spürte er den Regen, der ihm übers Gesicht gelaufen war. Als Salvatori auflegte, schloss Doni die Tür und ging zum Schreibtisch.

«Na, Robbe', wie war's in Rom?»

«Todlangweilig. Hast du was über den Ägypter in Erfahrung gebracht?»

«Nicht viel.» Salvatori nahm ein Blatt zur Hand, auf das er ein paar Zeilen gekritzelt hatte. «Mohamed Farag, achtunddreißig Jahre alt, seit fünfzehn Jahren in Italien, mit Aufenthaltsgenehmigung, Pizzabäcker in einem Restaurant am Hauptbahnhof. Vorstrafe wegen Widerstands gegen die Staatsgewalt, keine große Sache. Wohnhaft im Viale Monza, unverheiratet, sonst nichts Nennenswertes. Die Leiche wurde um fünf Uhr morgens am Ufer des Lambro von einer Streife gefunden. Ein Pistolenschuss in die Schläfe.»

«Welches Kaliber?»

«Wie bitte?»

«Die Pistole. Welches Kaliber hatte sie?»

«Danach habe ich nicht gefragt.»

Doni wurde plötzlich schwindlig. Er stützte sich mit einer Hand auf dem Tisch ab.

«Alles in Ordnung?», erkundigte sich Salvatori.

«Ja. Ja. Sag mal, gibt es Vermutungen über das Motiv?»

«Pff. Da musst du direkt nachfragen. Die zuständige Staatsanwältin ist Simona Grossi.»

«Gut. Ich danke dir.»

«Robbe', bist du sicher, dass es dir gutgeht?»

«Ja, der Flug hat mich nur ein bisschen aus dem Konzept gebracht.»

«Du siehst vielleicht aus.»

Doni deutete ein Lächeln an.

«Keine Sorge. Sobald ich mich erholt habe, gehen wir zum Mittagessen wieder in dieses schöne Restaurant, in dem wir vor einem Monat waren.»

«Unbedingt.»

«Und ich werde wieder ein Ökobier trinken.»

«Na und ob.»

Doni spürte Salvatoris Blick im Rücken, als er die Tür hinter sich schloss.

Er ging in sein Büro, um Aktentasche und Rollkoffer abzustellen. Dann erfrischte er sich im Waschraum das Gesicht und trocknete sich die Haare mit einem Papiertuch. Seine Miene im Spiegel sah erschüttert aus. Er straffte sich, rückte die Krawatte zurecht und schnupperte an seinen Achseln. Ein leicht säuerlicher Geruch.

Er ging den Flur entlang. Die üblichen herrenlosen Wagen voller Aktenbündel, die üblichen Leute, die kamen und gingen und sich in diesem Labyrinth gegenseitig nach dem Weg fragten. Als er in sein Büro zurückkam, suchte er im Telefonverzeichnis nach der Nummer von Simona Grossi und wählte sie.

«Ja, bitte?»

«Grossi?»

«Ja, wer spricht denn da?»

«Ciao, Grossi, hier Roberto Doni, von der Oberstaatsanwaltschaft.»

«Guten Tag, Doni. Was gibt's?»

«Ich muss dich inoffiziell ein paar Sachen zu dem Ägypter fragen, der gestern ermordet wurde. Ich weiß, dass du schon mit Salvatori darüber gesprochen hast.»

«Ja. Gibt es ein Problem?»

«Nein, ganz und gar nicht. Hast du einen Moment Zeit?»

«Aber sicher. Wenn du willst, kannst du gleich zu mir kommen.»

«Danke.»

Sie erklärte ihm den Weg. Doni ging ein Stockwerk höher und traf sie an der Tür zu ihrem Büro, wo sie auf ihn wartete. Sie war eine gutaussehende Frau. Schulterlanges, kastanienbraunes Haar und blaue Augen – eine schlichte, doch elegante Erscheinung.

«Sehr angenehm», sagte sie und gab ihm die Hand. Sie ging ihm voraus ins Büro, das so spartanisch und kahl war wie sein eigenes. Doni war unbehaglich zumute.

«Wie ich schon am Telefon sagte, möchte ich nur ein paar zusätzliche Auskünfte über Mohamed Farag. Über die Todesursache und die Einzelheiten des Mordes.»

Sie berührte kurz ihre Nasenspitze und breitete einige Seiten auf dem Schreibtisch aus.

«Also, natürlich ist noch nichts aufgeklärt. Es gibt keinerlei Indizien, nur die Leiche mit einer Schusswunde an der linken Schläfe. Keine Anzeichen für einen Kampf, keine weiteren Verletzungen.»

«Ist das Kaliber der Pistole bekannt?»

Simona Grossi fuhr mit einem Finger die Seiten entlang.

«Sieben Komma sechs fünf Millimeter», sagte sie.

Doni schloss die Augen.

«Mehr Fakten haben wir nicht», fügte sie hinzu. «Zumindest nichts von Bedeutung. Dieser Mord ist wirklich sehr merkwürdig. Farag hatte nur eine Vorstrafe wegen Widerstands gegen die Staatsgewalt, abgesehen davon war er sauber. Junggeselle, arbeitete als Pizzabäcker und hatte eine Aufenthaltsgenehmigung.»

Sie verschränkte ihre Finger vor dem Mund, eine gekünstelte Geste, die Doni ärgerte. «Es scheint kein Verbrechen aus Leidenschaft zu sein – Untreue, Ehebruch und so weiter. Obwohl wir natürlich noch nichts ausschließen können. Alles in allem haben wir nichts in der Hand.»

Doni nickte.

«Du weißt besser als ich, dass so was am Ende immer ins Leere läuft.»

«Allerdings.»

«Die Ausländerkriminalität ist schwer greifbar. Auch wenn das hier natürlich keine Chinesen sind. Mit denen ist es immer ein Albtraum.»

«Ja.»

Sie nahm die Hände vom Gesicht und sah Doni an.

«Darf ich dich fragen, woher dein Interesse kommt?»

«Der Fall hat meine Neugier geweckt. Weiter nichts.»

«Tja, es ist wirklich eine schlimme Geschichte.»

«Ja, ziemlich schlimm.»

«Aber so schrecklich ja nun auch wieder nicht», fügte sie mit einem Lächeln hinzu.

«Nein», sagte Doni. «So schrecklich ja nun auch wieder nicht.»

29

ER ERWACHTE KURZ nach Tagesanbruch. Claudia schlief abgewandt auf der Seite. Er betrachtete sie im Dunkeln und versuchte, ihre Gesichtszüge zu erkennen. Das Zimmer war überheizt, der Atem seiner Frau ging ruhig und gleichmäßig. Er strich ihr übers Haar.

Doni verließ das Haus und nahm die U-Bahn, ohne ein konkretes Ziel. Er fuhr mit der roten Linie in Richtung Bisceglie. Nach drei Stationen stieg er aus und änderte seinen Kurs. Er wartete auf den Gegenzug und fuhr wieder nach Norden. Er hatte nichts zu lesen dabei und hielt seine Aktentasche auf den Knien.

An der Station Porta Venezia begann das junge Mädchen ihm gegenüber – große Brüste, die Augen einer Balkanbewohnerin – ihr Kind zu stillen, das sie auf dem Arm hielt. Sie verschob Bluse und Unterhemd ein wenig, und das Kind klammerte sich an ihre rechte Brust. Doni war perplex, es war Jahrzehnte her, seit er eine Frau in der Öffentlichkeit hatte stillen sehen. Als er ein kleiner Junge war, hatte es das häufiger gegeben.

In Sesto Marelli, außerhalb der Stadtgrenze, stieg er aus. Er sog den frischen Morgenwind ein und trank einen Kaffee in einer Bar an der Hauptstraße. Drinnen stritt sich ein junges Paar, die beiden waren noch keine dreißig. Er war groß und hatte kurzes Haar. Sie war blond und sehr elegant. Die zwei schrien sich hemmungslos an und bezichtigten sich gegenseitig der Untreue.

Doni fiel die Frage, die Renato ihm im *Bagatella* gestellt hatte, wieder ein: ob seit ihrer Jugend alles schlechter geworden sei. O ja, befand er.

Er ging in südlicher Richtung weiter und nahm an der nächsten Station wieder die U-Bahn. Er suchte sich einen Platz neben der Tür. Mit ihm stiegen eine Menge Immigranten und einige Studenten ein. Alle Sitzplätze waren besetzt. Doni roch den Gestank nach Achselschweiß und Leben.

Ein Junge mit Kopfhörern und verträumter Miene. Eine Südamerikanerin mit drei Kindern. Plastiktüten voller Fleisch. Zwei junge Chinesen mit verschränkten Armen. Ein Mann mit Krawatte, der seinen iPod befragte.

Ja, das kannte er. Das war Mailand. Die Stadt, in der sich jeder fremd fühlen konnte, selbst wenn er in ihr aufgewachsen war. Die Stadt, in der die Liebe mühsam abgerungen werden musste und nichts auf Anhieb gewährt wurde. Eine grausame Stadt, die jedoch niemals log.

Und wonach strebten all diese Leute? Nach Glück, wonach sonst. Auf und ab im Gewirr der Straßen, zu spät oder zu früh unterwegs, sich ständig mit irgendetwas herumschlagend, ständig auf der Suche nach einem winzigen Stück Boden unter den Füßen, nach Stabilität, nach etwas, das nicht unter ihnen wegbrach. Und wie viele von ihnen – die Lautsprecherstimme sagte die Station Pasteur an, niemand stieg aus, niemand stieg ein –, wie viele von ihnen suchten jetzt und hier nach Gerechtigkeit?

Doch Gerechtigkeit war wie eine Egge, die die Erde umbrach und dabei hier und dort unweigerlich Stellen ausließ: Flecken von Vogelmiere, Steine, die zu klein waren, um entfernt zu werden, Stellen, an denen der Zweifel weiterkeimte.

Doni fuhr sich mit der Hand übers Gesicht. Als die Lautsprecherstimme die Station Loreto ansagte, stieg er aus.

Er bog in die Via Padova ein.

Zur Sache. Alle dreißig Sekunden schloss er die Augen für eine Weile, um nur die Geräusche wahrzunehmen. Fahrradklingeln, Fetzen auf Spanisch, Arabisch, Filipino. Eine Straße, die viele Namen hatte, die auf die unterschiedlichsten Arten benannt wurde. Räderquietschen. Metall, das auf Metall traf – Doni schlug die Augen auf: Er stand vor einem Supermarkt, zwei Angestellte luden Paletten ab.

An der Verkehrsinsel ein Stück weiter begann er sich wirklich umzuschauen. Er betrat ein chinesisches Lebensmittelgeschäft und schlenderte zwischen den Regalen umher. Büchsen, Schachteln und Päckchen mit fremden Esswaren standen neben Reis, Flaschen mit Soßen und Getränkedosen. Die Schriftzeichen unterbrachen das westliche Bild der Straße und öffneten einen Raum, zu dem Doni keinen Zugang hatte. Dies mochten die Namen von Gemüsesorten sein, doch sie sahen aus wie die Namen von Göttern.

Draußen traf er auf einen fliegenden Händler, der einen zweirädrigen Karren zog. Darauf hatte er zwei Dosen befestigt, über denen ein Wollpullover lag. Er blieb stehen und fragte Doni, ob er einen Snack wolle. Dabei nahm er den Pullover weg. Stückchen von hartgekochtem Ei, vielleicht, und Brot. Vielleicht. Doni lehnte ab und ging weiter.

Was machst du hier bloß. Was machst du hier bloß. Er

musste mit jemandem sprechen. Er fragte eine Frau mit weißer Schürze, die, die Hände in die Seiten gestützt, seelenruhig vor einer Bar stand, nach der Uhrzeit. Sie gab ihm Auskunft, und Doni freute sich, einen klaren, einfachen, exakten Satz zu hören. Ich frage dich, wie spät es ist, und du antwortest mir.

Vor einem kleinen Platz parkte ein Militärtransporter. Doni hielt an, um sich am Kiosk eine Zeitung zu kaufen, und musterte drei bewaffnete Zwanzigjährige in ihren Tarnanzügen, wobei er einerseits dachte, dass sie gut dort standen, denn Sicherheit ging über alles, doch sich andererseits fragte, wie man denn auf die Idee kommen konnte, ausgerechnet ungeschulte Soldaten auf die Straße zu stellen.

Er setzte seinen Weg fort. Ein Pornokino im Stil der Siebziger. Noch ein Zeitungskiosk. Heruntergekommene Bars in Schockfarben, Neonrosa und flackerndes Blau. Auf der anderen Straßenseite ging ein Mann in einem grauen Regenmantel, das Haar im Nacken lang, die Hände in den Taschen, und schrie: «So läuft das eben, sagen sie. So läuft das. Na, ich werd' euch zeigen, wie das läuft! So nicht!» Er blieb stehen und zeigte mit dem Finger auf die ganze Straße, um sie in seine Entrüstung einzubeziehen.

Doni sah Obstkisten vor den Geschäften. Eine zwischen Wohnblocks eingekeilte Baracke und einen großen Supermarkt, vor dem zwei Bettler lungerten. Den ramponierten Asphalt des Bürgersteigs. Bröckelnden Putz. Fenster ohne Rollläden und Gestalten, die wie im Traum auftauchten und verschwanden. Die Sonne trüb hinter den Wolken, wie die Kerzenflamme bei La Tour. Die Verkündigung der Gefallenen.

Er suchte nach etwas, was ein Bedauern verheißen könnte. Nach einem Zeichen, einem Symbol, das das Geheimnis dieser Straße offenbarte, nach etwas Ergreifendem, das Mailand rächen könnte. Es konnte doch nicht alles nur Schaffen, Bewegung und Aktion sein. Es musste doch noch andere Worte geben, um diese Stadt zu beschreiben. Doch das Verständnis auf dieser Ebene war schwer – es war gefühlsbetont. Eine Kunst, in der er nicht geübt war. Was konnte er im Grunde von sich erwarten. Er war einer, der Urlaub nahm, um doch wieder ins Büro zu gehen.

Vor lauter Ankämpfen gegen das Böse, überlegte er, denkst du, die ganze Welt ließe sich nur darauf reduzieren, auf den Gegensatz zwischen Räuber und Gendarm, ein Spiel mit denkbar einfachen Regeln: Am Ende denkst du, dass außerhalb des Justizpalastes nichts existiert, dass die Tausenden Seiten eines Urteils gegen die 'Ndrangheta absolut alles umfassen, was es im Universum zu sagen gibt und was die Leute aus Ignoranz oder Bequemlichkeit nicht wahrnehmen. Und dass sogar die Schönheit – sogar Musik, Kunst, Liebe – nur flüchtige Lichtfünkchen sind, nur unbeständige Bruchstücke, Teilchen, die so instabil sind, dass sie in Sekundenschnelle vergehen: nichts Wahres, nichts Wesentliches, nichts, was dem Ansturm des Schmerzes widerstehen könnte.

Auch deshalb war er hier, auch deshalb.

Er wandte sich nach links und spürte das nahegelegene Wasser, den Naviglio della Martesana. Er kam ans Kanalufer, verfallene Dämme, ein bisschen Schilf und hinter ihm ein Park und ein Platz voller Wohnwagen. Ein kleiner, künstlicher Hügel durchschnitt die Landschaft. Auf den Bänken der eine oder andere Junge mit dem Rucksack zwischen den Füßen: die Schule schwänzen, im Freien Zigaretten rauchen.

Doni ging ein Stück am Kanal entlang. Auf der anderen Seite standen Häuser am Wasser, und ab und an war ein trostloses Gärtchen zu sehen, mit blauen Plastiktonnen, wie sie sein Onkel benutzte, um Mist zu pressen.

Er kehrte zur Via Padova zurück, diesem zweiten Kanal, den er befahren musste, und nahm wieder Kurs aufs Stadtzentrum. Die Häuser und Straßen wurden plötzlich uninteressant. Er musste hier weg. Er landete in einem Gewirr kleiner Straßen hinter dem Viale Monza. Eine Weinhandlung und ein von zwei dicken Italienern geführtes Lebensmittelgeschäft wetteiferten darum, wer als Erster den Rollladen hochgezogen haben würde.

Doni kehrte in einem Dönerladen ein, um einen Pfefferminztee zu trinken. Er nahm die Tasse mit hinaus zu den Tischen vor dem Geschäft und atmete tief durch die Nase ein – den Geruch nach Gewürzen und Leder. Als er ausgetrunken hatte, hielt er noch einen Augenblick inne, um diesen Abschnitt der Straße zu betrachten und auf das Rattern eines Zuges ganz in der Nähe zu horchen, Gleise, die in Beton erstickten.

Vielleicht tat es nichts zur Sache, und mit Sicherheit wog es nicht ein Gramm der Gewalt auf, doch als er sah, wie das Licht in dieses Viertel einbrach, während er zur Station Rovereto unterwegs war, um nun zur Arbeit zu hasten, erblickte er ein Stückchen Schönheit und Wahrheit, und es spielte keine Rolle, dass es schmerzvoll war und entstellt. Nur hier, wie in einem Pulsschlag durch die Körper der Betrunkenen und Verrückten und durch leere Flaschen und verbrannte Matratzen, nur hier war ihm der Gedanke möglich, dass es noch Wahrheit gab.

30

MÜDE UND VERSCHWITZT betrat er den Justizpalast durch den Haupteingang und nahm eine der schwarzen Nebentreppen nach oben, Seitenschiffe einer weltlichen Kathedrale. Im Ehrensaal verweilte er einen Moment. Die faschistischen Reliefs waren noch an ihrem Platz: Cäsar zu Pferd und an seiner Seite Mussolini zu Pferd, dem man allerdings aus Anstand die Nase weggemeißelt hatte. Nun hätte er sonst wer sein können, doch, so überlegte Doni, war es immer noch Mussolini.

Er wandte sich nach rechts. Nur wenige wussten, dass in der Loge über den Reliefs früher eine Barbierstube gewesen war. Doni bedauerte es sehr, dass er sich dort nie hatte rasieren lassen. Nicht so sehr wegen der Qualität der Rasur, als vielmehr, weil er dann etwas zu erzählen gehabt hätte, von einem Teil des Palazzos, der einem Roman des neunzehnten Jahrhunderts zu entstammen schien und nicht dem Albtraum eines Wahnsinnigen.

In einem der Gerichtssäle fand gerade eine Verhandlung statt. Doni trat ein. Er blieb im Hintergrund stehen und lehnte sich an eine der Holzbänke. Offenbar ging es um ein Drogendelikt. Der Wachposten neben ihm erkundigte sich mit dem üblichen prüfenden Blick, den Doni zu schätzen wusste, ob alles seine Richtigkeit habe.

«Ich bin Oberstaatsanwalt», sagte er und zückte seinen Ausweis.

«In Ordnung», sagte der Wachmann zackig und entfernte sich wieder.

Im Anklagekäfig befanden sich zwei junge, kräftige Männer. Der eine saß, der andere ging mit einem Blick in die Runde auf und ab. Diese Käfige waren kein Ruhmesblatt, doch sehr praktisch. Bevor sie eingebaut worden waren, war einmal ein Kerl am Fenster hinaufgeklettert und hatte damit gedroht, sich hinunterzustürzen.

Doni setzte sich in die letzte Reihe. Er stellte sich vor, wie es wohl sein mochte, als Unschuldiger in diesem Käfig zu sitzen. Jemandem dabei zuzusehen, wie er über die nächsten Monate oder Jahre entschied und auf jeden Fall über das eigene Leben, während man zu Unrecht dort hinter Gittern hockte.

Natürlich war er nicht Staatsanwalt geworden, weil er irgendwann über einen Fall wie diesen nachgedacht hatte: ein Unschuldiger im Gefängnis und ein Schuldiger, den es zu bestrafen galt.

In den Comics seines Bruders lag dem Entschluss, sein Leben dem Kampf zu widmen, immer ein Trauma zugrunde, ein Schmerz, der gerächt werden musste, ein Tod. Batman und Spider-Man folgten hohen Idealen, gewiss. Sie waren Vorbilder. Doch eigentlich, und das verstand schon der junge Roberto, waren sie einfach zwei Jungen, die jemanden verloren hatten.

Er dagegen war zufällig hierher geraten. Nur Colnaghi hatte ihm die unbescholtene Seite dieser Arbeit gezeigt, und dies auch nur für kurze Zeit.

Für Colnaghi hatte Rechtsprechung etwas mit der Wiedergutmachung von Unrecht zu tun. Nichts weiter, und nicht anders, als wenn ein grundlos geschlagenes Kind von einem Freund gerächt wird. Nach Jahrzehnten der Bürokratie und italienischer Verhältnisse schlug dieses Herz immer noch. Das Reich des Bösen war zweifellos größer als das des Guten, doch nicht alles Böse durfte ungesühnt bleiben, nicht die ganze Welt stand unter seinem Kommando. Irgendwo musste es ein unversehrtes Fleckchen geben, eine Verheißung von Wiedergeburt. Es musste eine lebendige Hoffnung geben. Es musste. Und jemand, der berufen war, sie zu schützen.

Der Mann im Käfig war stehen geblieben und setzte sich zu seinem Gefährten. Der Anwalt beanstandete die Irrelevanz einiger Argumente der Anklage. Beharrlich verwies er auf ein Detail im Zusammenhang mit der Festnahme. Er schien seine Sache zu verstehen.

Doni blieb noch einige Minuten, dann verließ er den Saal.

Im Büro öffnete er sein Postfach. Elena hatte ihm eine Mail geschrieben, in der sie sich erkundigte, ob sie Vorsichtsmaßnahmen zu ihrer persönlichen Sicherheit ergreifen sollte und was Doni allgemein von der ganzen Situation halte. Zum Schluss stellte sie noch zwei Fragen:

Was können Sie tun? Und was riskieren Sie?

Doni beruhigte sie und antwortete ihr ebenso kurz:

Etwas kann ich tun, doch ich muss erst darüber nachdenken.

Schlimmstenfalls – oder vielleicht bestenfalls – riskiere ich viel.

Dann setzte er sich an die Arbeit und schwor sich, dass ihm an diesem Tag kein Wort mehr über die Lippen kommen werde.

Kurz nach sechs trat er im milden Abendlicht hinaus auf die Straße. Ein Wolkenhaufen zog nach Westen ab, ein anderer näherte sich von Osten. In der Via Pace überholte er zwei Frauen, die sich über das launische Wetter unterhielten, über einen Frühling, so alt wie die alten Frühlinge.

Sieh, höre und dann handle.

Nun gut. Er musste nur noch mit einem Menschen sprechen. Dann würde er handeln.

31

ALS ER AUS MAILAND herausfuhr, begann es wieder zu regnen. Doni schaltete die Scheibenwischer ein. Der Klassiksender begann zu kratzen, dann verloren sich die Rundfunkwellen im Nichts der Provinz. Doni schaltete das Radio aus und konzentrierte sich auf die Straße. Ein Schild kündigte eine Bahnschranke in drei Kilometern Entfernung an. Die Tropfen fielen sacht auf die Scheibe. Der Sonntag war ein Leerraum, und der Staatsanwalt durchquerte ihn wie ein Fremdkörper.

Seit Professor Cattaneo sich von der Universität zurückgezogen hatte, lebte er wieder in der Provinz Como. Er hatte sich ein Häuschen in seinem Heimatdorf gekauft und war mit seiner Frau dorthin gezogen. Sie hatten keine Kinder. Doni telefonierte einmal im Jahr mit ihm, kurz vor Weihnachten, mit den üblichen Glückwünschen. Cattaneo war sein Dozent in Strafrecht gewesen und mehr noch sein Meister, wie auch für viele andere Studenten der Mailänder Universität – auch für Colnaghi.

Damals war Cattaneo so etwas wie ein kleines Genie gewesen. Mit sechsunddreißig Jahren war er bereits Ordinarius, und als der zwanzig Jahre jüngere Doni ihn kennenlernte, war er der Einzige an der ganzen Fakultät, der sich mit allen Mitteln sowohl den alten, despotischen Strukturen als auch dem Aufkommen der Achtundsechziger widersetzte. Die politisch motivierten Bestnoten der Linken lehnte er ebenso ab wie die falsche Würde der alten Professoren. Er wurde von Stalinisten in einen Hinterhalt gelockt und verprügelt, und man drohte ihm mit dem Ausschluss vom Lehrkörper, weil er sich an den Schreibtisch gekettet hatte.

Er war allein gegen alle.

Doni, der die Achtundsechziger nicht ausstehen konnte und schon damals ein überzeugter Rechtsliberaler war (im Sinne einer sozialen, antifaschistischen, republikanischen Rechten), war hellbegeistert von Cattaneos Vorlesungen. Er machte sein Diplom bei ihm und hielt auch nach dem Studium den Kontakt zu ihm aufrecht. Der Gedanke, dass es auf der Welt einen solchen Mann gab, verlieh ihm in den dunkelsten Momenten neue Kraft.

Gewiss, er hatte Claudia, doch damals schien ihn der Beginn seiner Karriere in der Justiz mit Unruhe zu erfüllen. Er wusste, dass er gut war, methodisch, doch nicht brillant. Er arbeitete, wie er immer gearbeitet hatte, sorgfältig und gewissenhaft. Gleichwohl hatte er bei jedem Schritt das Gefühl, dass ihm der Boden unter den Füßen wegbröckelte.

Auch als Elisa geboren wurde, ließ dieses Gefühl nicht nach, im Gegenteil. Es schien ein Gegengewicht zu seinen Vaterfreuden zu sein, eine dunkle Seite, die sich verstärkte und von der er niemandem erzählen konnte. Weder seinen Kollegen in Ancona, noch denen in Gallarate. Später in Mailand war es noch schlimmer. Und Colnaghi war tot.

Nur Cattaneo hob sich noch vom Hintergrund dieser Mühsal ab, der erfahrene Meister, der allmählich alt wurde und standhaft blieb.

Als Doni 1990 auf einer nationalen Tagung seines Richterverbandes Borsellino kennenlernte, war Cattaneo der Erste, den er anrief, um sich mit ihm über diesen Mann und seinen Kampf gegen die Mafia auszutauschen.

Als er zwei Jahre darauf seinen eigenen ersten, großen Prozess gegen das organisierte Verbrechen führte, war es Cattaneo, dem er von seinen Zweifeln erzählte, als er glaubte, den Verstand zu verlieren: die schrecklichen Nächte mit angstlösenden Medikamenten und Albträumen, während Elisa mit Selbstmord drohte, weil ihr Freund sie verlassen hatte, Claudia nichts mehr einfiel, was sie ihm noch raten konnte, und er Zeile um Zeile für ein Wohl kämpfte, das nicht seines war.

Der Kontakt zwischen ihm und dem alten Lehrer war zwar seltener geworden, schien aber gleichzeitig immer enger zu werden.

Er fuhr an den Ausfahrten von Saronno und Turate vorbei. Die Autostrada dei Laghi lief geradewegs in eine Regenwolke hinein, wie ein Einschnitt in ein reiches und zugleich feindseliges Land.

Hin und wieder hörte Doni die Geschichten seiner Kollegen, die in dieser Gegend wohnten und mit den Zügen der Ferrovie Nord pendelten. Legenden von Verspätungen an der Grenze zum Unwahrscheinlichen, Ortschaften, in denen abends um acht die Lichter ausgingen und es keine Buchhandlung, kein Theater, kein Kino gab, nichts, nur die Blase des Hinterlands und Leute, die bis zum Umfallen arbeiteten. Schon in der Geometrie dieser Gegend lag etwas Ödes, vielleicht wegen ihrer Flachlage, und auch in dem nie erreichten Gleichgewicht zwischen Stadt und Land.

Doch je weiter er nach Norden fuhr, umso sanfter wurde die Landschaft. Sie begann hügelig zu werden, und als Doni in Grandate abfuhr, fühlte er sich frischer. Während er an einer Ampel stand, suchte er auf der Karte, die er sich ausgedruckt hatte, mit der rechten Hand nach dem Weg. Ein Hupen hinter ihm hinderte ihn daran, ihn zu finden.

Fünf Minuten später hatte er sich verfahren. Das hatte er geahnt. In diesen Orten gab es keine Orientierung, keine exakte Beschilderung. Sie schienen extra dazu da zu sein, Ortsunkundige in den Wahnsinn zu treiben. Er ergab sich seinem Schicksal, fuhr rechts heran und bat zwei Jungen um Auskunft, die mit ihren Fahrrädern an einem Feld standen. Mit den neuen Hinweisen fand er das Dorf.

Nun war es leicht. Cattaneos Haus lag am weitesten vom Ortskern entfernt, einsam am Fuß eines abgelegenen Hügels, ein kleines Landhaus aus rotem Backstein mit einem Zaun ringsum. Doni parkte auf dem Schotter und stieg aus. Der Regen war dichter geworden und die Kälte schneidend. Er hatte nicht mehr als fünfzig Kilometer zurückgelegt, und doch war die Welt hier im Vergleich zu Mailand bereits eine andere und noch fest dem Winter verhaftet.

Zwei deutsche Schäferhunde kamen ihm entgegen, ohne zu bellen. Doni klingelte und wartete, der Zaun endete an einem kleinen Gittertor. Cattaneo erschien an der Haustür und rief ihm zu, er möge doch hereinkommen.

«Keine Angst, die Hunde beißen nicht.»

Doni ging auf einer Steinreihe entlang, die als Weg diente. Die Hunde folgten ihm und schnüffelten an seinen Fußgelenken. Das Gras war nass, in der Luft lag ein stechender, herber Geruch. Als Doni das Haus betreten hatte, zog er seinen Mantel aus, den Cattaneo ihm abnahm, um ihn an die Garderobe zu hängen. Sie umarmten sich.

«Wie lange haben wir uns nicht gesehen?», fragte der Alte.

«Viel zu lange.»

«Du siehst fit aus.»

«Ich? Du bist doch derjenige, der immer derselbe bleibt, Professore.»

Doni musterte ihn mit einem Lächeln. Ja, er sah aus wie immer: klein, untersetzt, mit dichtem, nunmehr weißem Haar und der ins Gesicht gedrückten Brille.

Seine Frau kam aus der Küche. Doni hatte sie erst zweimal gesehen. Sie war bildschön. Eine der wenigen Frauen, bei denen das fortgeschrittene Alter die früheren Gesichtszüge und Formen nicht zerstörte, sondern ihnen das Signum eines herbstlichen Glanzes verlieh. Zu vergleichen mit dem Prozess, der aus einem Tempel eine edle Ruine machte. Darin lag keine Zerstörung, sondern lediglich das Wissen um eine verlorene Zeit, während sie sich heute aus anderen Gründen bewundern ließ.

«Wie geht es Ihnen?»

«Gut», sagte Doni und drückte ihr sacht die Fingerspitzen. Sie hatte blaue Augen und trug ein rotes Kleid, das ihr ein mädchenhaftes Aussehen verlieh.

«Es freut mich, dass Sie uns besuchen. Hierher kommt sonst niemand.»

Doni lächelte. Er wusste nicht, was er antworten sollte. Cattaneo stupste ihn gegen die Schulter und bot ihm einen Platz auf dem Sofa im Wohnzimmer an. Die Einrichtung des Hauses war vollkommen in Holz gehalten, es erinnerte an eine Berghütte. An der Wand ihm gegenüber entdeckte Doni eine schwere Pendeluhr aus dem 19. Jahrhundert.

«Na dann los», sagte Cattaneo. «Erzähl mir alles.»

Wieder erzählte Doni seine Geschichte, und diesmal wirklich alles. Er berichtete von Elena Vicenzi, von Khaled, von den beiden Maurern, von Mohamed und von den eigenen Bedenken. Nicht das kleinste Detail ließ er aus.

Diese Geschichte zu erzählen war, als wäre er wieder auf einer einsamen und öden Straße unterwegs, auf einer dieser Landstraßen, die er auf seinem Weg in den Norden gesehen hatte: kaputter Asphalt, zu beiden Seiten Felder, ein plötzlich auftauchender Kreisverkehr und keinerlei Wegweiser, nur die Gewissheit, dass es keine Möglichkeit gab, da wieder herauszukommen, es gab nur ihn und die Straße, ihn und die Straße.

Cattaneo hörte schweigend zu, die Hände auf dem dicken Bauch.

«Was soll ich nur tun?», fragte Doni schließlich.

Cattaneo kratzte sich die Wange. Er stand auf und ging zum Kamin, und obwohl der erloschen war, stocherte er mit einem Schürhaken in der Asche. Dann setzte er sich wieder auf das Sofa.

«Meinst du, er ist unschuldig?»

«Ja.»

«Du hältst das für eine logische Schlussfolgerung?»

«So ziemlich, ja. Doch ich habe keine sicheren Beweise.»

«Gib mir eine Rekonstruktion der Dinge aus deiner Sicht.»

«Khaled war nicht am Tatort, er war bei Mohamed. Das Mädchen hat ihn in der Verbrecherkartei mit einem anderen verwechselt, und ihr Freund hat ihre Aussage bestätigt, aus Angst und aus dem Bedürfnis heraus, einen Schuldigen zu finden. Der Mann, der geschossen hat, gehört zu einer größeren Organisation, oder jedenfalls zu einer, die groß genug ist, um sofort alles über den Verhafteten in Erfahrung zu bringen und dafür zu sorgen, dass er auch verurteilt wird. Wahrscheinlich wird Mohamed bedroht. Der Umstand, dass Khaled aus Dankbarkeit seinem Freund gegenüber, der ihm geholfen hat, dessen Namen nicht preisgibt, beruhigt sie. Dann trete ich mit der Journalistin auf den Plan. Sie erfahren von dem Gespräch und ermorden Mohamed, als Warnung. Das war's.» Er macht eine Pause. «Wenn das alles wahr ist, muss ich auf die Berufung verzichten und Freispruch beantragen.»

Cattaneo nickte.

«Wenn das alles wahr ist», wiederholte er. «Wenn deine Version stimmt.»

«Ja. Aber erzählen wir denn eigentlich nicht alle nur Versionen? Ich, der Rechtsanwalt und der Richter. So ist es immer. Versionen von Tatsachen, die wir nie wirklich ergründen werden, die bereits geschehen und vorbei sind.»

Cattaneo lächelte.

«Jetzt redest du wie einer, der gerade ein Handbuch zur Philosophie der Rechtsprechung aufgeschlagen hat.» Er wurde wieder ernst. «Ich kann mir denken, dass du dir bereits überlegt hast, was zu tun ist.»

Doni stieß einen langen Seufzer aus und schaute vor sich hin.

«Ich habe die Prozessakten dreimal hintereinander gelesen. Es gibt Formfehler. Das Mobiltelefon des jungen Mannes, des Freundes des armen Mädchens, wurde mit polizeilichen Anlagen abgehört. Und wie du weißt, darf das

Abhören ausschließlich mit Anlagen der Staatsanwaltschaft erfolgen.»

«Doch wenn sich die Anlagen als unzureichend erweisen, kann die Staatsanwaltschaft anderes verfügen.»

«Ja, aber im Urteil fehlt eine entsprechende Begründung durch die Staatsanwaltschaft. Ich nehme an, das war der Eile geschuldet, sie haben wohl einfach sehr schnell gearbeitet. Doch sie fehlt. Folglich können die Abhörprotokolle praktisch nicht verwendet werden.»

Cattaneo nickte und bedeutete ihm fortzufahren.

«Dann die Vernehmung des jungen Mannes, der Khaled belastet. Hier fehlt die Belehrung, die laut Absatz 3c des Artikels 64 der Strafprozessordnung vorgeschrieben ist. Also das, was dem Verhörten vor der Vernehmung gesagt werden muss.» Doni zitierte aus dem Gedächtnis: *«Offenbart der Beschuldigte durch seine Aussage Tatsachen, die Dritte belasten, so ist er als Zeuge anzusehen; auf ihn anwendbar sind alle Inkompatibilitätsgründe gemäß Artikel 197 und die in Artikel 197 b enthaltenen Rechte.»* Doni sah Cattaneo mit dem Lächeln eines vorbildlichen Studenten an: «Wahrscheinlich eine Laune des Computers. Ich hasse diese Dinger und traue ihnen alles zu. Wie dem auch sei, vielleicht ist es ein Wink des Schicksals, doch diese Belehrung ist nicht da. Sie fehlt. Die Aussagen sind nicht verwertbar.

Und schließlich der überzeugendste Punkt. Die Aussagen des Mädchens sind teilweise widersprüchlich, und die gesundheitliche Verfassung, in der sie gemacht wurden, war sicherlich nicht die beste. Und in der Kartei, in die man Khaleds Foto einsortiert hatte, war er der Einzige mit einer halbwegs hellen Hautfarbe. Alle anderen waren viel dunkler, einige sogar aus Zentralafrika – die kamen überhaupt nicht in Frage. Wie verlässlich ist denn eine solche Identifizierung?»

Cattaneo schnalzte mit der Zunge.

«Mir scheint das alles hieb- und stichfest zu sein», sagte er.

«Und das heißt?»

«Ich weiß nicht recht. Du bist zu dem alten Weisen gekommen, um dir Rat zu holen, aber mir scheint, du hast schon alle Argumente in der Hand.»

«Fachlich gesehen ja. Ich versuche nur herauszufinden, wie ich mich richtig verhalte. Du weißt so gut wie ich, in welchen Schlamassel ich mich begebe, wenn ich Khaleds Freispruch beantrage.»

Cattaneo lachte schrill auf.

«Oh, nicht auszudenken!»

«Eben. Außerdem gibt es Regeln.»

«Ja. Es geht dir also darum, wie du dich richtig verhältst. Interessant.» Er fuhr sich mit der Hand übers Kinn und schwieg nachdenklich eine ganze Minute.

«Nun», sagte er dann. «Ich muss weit ausholen, Roberto. Wir haben ja schon oft ausführlich darüber gesprochen. Du glaubst, Recht und Gesetz seien eine zuverlässige Annäherung an die Gerechtigkeit.»

«Nein. Ich glaube, Recht und Gesetz sind die *einzige* Annäherung an die Gerechtigkeit, die wir haben. Ich räume durchaus ein, dass dem Gesetzgeber Fehler unterlaufen können, ich meine nur, dass wir im Chaos enden, wenn wir uns in der Suche nach der reinen Gerechtigkeit ergehen. Und jede Ordnung ist besser als Chaos.»

Cattaneo hob die Hände.

«Wie auch immer. Ich will dir nur sagen, dass für mich die

Dinge anders liegen. Für mich sind Recht und Gesetz auf jeden Fall etwas anderes als Gerechtigkeit. Recht und Gesetz sind nicht das Licht, sondern die Luft einer Stadt: verschmutzt, zuweilen unerträglich, doch lebensnotwendig.»

«Das ist gar nicht so weit von dem entfernt, was ich meine.»

«Nein. Ich bin im Wesentlichen Idealist, und das sage ich mit allem mir zur Verfügung stehenden Realismus.»

«Schon gut, schon gut. Aber was würdest du an meiner Stelle tun?»

«Was ich tun würde? Ich weiß es nicht.» Er hustete und setzte sich auf dem Sofa zurecht. «Unter den jetzigen Umständen, wenn ich also nichts zu verlieren hätte, würde ich meinem Gewissen folgen. Und vielleicht auch dann, wenn ich alles zu verlieren hätte und zwanzig Jahre jünger wäre als du, würde ich so handeln. Doch in deinem Alter, keine Ahnung. Weißt du, auch als ich mich in der Universität ankettete, war ich mir nicht sicher, ob ich das Richtige tat. Ich glaubte fest daran, Gott bewahre. Aber wie schaffst du es, von etwas überzeugt zu sein, das dir ein für alle Mal die Karriere ruinieren kann und auch noch deine Familie in Schwierigkeiten bringt? Damals erkannte ich, dass es ein Unterschied ist, ob man unseren Beruf ausübt oder ihn in der ersten Person lebt. Ob man lehrt, was man weiß, oder es in die Praxis umsetzt. Und auch darin war ich mir nicht sicher. Kein Mensch kann sich je sicher sein. Deshalb gibt es Ideale. Deshalb brauchen wir Leitlinien, alte Lehrmeister und Leitfiguren – egal, ob sie real sind oder nicht. Denn irgendwo hat jeder gesunde Menschenverstand und jedes vernünftige Verhalten seine Grenzen, und wir sind berufen, eine Entscheidung zu treffen, ohne genügend Informationen zu haben, mit denen wir sie so treffen könnten, wie wir es gern tun würden. Ohne an die Konsequenzen zu denken.»

Doni dachte über diese Worte nach, dann wurde er plötzlich laut.

«Aber das ist doch nicht richtig! Herrgott noch mal, verstehst du denn nicht? Wenn ich mich weigere, die Berufung durchzuziehen, bin ich erledigt. Ich verliere alles. Ich bringe meine Frau und meine Tochter in Schwierigkeiten. Und das sollte ich für einen Tunesier tun, den ich noch nie im Leben gesehen habe und der sich das alles vielleicht bloß ausgedacht hat? Das ist doch nicht in Ordnung. Warum ich?» Er schaute auf. Es war, als wäre alles, was er sich noch nicht gesagt hatte, jeder Gedanke, den er in letzter Zeit gewälzt hatte, nun mit einem Mal aus ihm hervorgebrochen. «Warum ich? Wenn mich das zu einem besseren Menschen machen soll, also, du lieber Himmel, ich will gar kein besserer Mensch sein. Ich weiß nicht mal, warum ich mich auf dieses Kuddelmuddel überhaupt eingelassen habe. Ich weiß es nicht, und ich will es auch nicht wissen. Ich habe meine Sache immer gut gemacht, Schluss aus.»

«Manchmal reicht das aber nicht, Roberto.»

«Und wieso nicht? Wieso?»

«Weil das Leben nun mal so ist.»

Mit einem ungläubigen Lächeln schüttelte Doni den Kopf.

«Weil das Leben so ist. Na wunderbar.»

«Hör mal, bist du dir sicher, was die Schuld dieses Mannes betrifft?»

«Nein. Aber niemand kann sich ja mit irgendetwas sicher sein, nicht wahr?»

Cattaneo hob die Hand, wie um zu zeigen, dass dort, direkt vor ihnen, der Schlüssel zu dem Ganzen lag. Wieder schüttelte Doni den Kopf, er spürte, wie sein Blut nach unten sackte, und zudem eine plötzliche Müdigkeit im Kopf.

Leichte Waffen, dachte er, und sagte es laut: «Leichte Waffen.»

«Wie bitte?»

«Die Journalistin hat gesagt, dass jeder von uns die Waffen einsetzt, die er eben hat, leichte Waffen. Dass es keine Helden gibt.»

Cattaneo zuckte mit den Schultern.

«Das ist doch nichts Neues», sagte er.

«Mag sein.»

Sie schwiegen. Cattaneos Frau erschien im Hintergrund und verschwand in der Küche. Doni atmete durch die Nase ein und bemerkte erst jetzt einen starken Wacholdergeruch. Schließlich stand er auf und strich sich den nicht vorhandenen Staub von der Hose. Seine Zeit war um.

«Ich muss jetzt gehen, Professore», sagte er. «Vielen Dank für die Plauderei.»

Cattaneo sah ihn ausdruckslos von unten herauf an.

«Nichts zu danken. Im Grunde habe ich ja nichts Brauchbares gesagt.»

«Vielleicht musste ich mir nur etwas Luft machen.»

Cattaneo griff ihm fest an die Schulter.

«Es kommt der Moment, da ist es, als würde uns das pralle Leben anspringen. Für gewöhnlich geschieht das, wenn wir zwanzig sind. Manchmal auch später. Und ganz selten auch, wenn wir denken, dass nun alles vorbei ist, und wir nur noch darauf warten, in Frieden abzutreten.» Er kniff die Augen zusammen. «Es tut mir leid, Roberto.»

Doni nickte und drückte die Hand, die auf seiner Schulter lag.

«Ich will mich noch von deiner Frau verabschieden.»

«Ich glaube, sie ist ausgegangen.»

«Ach so.»

Cattaneo brachte ihn zur Tür. Einer der Hunde lief über den Rasen auf sie zu. Es hatte aufgehört zu regnen.

«Ich hoffe, ich komme zu einer Entscheidung, die allen gerecht wird», sagte Doni.

«Es gibt keine Entscheidung, die allen gerecht wird», erwiderte Cattaneo. «Du musst dich für das entscheiden, was am wichtigsten ist.»

Auf dem Rückweg hielt Doni an einer Raststätte, um zu tanken. Er nahm die Selbstbedienungsspur, obwohl er sich sonst immer von einem Tankwart helfen ließ. Er drückte die Zehn-Euro-Taste und hielt die Zapfpistole in den Einfüllstutzen.

Während er wartete, betrachtete er die leere Landschaft um sich her, die am Horizont aufragenden Fabriktürme und die Autobahn nach Mailand. An der Kasse schmiegte sich eine kurzhaarige Frau an einen Mann. Sie wurde von Schluchzern geschüttelt und stammelte vor sich hin. «Alles wird gut», sagte der Mann zu ihr. «Alles wird gut, alles wird gut, alles wird gut.»

32

EINMAL HATTE COLNAGHI DONI auf das Dach des Doms mitgenommen. Das musste 1978 gewesen sein. Doni erinnerte sich, dass Papst Johannes Paul I. gestorben war und dass die Männer von General Dalla Chiesa kurz zuvor in den Stützpunkt der Roten Brigaden in der Via Monte Nevoso eingedrungen waren. Die in dem Versteck gefundenen Schriftstücke Aldo Moros hatten damals für großes Aufsehen gesorgt.

Sie waren in einem Restaurant in der Nähe der Piazza Diaz gewesen, um ein Omelett zu essen, und während sie spazieren gingen, hatte Colnaghi beiläufig gefragt: «Wollen wir der Madonnina oben einen Besuch abstatten?»

Es war ein Samstag im Spätsommer, und nach dem Mittag war die Stadt heiß und menschenleer. Doni zuckte mit den Schultern. Er war noch nie auf dem Dach des Doms gewesen und auch nicht sonderlich erpicht darauf, doch er wollte seinem Freund das nicht abschlagen.

Sie nahmen den Fahrstuhl und gelangten hinauf. Damals war der Dom schwarz vom Smog gewesen, doch der Himmel war sonderbar klar. Im Indigo des Horizonts sah man im Norden die Alpen und im Süden die weite Ebene. Man brauchte sich nur einmal um die eigene Achse zu drehen, um sich im Zentrum von etwas Besonderem zu fühlen, eines blühenden Ortes, an einem der sonderbarsten Plätze überhaupt.

«Nun sieh dir das an», sagte Colnaghi und wies auf die Gipfel von Grigna und Resegone. Er schlug Doni auf die Schulter und fuhr fort: «Weißt du was? Ich finde es schade, dass du keinen Gott hast. Du sitzt ganz allein in all dem Dreck, und auch der blaue Himmel ist für dich nichts weiter als ein blauer Himmel.»

Doni lachte.

«Ich kann mich wunderbar am Himmel erfreuen, ohne auf Jesus zurückgreifen zu müssen. Oder auf die Madonnina.» Er zeigte auf die goldene Madonnenfigur auf der Spitze.

«Vielleicht hast du sogar recht», räumte Colnaghi ein.

Sie spazierten inmitten der Fialen wie durch einen erhöhten Garten aus Stein und Marmor, die jahrhundertealten Verzierungen wirkten wie schlanke, unsterbliche Pflanzen.

Etwas später sagte Colnaghi: «Du weißt, dass ich gerade an dieser Terrorismussache arbeite, nicht wahr?»

«Ja. Und ich beneide dich wirklich nicht.»

Doch trotz des Risikos beneidete Doni ihn um die Karriere, die er gemacht hatte. Überhaupt war immer Colnaghi der Überflieger gewesen, der mit dem richtigen Riecher, die Nummer eins.

«Hast du denn keine Angst?», fragte Doni.

«Ganz ehrlich? Nein. Ich habe nur Angst davor, bei der Arbeit Mist zu bauen. Selbst einen Fehler zu machen. Du kennst ja meine Devise: Ausnahmen immer, Fehler nie. Wir können uns keine Fehler leisten, nicht in dieser Situation.» Er hielt einen Moment inne, dann fuhr er fort: «Komm, wir treffen eine Abmachung. Wenn ich irgendeinen Murks verzapfe, hilfst du mir, das wieder in Ordnung zu bringen, und umgekehrt. Dir kann ich vertrauen.»

«Ich werde mich wohl bestenfalls mit irgendwelchen Provinzmorden herumschlagen.»

«Ist doch egal. Wir schließen einen richtigen Pakt. Und wenn du irgendeinen Murks verzapfst, helfe ich dir, das wieder in Ordnung zu bringen. Ehrenwort!»

Er reichte ihm die Hand.

«Mir kommt das ein bisschen vor wie albernes Tuntengehabe», sagte Doni und drückte sie.

Colnaghi lachte laut auf.

«Du bist dabei, deinen Humor zu verfeinern. Bravo.» Er befreite seine Hand aus dem Händedruck und legte sie seinem Freund auf die Schulter. «Also, abgemacht. Für jeden, den du verlierst, rette ich einen. Und für jeden, den ich verliere, rettest du einen.»

«Und wenn dich einer kaltmacht?», fragte Doni lächelnd.

«Dann rettest du eben noch einen zusätzlich.»

33

DREI TAGE VOR dem Berufungsprozess sah er Elena Vicenzi wieder. Er rief sie an und sagte, er würde sich gern mit ihr verabreden und sie beruhigen, niemand werde ihr etwas tun.

Sie trafen sich gegen Abend im Stadtzentrum. Elena kam mit dem Fahrrad, obwohl es nach Regen aussah. Dicke, bleigraue Wolken und ein ozonhaltiger Wind.

Sie gingen in dieselbe Bar, in der Doni auch beim ersten Mal mit ihr gewesen war, doch der Barmann sagte, man werde gleich schließen. Sie fanden ganz in der Nähe, in Richtung der Universität, einen Pub, der ihm noch nie aufgefallen war. Elena bestellte ein Bier, Doni ein Glas Rotwein. Sie erzählte ihm von einer Frau in ihrer Buchhandlung, die nach dem Buch «Der Fänger» von dem Schriftsteller «Roggen» gefragt habe, und Doni musste lachen. Es war wie die Begegnung eines alten Lehrers mit seiner ehemaligen Schülerin, und erst nach einer Viertelstunde entschloss sie sich, zum Thema zu kommen.

«Ich schaffe es nicht, Sie nicht darum zu bitten», begann sie.

«Ich habe noch keine Entscheidung getroffen», unterbrach Doni sie.

«Aber Sie haben sich doch ein Bild von dem Fall gemacht.»

«Mehr als eines.»

«Und glauben Sie immer noch, dass Ihre Berufung korrekt ist?»

Doni antwortete nicht. Sie wartete, dann zuckte sie mit den Schultern. Das Schaufenster des Pubs überzog sich unversehens mit Regenflecken. Durchsichtige Sommersprossen, die den Blick auf die Straße verwehrten.

«Sie wissen, wie es sich abgespielt hat, nicht wahr?»

«Ich habe eine Rekonstruktion. Keine Fakten.»

«Oh, bitte. Ich bitte Sie.»

«Ich sage nur, wie die Dinge liegen. Wir haben keine Fakten. Es gibt ernstzunehmende Anhaltspunkte, die merkwürdig sind, doch keine gesicherten Fakten.»

«Ihrer Ansicht nach wurde Mohamed also wegen eines *merkwürdigen Anhaltspunktes* ermordet?»

«Das habe ich nicht gesagt.»

Elena stieß einen tiefen Seufzer aus.

«Hören Sie, wenn Sie nicht wollen, kann ich gar nichts tun, und im Grunde kann ich Ihnen das nicht mal verübeln. Sie haben mir gesagt, dass Sie viel riskieren, und ich glaube Ihnen, und natürlich haben Sie weitaus mehr zu verlieren als ich. Eigentlich kennen wir uns ja nicht einmal richtig und sind trotzdem zusammen in eine so große Sache hineingeraten. Komisch, nicht?» Sie lächelte. «Doch das hier geht nicht nur Sie und mich etwas an. Es geht uns alle an. Jedes Mal, wenn wir so tun, als ob nichts wäre, stirbt ein Stückchen der Welt. Also müssen wir alles einsetzen, was wir haben.»

«Leichte Waffen», sagte Doni.

«Genau. Ich habe meine, Sie haben Ihre.»

Doni betrachtete die Autos, die durch die Via Larga fuhren. Eine endlose Prozession von Leuten im Feierabendverkehr. Im Brunnen auf der Piazza Santo Stefano benetzte ein indischer Rosenverkäufer seinen Strauß.

Alles schien auch ohne sie beide bestens zu laufen, auch ohne die Pflicht zu einer Entscheidung, auch ohne jede innere Qual: die tiefe, alles überdeckende Barmherzigkeit der Welt.

«Ich will dir etwas zeigen», sagte er.

«Was denn?»

«Du wirst schon sehen.»

Elena nickte. Sie wirkte ein wenig abgespannt. In dem immer heftiger werdenden Regen gingen sie zum Justizpalast. Elena hielt sich schützend die Handtasche über den Kopf. Doni führte sie in die Via Manara und trat dicht an die Wand des Palazzos heran. Er hob den Arm.

«Siehst du diese Flecken?», fragte er.

«Was für Flecken?»

«Die Flecken in den Steinquadern. Siehst du sie?»

«Ach so. Ja.»

«Das sind keine Flecken. Das sind Nägel.»

Sie wandte sich zu ihm und schaute ihn an.

«Nägel?»

«Ja. Sie sind da, weil die Wände sonst einstürzen würden. Als der Justizpalast aufgestockt wurde», er wies auf das schwarze Dach, «begann das Gebäude nachzugeben, es besteht die Gefahr, dass der Marmor nicht hält. Darum diese Nägel.»

«Das ist ja absurd.»

Doni zuckte mit den Schultern.

«Warum wollten Sie mir das zeigen?»

«Das wollte ich dir gar nicht zeigen. Oder zumindest nicht nur das. Nun ja, seit wir uns kennen, denke ich über diese

Nägel nach. Aber wie gesagt, die wollte ich dir gar nicht zeigen. Komm.»

Sie gingen die Straße entlang bis zur Rückseite des Gebäudes. Doni bat Elena, sich umzudrehen. Die rückwärtige Fassade sah aus wie ein zweiter, in den ersten gravierter Verfall.

«Lies die Inschrift», sagte Doni.

«Welche Inschrift?»

«Die dort. *Fiat iustitia …*»

«*Fiat iustitia ne pereat mundus*», las Elena.

«Weißt du, was das bedeutet?»

«Es möge Gerechtigkeit walten, damit die Welt nicht untergeht?»

«Genau.»

«Das Gymnasium liegt schon zwölf Jahre zurück, aber ich halte mich noch ganz gut.» Sie lächelte.

«Ja», sagte Doni. «Nur schade, dass in diesem Satz ein Fehler steckt.»

«Ein Fehler?»

«Ja. Der Originalsatz lautete anders, man hat ihn während des Faschismus verändert – wahrscheinlich, weil er zu stark war, zu absolut. Zu unbegründet, in gewisser Weise. Doch das Interessante ist, dass man ihn nie wiederhergestellt hat. Ganz als wollte dieser Palazzo, wie soll ich sagen, die falsche Version der Dinge bewahren, obwohl das natürlich nicht so ist.» Er seufzte. «Ich will nicht den Eindruck erwecken, dass ich diesen Ort hasse oder ihn absurd finde. Nur manchmal … Ich weiß nicht.»

«Wie lautete der Satz denn ursprünglich?»

Doni kniff leicht die Augen zusammen und schaute zur Fassade.

«*Fiat iustitia et pereat mundus*», sagte er, wobei er das *et* betonte. «Es möge Gerechtigkeit walten und wenn die Welt auch untergeht. Es möge Gerechtigkeit walten, komme, was da wolle.» Er wandte sich wieder zu Elena. «Das wollte ich dir zeigen. Nur wenige wissen davon, und ich spreche sonst mit niemandem darüber. Aber es ist schon sonderbar, nicht?»

«Ja.»

«Was hältst du davon?»

«Ich denke, dass es sonderbar ist.»

«Ja, wirklich.»

«Ja.»

Sie schwiegen lange, den Blick auf die Reliefschrift der Fassade geheftet, auf die dicken Buchstaben und den Fehler, den sie, die Zeiten überdauernd, enthielten. Kein einziges Auto mehr auf der Straße. Kein einziges Geräusch außer dem Prasseln des Regens auf dem Asphalt.

Nach einer Weile gab Elena dem alten Staatsanwalt die Hand.

«Danke für alles», sagte sie. «Ich hoffe, wir sehen uns wieder, irgendwann.»

34

AUF DEM STUHL kniend betrachtete Doni La Tours *heiligen Joseph*. Seine Nase war nur wenige Zentimeter von der Reproduktion entfernt. Er versuchte, die Feinheiten zwischen den Fingern des Engels und dem Bart des Heiligen zu erkennen, wollte wissen, ob der Engel ihn kitzelte oder ob er nur kurz davor war, ihn zu berühren.

Der Kontrast zwischen dem Arm des Engels und dem Gesicht des Schlafenden war enorm. Zwei Dimensionen, die unvereinbar wirkten. Der Traum war dichter und stofflicher als die Wirklichkeit, und es war, als erschiene der Heilige dem Engel im Traum, und dieser streckte die Hand aus, um zu prüfen, ob Joseph munter war und sein Wort empfangen konnte.

Doni setzte sich wieder und ließ mit einem Rucken der Maus das Dunkel des Bildschirmschoners verschwinden. Es war der Tag vor der Berufungsverhandlung, und Doni hatte den Morgen damit verbracht, den Inhalt der *Testament*-Datei vollständig zu löschen und neu zu schreiben.

Nun war Folgendes zu lesen:

Fall A.

Handeln. Aber wie?

Mit dem leitenden Oberstaatsanwalt zu reden hat keinen Sinn. Ich habe nicht viel vorzuweisen (nicht protokollierte Aussagen, unvernünftige Abende in der Via Padova), und Mohameds Namen zu nennen ist ein Verrat an Khaled.

Um Ablösung zu bitten und mich als Zeugen zur Verfügung zu stellen ist auch sinnlos. Der Staatsanwalt könnte von meiner Zeugenaussage absehen.

Das einzig Richtige ist, auf die Berufung zu verzichten.

Konsequenzen: schwerwiegend. Es verstößt gegen alle ungeschriebenen Gesetze. Zudem ist es an einem Ort, an dem alles begründet werden muss, höchst gefährlich, ohne Begründung *Ich verzichte* zu sagen. (Elena kann ich natürlich nicht ins Spiel bringen.) Man wird meine Integrität in Frage stellen.

Doch wenn ich der Meinung bin, dass Khaled unschuldig ist, oder ich zumindest einen begründeten Zweifel an seiner Schuld habe, wäre das noch nicht einmal ausreichend.

Ich müsste sogar Freispruch beantragen.

Das Wort zitterte und flackerte auf dem Bildschirm. Doni las weiter.

Ich muss Freispruch aufgrund von Formfehlern beantragen.

Ein Staatsanwalt, der Freispruch beantragt, ist nie sehr gelitten, auch vom Rechtsanwalt nicht. Wenn der Richter sich nämlich dann für eine Verurteilung entscheidet, wird es für den Angeklagten noch schlimmer.

Konsequenzen: sehr schwerwiegend. Mit Sicherheit gibt es eine Untersuchung und wahrscheinlich ein Disziplinarverfahren. Ein enormes Risiko für meine berufliche Laufbahn.

Fazit: Auch das könnte nicht ausreichend sein.
Das Gericht könnte entscheiden, Khaled erneut zu vernehmen, und die Dinge könnten noch komplizierter werden.

Also?

An dieser Stelle hielt Doni inne.

Das Dokument war von einer Reihe weißer Zeilen unterbrochen wie von einem plötzlichen Abgrund. Er ging mit der Maus auf die nächste Seite und las auch die letzten drei Zeilen noch einmal, die mit ihrer klaren Makellosigkeit auf dem Bildschirm prangten:

Fall B.

Nicht handeln.

Glücklich leben.

Er zentrierte den Absatz und vergrößerte die Schrift, bis die Buchstaben die Seitenränder berührten. Die Worte *Glücklich leben* sahen nun aus wie ein Flehen.

Schließlich löschte er alles, schloss die Datei, verschob sie in den Papierkorb und verschränkte die Arme. Er musste nichts weiter tun als abwarten. Einfach seine Sache gut machen. Seine Sache gut machen. Ein Durchschnittsmensch, der immer an die kleinen Schritte geglaubt hatte, wie damals, als er die *Harmonielehre* studierte, um Claudia zu verführen, und mit der Partitur in der Hand Schumann hörte, um der Melodie zu folgen, taub für die Schönheit und doch entschlossen, Wissen aus ihr zu ziehen.

Es gibt keine Sicherheit auf dieser Welt. Überhaupt keine Sicherheit.

Doch für jeden, den ihr verliert, werde ich einen retten.

35

AN DEM TAG, als der Berufungsprozess stattfinden sollte, wachte Doni um fünf Uhr morgens auf. Er hoffte, sich an einen erhellenden oder zumindest warnenden Traum zu erinnern, doch sein Kopf war leer.

Schnell wurde es ihm im Bett unerträglich. Er stand auf und ging ins Bad. Er duschte und stellte sich dann in Unterhosen vor den Spiegel. Sein schlanker Oberkörper war voller weißer Haare und Leberflecke. In einem Schälchen mischte er Rasierseife und kochend heißes Wasser. Der kondensierte Dampf trübte stellenweise sein Spiegelbild. Mit einem Pinsel verteilte er Schaum auf Kinn und Wangen und rasierte sich.

Als er fertig war, rieb er sich mit etwas Aftershave ein und wusch sich nochmals die Achseln. Er verließ das Bad, ging leise ins Schlafzimmer zurück und nahm seine Sachen vom Kleiderständer.

Die Luft im Wohnzimmer war warm und verbraucht und der Geruch des Abendessens noch nicht verflogen, ein leichter Duft nach Gebratenem und Minze. Er zog sich auf dem Sofa an und schaute sich um. Ihm war nie aufgefallen, wie groß diese Wohnung war. Zu viel Platz für zwei alte Menschen.

Schließlich legte er sich hin und starrte an die Decke oder ins Dunkel, das sie verhüllte.

Wie es wohl ausgehen würde?

Er wusste, wie es ausgehen würde. Entrüstete Nebenkläger, gegen ihn gerichtete Blogs und Nachrichten. Eine Anzeige von den Eltern des Mädchens. Gesellschaftlicher Gesichtsverlust. Ein wütender Vorsitzender des Strafsenats. Eine Anhörung im Parlament …

Überall würde man ihn angreifen, in der Late Night Show *Porta a Porta* ebenso wie in der *Repubblica*. Die Leute würden auf die Barrikaden gehen, Mailand würde ihn fallenlassen und später begnadigen, ohne jemals wirklich zu vergessen, ganz wie es in Italien immer geschah.

Addio, Staatsanwaltschaft in der Provinz, addio, Seelenruhe, addio Claudia und Elisa. Wer weiß, was sie über ihn sagen würden, welches Erdbeben er in ihren Gemütern auslösen würde.

Vielleicht könnte er als Anwalt für Obdachlose noch einmal neu anfangen. Aber einem, der eine Sache aufgegeben hat, bringt man kein Vertrauen mehr entgegen, egal, um was es dabei ging. Außerdem konnte er sich in einer solchen Rolle auch gar nicht vorstellen, ohne Wohlstand, ohne das Leben, das er sich so mühsam und bis ins kleinste Detail zurechtgezimmert hatte.

Seine Gedankenkette brach ab, als ihm klar wurde, dass das Entsetzlichste etwas ganz anderes war. Die Vorstellung nämlich, dass auch Elena ihn vergessen würde, dass sie in neue Schlachten ziehen würde oder dass sie eine Familie gründen und vielleicht eine Egoistin werden würde, ein angepasster, glücklicher Mensch, wie es so viele gab.

Oder vielleicht auch nicht.

Vielleicht würde sie ihn noch einmal in die Via Padova mitnehmen. Dann wären sie wieder zusammen, um zu kämpfen und ein gemeinsames Bier zu trinken, und er hätte erneut das Gefühl, angespannt am Rand des Nichts zu stehen, am Abgrund einer Entscheidung, und nur eine fremde, junge Frau wäre da, um ihn an die Hand zu nehmen.

Er stellte sich vor, wie er das Plädoyer, das er vorbereitet hatte, vortragen würde, Satz für Satz. Khaleds Blick im Anklagekäfig, seine Augen. Ein Mann, den er nie kennengelernt hatte und der doch für immer mit ihm verbunden sein würde. Beide vereint in einer besonderen Loyalität: jeweils für ein Wohl, das über das eigene hinausging.

Doni stand auf. Er nahm Elisas Foto zur Hand, das im Wohnzimmer stand, aufgenommen unmittelbar nach ihrem Diplom, ihr Gesicht war frisch und lächelte, das noch lange, offene Haar fiel ihr über die Schultern. Er drückte seine Lippen auf das Glas und hinterließ einen kleinen Abdruck. Dann ging er ins Schlafzimmer zurück und betrachtete seine schlafende Frau. Er lächelte.

Schließlich nahm er seine Krawatte, suchte die Prozessakten zusammen und verließ das Haus.

Vor der Tür schlug ihm der anbrechende Tag entgegen und ließ ihn schaudern. Es war kalt und der Himmel grau. Die Lichter der Laternen ließen die Landschaft zu einem eintönigen Bild werden, zu einem Hintergrund von La Tour ohne eine Kerzenflamme, bis Doni bemerkte, dass die Flamme er selbst war; sie war das, was er in sich trug. Es gab da draußen keine anderen Feuer, die gesucht und bewahrt werden mussten.

Durch diese Erkenntnis wurde seine Überzeugung nicht stärker. Er fühlte sich nicht besser dadurch. Doch ihn durchzog von Kopf bis Fuß so etwas wie eine Befreiung, der Gedanke, dass er etwas tat, was keiner Erklärung bedurfte – was keiner Vergebung bedurfte.

Er tat den ersten Schritt auf dem Bürgersteig. Von seiner Wohnung waren es zu Fuß zwölf Minuten.

Vielleicht würden die Nägel für immer im Justizpalast bleiben. Er nicht.

Andrea Camilleri
Die Sekte der Engel

Roman

Aus dem Italienischen von Annette Kopetzki

260 Seiten. Gebunden mit Schutzumschlag

ISBN 978-3-312-00551-2

Es ist ein gottloser Skandal: Zu Beginn des 20. Jahrhunderts werden in einem sizilianischen Dorf plötzlich viele unverheiratete Frauen schwanger. Der vom Festland geschickte Polizeipräfekt soll dem Phänomen auf die Spur kommen. Aber Klerus, Adel und Mafia des Ortes halten fest zusammen. Und sie haben auch schon einen Sündenbock: den linken Anwalt Teresi – nicht zuletzt deshalb, weil er sie alle auffliegen lassen will.
Camilleri macht aus einem unglaublichen historischen Ereignis einen veritablen Thriller, dessen Spannung durch Doppelbödigkeit und Witz verstärkt wird – ein großartiges Lesevergnügen.

«Wieder ein kleines Meisterwerk … und ein Phänomen: Man kann Camilleris Buch, dessen Handlung auf einer wahren Begebenheit beruht, als ironische Erzählung über Mief und Muff in der von Doppelmoral und Angst geprägten Provinzwelt lesen. Beklemmend wird es aber … als Parabel auf die Missbrauchsfälle in der Katholischen Kirche unserer Tage, Vertuschungsversuche des Klerus und Stigmatisierung der Opfer inklusive.» Walter Bau, *Westdeutsche Allgemeine Zeitung*

Nagel & Kimche